游来游去的鱼

韦国 / 著

天津出版传媒集团

天津人民出版社

图书在版编目 (CIP) 数据

游来游去的鱼 / 韦国著 . -- 天津 : 天津人民出版
社 , 2024. 12. -- ISBN 978-7-201-20881-7

Ⅰ . I267

中国国家版本馆 CIP 数据核字第 2024VJ8398 号

游来游去的鱼
YOU LAI YOU QU DE YU

出	版	天津人民出版社
出 版 人		刘锦泉
地	址	天津市和平区西康路 35 号康岳大厦
邮 政 编 码		300051
邮 购 电 话		（022）23332469
电 子 信 箱		reader@tjrmcbs.com

责 任 编 辑		岳 勇
封 面 设 计		朱 华
主 编 邮 箱		jfjb-lx2007@163.com

印	刷	三河市金元印装有限公司
经	销	新华书店
开	本	787 毫米 × 1092 毫米　1/16
印	张	19
字	数	251 千字
版 次 印 次		2024 年 12 月第 1 版　2024 年 12 月第 1 次印刷
定	价	69.80 元

序

思想光芒的悟者

管国颂

咀嚼完《故乡的滋味》，超越了《飞鸟与射手》，进入了更高的境界，我以为就是呈现思想光芒的时候了，果然《游来游去的鱼》，韦国先生的第三本文集，就坐实了我对他最好的期待。一个人能做多少事，做多大多好，固然与他的能力有关，但如果没有一种执着的毅力，没有思想光芒的照耀，少了对前行生活的激情以及观照现实的思考，其能力又能从哪里去找到契合的平台得以施展。真正的文化人，不会说自己舞文弄墨，就像一个武术高手不会让人以花拳绣腿看低自己一样。写作终究不是识文断字那般简单，除了需要生活的历练、岁月的积淀，更多的就是思想。17世纪法国大哲学家帕斯卡认为"人是一根会思考的芦苇"，说的就是这个道理。

韦国这本新文集《游来游去的鱼》如果就体例来看，和《故乡的滋味》《飞鸟与射手》没有大的不同，表达中依然不舍故乡，斗龙港、荷兰花海等，讲述的还是身边的人和事，亲人、同学同事、乡邻街坊，曾经或已经发生、正在发生的，作为叙述和表现，这都没有什么，关键的地方在于作者在"此在"写作过程中，对同类题材下不同素材的审视角度有了位移，在表现的张力和对选材的挖掘上有了明显的纵深。都说"写作是一个修炼的过程"，你在写作表达的一个人一群人、一段故事，一个人一群人、一段故事也会反噬你，甚至于在写作的无形中改造你。它是真正的"大象"。到达这样的境界无疑会是一种创作的自我救赎与自由解放。

《游来游去的鱼》，作为作者在这个春天泛出的一片新叶，在思想光芒的辉映下，我们仿佛重新置身于作者有过的生活中，世界很大而我们却总能在文字的天地里，找到我们共同的审美与不舍，这就是我们对一种热爱执着的结果。"执着是一种坚定的信念和决心，它促使人们勇敢地追求自己的目标，不畏困难，不惧失败。执着的人不会被眼前的困难所吓倒，他们会坚定地朝着自己的目标前进，不断尝试、调整，再尝试、再调整……"（《执着》）韦国确实是对所有美好的东西有执着追求的人。他的昨天、今天，或者下一个不期而遇明天，他身处不同的环境，财经、教育、群众团体、政府机关等，他的阅历不算少，说他干一行爱一行，群众基础、百姓口碑都不差，这是事实。"在区政府工作，忙碌，加班加点，算是常态，有时候会办事情直到深更半夜。""努力当好'店小二'，依法依规服务，快服务，优服务，千方百计服务到位。真不是喊口号，在其位谋其职，形势催人也逼人，没有理由不竭尽全力。有一首当年曾经很流行的歌，是付笛声、任静夫妇唱的，歌词我很喜欢：'你是幸福的，我就是快乐的；为你付出的，再多我也值得……'"（《你是幸福的，我就是快乐的》）真是的，和韦国相处时间长了，你不但能从他身上感受到他待人接物与生俱来的大善大美，更有带着乡土本色的那种率真。比如，他爱绿化、爱每一棵树，他会不顾一切地要和砍树人理论："'爹爹；你为什么要砍柳树？这可是小区公共绿化啊！'我忍住心中的火气，尽量语气平和地说。/'柳树，夏天会有洋辣子。'他轻描淡写地说，完全没当回事。/'我住这儿好些年了，也没见过树上掉洋辣子（绿刺蛾）。爹爹你才搬过来不久，就说有洋辣子，没道理吧？再说，这树长在绿化带里，有洋辣子也不会害着你啊。'我实在心疼这棵大柳树。"（《轮回》）当然，与人理论归理论，当这棵树最后还是被砍了，作者还是有着自己的想法："我可不愿因别人的过错而毁损自身形象。"（《轮回》）

　　什么是形象？高大威严是形象，谦卑亲和也是形象，而思想恰恰藏在形象之后。为官从政讲究原则，作文做人追求品位，这是韦国的形象，也是他着力于笔下人和事的主导因素。尼采说过，"每一个不曾起舞的日子，都是对生命的辜负"。多少年来，生活中的平凡琐碎，喜乐幽怨，没有像一根绊子裹住韦国奋力前行的脚步，相反，生活的每一次积淀，都给了他思想的升华，然后文章，然后就有了足够的赋予，收获一条优美而灵性的《游来游去的鱼》。

《游来游去的鱼》，严格意义上来说，它不是一本散文集，因为那里面有好多超越散文体的写作，比如，《多虑了》《遇见》小说式的，更有《文字的力量》以童话体出现，《双向奔赴》《过去的作用是把你带到现在》等则是以杂文随笔的方式写成。把不同文体在同一类主题的集中下归拢，这自然属于文集的范畴，这也没有什么。因为选择什么样的方式写作，选择什么样的题材、素材，这是作者写作的自由。作者热爱生活，用笔用心记录生活，记录他的曾经和过往内心和外表，这是生活的真实，更是文学的真实。说要中心提炼、主题深化固然重要，谋篇布局、详略得当也必不可少，但所有这些都离不开写作思想的指导。

在这个多元化的世界里，我们每天很容易被层出不穷的事件和耀眼的网红所吸引，却容易忽视身边那些平凡人的生活琐事。《游来游去的鱼》作者虽然从政，在很多场合处理很多事情时，需要他临危不惧、居高临下，这是使命担当，然而到了文学的境地，作者却自然地将自己置于一个平凡的社会人来描述。在《人间有味》里，他会怕亲戚过来，没接电话而善意谎言，而当妻子念叨"'看这礼盒，外面一层硬质包装，里面几只塑料瓶，粽子又是真空塑封……他们，自己舍不得吃却送给我们，真是！'老婆仔细看了看礼盒，发表感慨。/'自己舍不得吃却送给我们，真是！'这句话，我默默听进心里去了。"此时，作者的"听进心里去了"和"沉默良久"的思索颇有异曲同工"递进"的意味，也正是有了这样的"递进"，我们才得以把一些本看似微不足道的琐事，升华到向读者传达生活的真谛和人性光辉的境地。细腻的笔触也罢，独特的视角也行，但对客观事物的细致观察和真实描绘，是我们进行文学的前提和必备的基本素养。就像作者在《九月第一骑》对树的描写:"这个路段,最常见的景观树是红榉。此时,叶子已微微泛黄,看上去也有点儿发干。到深秋,就变成了橙红色、红色。""栾树开始开花,嫩黄色的,和枝丫相近的颜色。过些天,花的颜色开始变深,深得像是碎金。""到这个季节,有好多树都结了果子。""果子可以吃的,好像只有红叶李(紫叶李),它的果子就叫'李子',吃起来酸酸甜甜的。""不过,我真不希望景观树结下能吃的果子。为什么?因为能吃就会有人摘,而摘的人往往将树枝拼命地往下拉和拽,常常将枝条弄断了,甚至有较粗大的枝丫被折断。"看看,这里又是一种"递进",从客观描述到主观夹议,也就是中国传统文论里谈到的从"物境"到"意境"之说。都知道眼前所有飘过的云彩都不是真实的天空,但如果我们把"云彩"当作一种文学描写的"物境",那丢掉了"物境"云彩的天空,它的"意境"又必定是索然无味的。正如王国维在《人间词话》中所说:"能写真景物、真感情者,谓之有境界。"而韦国的这部《游来游去的鱼》正是以其真实的生活场景描写和真挚的情感表达,展现出了作者在架构作品脉络时一种游刃有余的艺术境界。所以我们说,一旦缺了对"物境"的精准把握,也很难让"物境"产生以致上升到强烈的、能感染人的"意境"。天空藏在浮云的背后,我们要做的就是假借,以人生的阅历和修养,以思想、审美的情趣,为作品于无形中营造起"意境"的氛围。《难得糊涂》中,作者写了一件介绍年轻人婚介对象的事,"主人很为自己孩子的恋爱问题着急,也很直率地表达出来。她的孩子比较优秀,大学毕业之后出国读研,学的是'经济会计与金融'专业,目前在上海工作,就职于北京一家国资管理单位的驻沪分部。孩子工作能力较强,而且他们家已经在上海的较好位置购了房。用普通工薪阶层眼光来看,这样的条件,可以说非常好了。"无奈,因为女方对男方身高上有着严格要求而屡屡不成,所以作者"这次我没有接话"。进而生出感慨,"在爱情婚姻问题上,外貌确实是一个重要的因素,但它并不是唯一重要的因素,一个人的内在品质才是决定恋爱和婚姻成功的关键。过分注重外貌可能会导致我们忽略了其他重要的方面，如性格、价值观、共同兴趣爱好等，可能会错过真正适合自己的人。"这种感慨，既是作者内心世界的披露，同时又把作者的思辨摆到了读者面前，让读者在阅读中树立起正确的人生价值观。

文以载道，人重教化。好的文学作品可以缺少宏大的叙事和夺人眼球的情节，但绝对不能没有思想和灵魂。只有当表达和思想高度统一，我们说的"物境"才会真正活化为"意境"，才能使作品更具独特的艺术魅力。一切平凡都根植于不平凡，所有智慧都成于思想之后，咀嚼《故乡的滋味》、感觉《飞鸟与射手》，一切都是为了寻找生活的真谛，让自己也让读者体味我们不仅要知道从哪里来，更要明白我们往哪里去。《游来游去的鱼》里，大多用的是第一人称的叙述，家事国事天下事，几乎都有涉猎，作者爱运动、爱家人朋友、爱音乐文学，他的生活就是他的记录，他从不掩饰自己，不违心去做任何一件事情，他会动气也会怼人，他是一个活在真情实感世界里的人。说实在的，一个具备这样品德和质感的人，在文学道路上还是可以走得更远的。

这里，我要特别说说《跨年》。这是一篇在全书中无论从文体还是篇幅以及选材用材的别致上都值得拿出来聊聊的作品。《跨年》是由以月号标记的《12月28日夜 喜从天降》《10月29日下午 羞愧难当》《12月29日晚 心安理得》和《12月30日晚 载歌载舞》《12月31日晚 酸甜苦辣》五组文章构成，时序从年底的12月28日夜一直持续到12月31日晚的跨年。怎样写跨年，我们当然有多种写作手法上的选择，然而作者却没有在这个问题上犹豫不定。他一如既往不改初衷，以手笔写本真，把疫情之后得知兄弟要从京城回来的消息，作为跨年的主线，撩开生活的面纱，写下弟弟成长的经历，读起来过往的记忆、门前屋后的炊烟、乡情、亲情，一起都会像潮水般涌上心头，那种期待中团聚的激动，很难使人把控，以致差点耽误了参会。一反常态，羞愧难当，作者在跨年中似是检讨似的把自己的内心袒露，毫不掩饰，也似乎只有这样，才能让跨年的时光，让作者过得朴素、真实而心安理得。总之，载歌载舞也好，艰难困苦也罢，酸甜苦辣总藏在苦乐年华里。弟弟从在建筑工地干苦活开始直干到响当当的老总，他有成功的喜悦；亲人团聚、红包相让，里面包含着血浓于水割舍不了的亲情；还有文艺界叙旧、欢度跨年，那里面的任老师、张主席，以及为母亲癌症晚期而忧伤不已的宇培，这些个鲜活的人物跃然纸上，让你不由得面对岁月韶华而发出无限感叹：生活啊生活！

文学的形式是表现，而表现背后的是思想。把看似不相干的事物提炼整合，然后在思想的牵引下浓缩于一体，表达一个主题。过去有，比如沈从文先生笔下的湘西；后来也有，比如史铁生、阿成写京城、写哈尔滨的系列。只是当下，很多人、很多作家常常会忽视或者就是瞧不上这样的写法了，追蜂扑蝶固然很容易产生卖点、赚取眼球，但这样的结果一定是短命的、不可持续的，文学本身需要的独立思想也必然会陷入无助和被流俗绑架。《游来游去的鱼》特立独行的可贵之处就在于作者始终以自信而乐观的生活态度，毫无顾忌地放手去写他认为值得为之一写的东西。当一个小孩羞于告知自己读职中时，作者这样描述："'考在哪所高中？'我曾在当地教育主管部门工作多年，对学校的情况不是一般的熟悉，就随口再问。/'嗯……学校不好。'他朝我看了一眼。/'是职中吧？'当地三所高中都是四星，不存在不好的问题。/'是的，职中。'他声音更小了。/'职中也挺好啊！人家说考上高中的，将来可能给考上职中的同学打工呢。为什么？因为不少孩子虽然学习成绩一般，但头脑灵活，也能吃苦，将来走上社会常常有所作为。前几天我参加一个聚会，一桌人除了我，几乎都是当年职中的同学。你相信吗？他们现在大多是老板，都风风光光的。'我是认真的，说的也是事实。"一问一答之间，思想灌输与人格教化产生的力量让小孩找回了自信，字里行间也让读者感觉到了文字的温馨。"回顾那些难忘的岁月，或许我们曾经年少轻狂，犯下了许多错误，让自己和身边的人都受到了伤害；或许我们曾经错失了一些重要的机会，让梦想变得遥不可及；或许我们曾经失去了一些亲爱的人，让自己心痛不已。/然而，正是这些经历，让我们成长、成熟。那些遗憾和不足促使我们不断前进、不断追求完美；那些曾经错过的机会和梦想，让我们更加明白努力奋斗的意义和价值；那些痛苦的回忆，让我们更加懂得幸福的来之不易，更加珍惜现在所拥有的一切……/生活就像一条河，流淌着过去、现在和未来。过去的经历如同河中的朵朵浪花，汇聚成我们现在的生活。"而思想就是观照生活的反映，鲜活的思想只有被赋予作品的形象，思想才会有了根植，它不会枯萎也不会空洞。它就如同一条灵动的鱼，在生活的大江大河里游来游去，不断捕捉生活中每一个值得珍惜和收藏的瞬间。

《游来游去的鱼》算是作者一次有为的突破，无论是有意还是无意，它带给作者和读者写作与阅读的一种全新视角，以及产生的后续放大效应，都应该让我们充满想象的空间，收获美好的预期。正如卡夫卡所说："书必须是凿破我们心中冰封海洋的一把斧子。"我愿韦国现在出版的《游来游去的鱼》这本文集，融汇《故乡的滋味》，不断在生活中汲取阳光和雨露，让《飞鸟和射手》在更广阔的文学天地，以十八般武艺的高强，破除世俗的冰封，让每一位读者都能在他的作品中找到属于他们自己的感动与思考。

（管国颂，文化学者、盐城市网络作家协会主席、《湖海》文学执行主编，历任盐城市"五个一工程"奖、盐城市政府文艺奖、盐城市哲学社会科学奖、盐城市《湖海》文学奖评委。）

目　录

第一章
梅雨季节

　　这个梅雨季节于我而言，来得有点儿巧。与以往相比，这段日子过得有点任性、有点慵懒，也有点轻松、有点闲适。

人间有味

一

端午节到了。

这节气、节日接踵而至啊！才夏至，又端午。

想起一句我特别喜欢的歌词——我踩着不变的步伐，是为了配合你到来！

"叮零零……"是表姐的电话，我知道，肯定是要送粽子给我们。

舅舅生了六个孩子，唯一的女孩就是我表姐。

粽子我真的不想再要了。老婆姐弟共七个，相互之间送的粽子就够吃上十天半月的。时间放久了，吃着不新鲜。

说到这儿，情不自禁多扯几句。可以骄傲地说，我一直努力带头孝敬父母，因此兄弟姐妹都比较关照我，有时候还真有点儿"众星捧月"的感觉。

我父母的兄弟姐妹共八个（父亲这边五个，母亲那边三个），舅舅舅妈、姨娘姨父、叔叔婶婶、姑母姑父，加上父亲母亲，算起来就是十八个。现在仍健在的，仅我父母两个。

以我的体会，父母的寿命除了遗传因素，孩子的照顾也十分重要。我父亲已有几次被从死亡线上硬是给拉了回来。

也许有亲戚会不服气。可是偶然性、必然性，谁又能说得清呢？事实胜于雄辩。

"叮零零……"又是表姐打来的。

"叮零零……"还是表姐。

……

电话我都没接。抱歉啊！她家住我隔壁的小区，我一说在家，她和表姐夫肯定立马就到。

他们家人多，粽子留着自己吃，更合理。

再说，不巧这两天我病了，感觉有点发热，他们也不宜来我家。

二

到了晚上，老婆出门跑步去了，我一个人在家里客厅来回晃悠。

病了，得对自己负责，好好休息。出门跑步，看到健身器材我的手会痒痒。

这时候，我该认真回个电话给表姐了。

"姐啊，今天一天在外，都不方便接你的电话。晚上回来感觉比较累，身体不舒服。"说了善意的谎言，只为他们别送东西来。

"我懂了。我自己包的粽子，是你喜欢的赤豆、花生和蜜枣馅的，送几只过来。我和你姐夫戴上口罩，送几只粽子，跟你说几句话就行。"表姐这话说得，让我眼眶发热了。

"别呀！姐，真的没必要，家里粽子多着呢！你知道的，你弟媳兄弟姐妹多，遇上传统节日最喜欢做吃的了，好吃的东西都少不了我家的份。"我这可是实话实说。

"那我更要来！弟媳那边都是女方，我代表男方亲戚来慰问。本来带一箱牛奶，现在带上两箱。粽子也要多送点过来。"表姐毫不含糊，也没得商量。

这人！跟我较劲嘛！可盛情难却呀。

一会儿之后，夫妻俩戴着口罩、拎着两箱牛奶、两袋粽子以及一个装着粽子的礼盒笑嘻嘻地站在了我家门口。

免不了一番寒暄、客气。我也没请他们进来坐会儿，他们家可是祖孙三代住一起，万一感染了比较麻烦。

"两袋自己裹的粽子我拿了，牛奶和礼盒你们带回去吧。你们看这边墙角上，牛奶有几箱呢，我们夫妻俩从女儿小时候就跟她同步喝牛奶，从没间断过，一买就是两三箱。牛奶你们带回去给孙子喝，再说时间长了也会过期。礼盒粽子送给哪位长辈吧，我是兄弟，别见外了。"我实事求是、诚心诚意。

"你好好歇着，一天多喝两杯牛奶，多吃点高蛋白的食物以及水果之类。不多聊了，我们回去了。"说完，表姐他们挥了挥手，果断地拉上门就离开了。

三

没多久，老婆跑完步回来了。

"谁送这么多粽子来？这礼盒里是什么？"到厨房洗手时，老婆看见了粽子。

"是粽子，都是粽子。还有牛奶我放在墙角。我表姐夫妻俩送过来的。"我告诉她。

通常只称舅舅家的唯一表姐为"表姐"，所以不用多介绍。

"看这礼盒，外面一层硬质包装，里面几只塑料瓶，粽子又是真空塑封……他们，自己舍不得吃却送给我们，真是！"老婆仔细看了看礼盒，发表感慨。

"自己舍不得吃却送给我们，真是！"这句话，我默默听进心里去了。

老婆不喜欢别人送东西给我们，特别是节日前后，我不在家时，有谁敲门，她根本不可能开门。

如果我接受了亲戚、好友送的礼物（一般我都同时回礼），她见到后说的话也不好听——

"烦死了！"

"这人真是！上次说了让他别来。"

"这玩意包装过度，就是洋盘。瞎浪费钱不是！"

如此等等，常常让我尴尬又无奈。

今天这话却说得令人暖心。

人间有味！

梅雨季节

一

梅雨，是指每年6月中旬到7月上、中旬，长江中下游区域内出现的一段连绵阴雨天气。

此时，空气潮湿，器物易霉，故称"霉雨"。又值江南梅子黄熟之时，亦称"梅雨"或"黄梅雨"。

雨带停留时间称为"梅雨季节"。梅雨季节开始的一天称为"入梅"，结束的一天称为"出梅"。

二

今年入梅以来，我们当地雨水较多，但真正的强降雨则基本没有发生。

这个梅雨季节于我而言，来得有点儿巧。简单地说是在两个"之后"——身体"二阳"之后、书稿交付之后。

因此，与以往相比，这段日子过得有点任性、有点慵懒，也有点轻松、有点闲适。

三

苏北大平原的夏季是翠绿的，梅雨季节更是，无论树木还是庄稼都一片翠绿。

小城最多的树木是香樟。其实这儿的气候并不太适宜香樟的生长，但现在，冬季的颓势早已不再，树叶青翠欲滴。

站在楼上朝树顶看，刚刚长出来的香樟叶有些嫩黄，树冠还点缀着几片红叶。

高杆女贞树上开满了一簇簇乳白色、鹅黄色的小花，花儿密得把树叶都挤一边去了。一股青草味从树向四周扩散开来，清新怡人，还让人感受到一种生机勃勃的气息。

停在树下的汽车，总会沐浴一场又一场的"花瓣雨"。

硕大、洁白的广玉兰花陆陆续续开了近两个月，不得不惊叹它们的花期有如此之长。熟视，却从未无睹。远远望去，朵朵白花似一盏盏精致的路灯，又像一只只栖息在树上的白鸽。

雨后，广玉兰花的味道，有点甜。

栀子花的香，和雨中的薄雾一样，轻轻包裹着每一位行人。若是停留一段时间之后，香气如春天的柳絮，粘在了你的衣服上、头发上、皮肤上……

乡村田野里一望无际的是秧苗。随着土地流转与高标准农田建设，"小田变大田"，凡是种水稻的地方，眼下绿油油的秧苗铺天盖地。高温潮湿的天气正适合秧苗生长。

这个时期稻田里的青蛙也最多、最活跃，每到傍晚，"听取蛙声一片"，连星星都被震得纷纷掉落在水田里。

四

几乎和入梅同时，我进入了"二阳"期。

其实，感觉和上次差不多，也是一夜之间嗓子似乎被堵住了，然后干咳、乏力。

起初对于是不是再次阳了，真的没在意。本来就不值得大惊小怪嘛。

接下来的两天，按通知要求外出参加省人大的活动，人处于一种忙碌而兴奋的状态之中，也没感觉有多么疲惫。

晚上准备发言稿，认真地读与写，弄得比较迟。早晨也仍坚持晨跑、吊单杠。好在在单杠上只是直直地挂着，没做引体向上。

出差回来之后，若不是办公室通知第二天也就是端午节参加区政府常务会议，我也不会想到自测一下新冠病毒抗原。

结果，"T""C"两道清晰的红杠。

赶紧，第二天的会议请了个假。从柜子里找出罗红霉素、止咳糖浆等，先消炎止咳。

天空不时飘落一阵绵绵细雨，对面柏油马路上笼罩着一层轻烟似的雨雾。

烧上一壶开水，拿出紫砂茶壶，泡一壶白茶，用自己的带把儿的紫砂"主人杯"，慢慢喝茶。茶是今年的新茶，口感较淡，茶水的颜色也是浅浅的绿色。这茶倒是和外面的雨比较匹配，都是不急不躁、浅浅淡淡的感觉。

这"二阳"的时机是不是太巧了点？明天开始就是三天端午节假期，正好在家里好好歇着。

自从疫情防控全面放开之后，人的心情就随之放松下来。事实上只要身体没有严重的基础疾病，阳了，并没有什么风险。

晚上，老婆也自测了抗原，倒好，是阴性。不过，我阳着，她也无法随意走动，两边老家都有老人。

这三天，我们就心安理得地享受"二人世界"吧。

"明天开始，早晨做水煮蛋给你吃。上午我到菜市场买老母鸡和排骨。老母鸡熬汤，排骨你喜欢吃红烧还是做汤？我建议做红烧吧。"老婆安排起今后几天的伙食来。

有了头一次"阳过""阳康"的经历，现在堪称驾轻就熟。

"好的。排骨就红烧吧，不与鸡汤重复。"我很自觉地随声附和。

"饭来张口"的人最好别太挑剔，也别提什么意见和建议。

"梅雨季节，是杨梅成熟的时候，记得浙江台州的杨梅很不错，我马上从网上买上一箱。这段时期也是吃荔枝的季节吧？同时网购一些，就买广东的。现在快递速度很快。"老婆想得真周到，梅雨期吃杨梅，应时又应景；而荔枝，"一骑红尘妃子笑，无人知是荔枝来"，多么令人神往的事情！

在一首诗中同时说到杨梅和荔枝的，应该是苏东坡的《惠州一绝》："罗浮山下四时春，卢橘杨梅次第新。日啖荔枝三百颗，不辞长作岭南人。"

"哇，这么好的口福！今年这个梅雨季节将不同寻常！"我简直有点受宠若惊。

以前，我喜欢吃南瓜、山芋等"粗粮"，却常常在老婆给做好了之后，因工作加班加点或者有接待任务之类特殊情况不能回家吃饭，搞得老婆顿失成就感，不开心。久而久之，也就不再买这些东西了。怪不得老婆，而我似乎也没有过错。

"现在网购太方便也太平常了，指尖点击几下而已。不过，买了之后到货还需要点时间，节日期间物流运力会更紧张。明天上午去买菜的时候，我先买些瓜果回来。你想吃什么水果？"老婆说完之后，征求我的意见。

"随便吧。那就买点桃子，菠萝蜜也少买点儿。安慕希酸奶买上两箱吧，我喜欢喝那个。"平时生活简单惯了，我的要求不高。

五

老婆一早就去了菜市场。

回来的时候，大袋、小袋拎了很多。好在自己有汽车，楼里也新装了电梯。

桃子买了三种：油桃、黄桃、水蜜桃；甜瓜也有三种：青皮的、白皮的、羊角蜜；另外还有西瓜和菠萝蜜。

两个"三种"，好有仪式感啊！过去基本只买一种，有时轮番着买。

三种甜瓜都极其新鲜，瓜皮泛着亮亮的光泽，仿佛还带着泥土气息。

青皮的那种个头小小的，看上去有"咬根瓜"的特征，就是瓜结在靠近藤的根部，相当于本根藤的"头胎"。一般来说，这种瓜十分好吃。

我迫不及待地洗了一只。果然，皮特别薄，无需用刀削，适宜用水果刨子上下刨。吃上一口，又甜又香，完全是小时候自家瓜园里种植的那种味道与感觉。

后来，又吃了白皮的甜瓜。虽然没有青皮的嫩，但更甜，差不多有我母亲习惯于用盐城话说的"洋糖"（白砂糖）的甜度。

羊角蜜，鲜嫩而且水分充足，甜度适中。

再说桃子。油桃熟透了，皮只需用手轻轻剥去，软软的，甜甜的；黄桃放在冰箱里冷藏后，吃起来脆脆又凉凉，别有一番风味；水蜜桃是当地产的，品质虽无法与无锡阳山水蜜桃相比，但和甜瓜一样，吃上去有"家的味道"。

没过多久，杨梅和荔枝到了。

杨梅叫作"台州仙梅"，包装十分讲究，有两只精致的蓝色塑料篮，中间用冰块隔开。

洗的时候，我先用淡盐水浸泡，再用清水冲洗，然后一颗颗抓在手心，用力甩上几下，尽量把水甩干净。

"需要这么烦吗？还是我来吧。"老婆嫌我太烦琐。

"你就坐那儿，我洗好之后你慢慢吃。你买了这么多好吃的，杨梅我清洗一下，一点不费劲。"这点服务我能做好。

荔枝有多大？接近乒乓球大小，肉厚、核小，味甜、汁多。也许当年杨贵妃吃的品种都没这么好。

天气热，搁冰箱里冷藏。再拿出来吃时，荔枝肉的颜色没那么嫩白了，却似水晶球，而且水分显得更加充足。剥皮的时候，常常有一种爆裂的感觉，水一下子冒出很远。我和老婆一起吃的时候，一不小心水就冒到了对方的脸上，哈哈……

六

"这个梅雨季节，我们俩在家吃吃喝喝，倒有点度蜜月的感觉了。"我笑着对老婆说。

"度蜜月？多大年纪了！还说这个。"老婆朝我翻了个白眼。

对啊，不能说是度蜜月，蜜月里怎会没有"喜闻乐见的娱乐活动"呢？

年纪是不小了，可我从未觉得自己老了，真心从未。

这就是爱

"成片"白发

君君是"80后"，最近头上新添了白发。

妈妈看见了十分着急："乖乖，你头上怎么突然有了成片的白发，最近是不是有什么心事啊？快跟妈妈说说！"

君君到镜子前面仔细用手翻了、用心数了头上的白发，原来母亲口中所谓的"成片"，不过是十根八根。

你是不是他亲妈

一位身材娇小、比较时尚的年轻妈妈，穿着一件冲锋衣和一条宽松的萝卜裤以及一双平板鞋来接儿子放学。

从孩子的校服看上去，应该是个小学生，但身高已跟妈妈差不多。

孩子上汽车时，腿还没有完全收进去，他妈妈就开始关车门。结果，车门撞了孩子的腿，孩子疼得直叫唤："啊！啊！妈妈，腿疼，我的腿疼！"

"哈哈哈哈……"年轻妈妈大笑着拉开车门，"真给撞了？不碍事吧？"

这人！是不是孩子亲妈？

信任的小船说翻就翻

一位亲戚特别关心他在当地担任干部的表弟，每当表弟出差的时间稍长些，他就要打电话问："哎，最近怎么没有在电视上看到你啊？"

"我出差了，已经出来几天了。"表弟告诉他。

"怪不得好几天没看到你出现。什么时候回来？"听上去就像有急事似的。

"还要几天才能回去。有事吗？"其实表弟了解表哥的性格与习惯。

"没事，没事。那我就放心了。"接着，他会举些近期在报刊网络上看到的有关干部出事的例子，如果有当地干部出了问题，他更要把听到的情况详细描述一遍。

"放心！我好着呢。谢谢你的关心！"表弟一边回答一边心想，只要在电视上本地新闻中看不到我，就担心我出事，这信任的小船说翻就翻。

不过，多一份友情提醒，不是坏事。

你要飞得更高

"闺女，原来排在你后面的人怎么排到前面去了？"老父亲问在当地当县领导的女儿。

"这很正常啊。你说排前面去的人，是什么样的？"女儿反问。

"就是那个高个子的，男的，脸方方正正的，眼睛大大的。"父亲一连用了几个"的"，表述得比较清楚。

"哦，人家提拔担任常务了。"女儿回答。

"那你怎么没提常务？"父亲不解。

"干部哪是个个同时往上提的！再说，我还不够条件，也当不上常务。"女儿有点哭笑不得。

"那你还要加油！现在干得不如人家好。"父亲一字一顿地叮嘱。

女儿就想起了一首歌《飞得更高》，只是歌词由"我要飞得更高，飞得更高！"变成了"你要飞得更高，飞得更高！"

你问我爱你有多深

一

近年来姐姐常说:"现在我遇上事,哪怕是很大很难的事,一点儿不会太当什么,再大的压力我也能承受,该吃吃、该睡睡。"

我当然相信,因为勤劳、善良且孝顺的她经历的艰难困苦已经够多了,说尝遍酸甜苦辣也不为过。

别的不说,姐夫10多年前得了脑出血,从此留下了较为严重的后遗症。尽管后来他和一帮病友集中到一个风景优美的公园里拼命锻炼,千方百计恢复健康,但终究没能回到正常状态,更没能再上班干活。

姐夫不上班,几乎没什么收入,整个家庭的开支与压力基本就靠姐姐一个人撑着。一时半会还好挨,10多年下来,其中的艰辛可想而知。

但是姐姐不仅挺过来了,而且越来越坚强、越来越乐观。

二

最近几年,姐姐见的世面也越来越广了。平凡的保洁工作岗位,却属于开放度高的国家4A级旅游景区荷兰花海;参加了地方老年协会的合唱团,定期训练和演出;是所在镇新组建乐队的正式成员,近年来学习电吹管不仅线下有指导老师,线上还报了长期学习班;广场舞跳得有模有样,被几个民间舞蹈队所青睐,频繁"转场",自己每天也推送新学、新跳、新录制的短视频作品;每天阅读、收听《洞见》等微信公众号的正能量作品,几乎雷打不动……

姐姐的年龄说小不小、说大也不算太大。长相遗传了父亲的白皮肤、大眼睛、高鼻梁等，加上几乎每天在抖音上发布跳广场舞的短视频，而且制作水平不断提高。这种状态下，姐姐仿佛越过越活跃，越活越年轻。

三

某天，我遇上点烦心事，有人告诉了姐姐。

第二天一早，姐姐语气轻松地告诉我："我可没有太担心，一觉睡到大天亮。"

这……连我都感觉挺意外，"我的烦恼她也不放在心上了吗？"或许姐姐真的不再是过去的她了，不再是那个虽善良、质朴却敏感、脆弱的女人。

然而，任何事情都是一分为二的。压力、痛苦常常源于内心在乎，越在乎就越沉重、越难过。面对意外与挫折，过分冷静与淡定，表明内心的情感也比较淡了。

坦率地说，虽然明白"平平淡淡、从从容容才是真"，但面对波折、矛盾与困难，面对亲情、友情与爱情，内心要达到十分超脱、十分平静甚至漠然置之，我尚做不到，更做不好，也许还没修炼到家。

四

姐姐真有那么坚强？真的那么不在乎我的感受了吗？

也就过了几天时间，姐姐似乎不经意地告诉我，她"瘦了四斤"，而"前面怎么少吃多运动都没成功"。

你问我爱你有多深，为你三四天瘦了三四斤！

我忍不住流下了眼泪。

姐姐，我同样爱你！以后，不会再给你这么快速减肥的机会了。

跨年

12月28日夜　喜从天降

夜里接近12点时，接到弟弟的电话，说他第二天也就是29日回家，"仍是中午的航班，下午1：30左右就能到达盐城南洋机场"。

喜从天降！疫情防控期间，身在北京的弟弟想回来却不方便。全面放开之后，弟弟所供职的公司整合、接收了另外两家公司并新成立了文旅集团，作为总负责人，一到节假日他就忙得脱不开身。

转眼之间，又是一年过去了。

父母很想他，哥哥姐姐和我以及其他家人同样想他。

现在说回来就回来，真是太好了！美中不足、略有遗憾的是按照计划，他30日上午就得去南京。在家待的时间实在太短了。

弟弟的独立性很强。上初中时就自作主张选择了住校。有一次意外从高高的学生床的上铺掉了下来，脸上摔破了皮，眼睛被摔成"熊猫眼"。初中毕业后，考入离家20多里路的大丰县中学，学习成绩始终优良。大学是在南京读的，专业为"工业与民用建筑"。离开校园参加工作，在大丰建筑公司驻盐城市区的建筑工地上干了一年多，后来只身去了北京，一直到现在。

很早就离开了家，无论是在南京读大学还是在外地工作，他几乎从不叫苦喊累，更不向家人诉苦埋怨。

在我的记忆中，只有一次，那是刚刚参加工作时，弟弟在我面前表示过委屈，而且委屈得哭了。

那是1990年夏天，弟弟大学毕业，被分配在大丰建筑公司，公司则将他安排在第四工程处（以下简称"四处"）。当时大学生毕业后国家都包分配，大专生和中专生也是如此。

四处的主任按公司要求接收一名大学毕业生也就是我弟弟，并于指定时间到公司来带领他到四处去报到。结果，两人一起乘汽车从大丰到盐城，整个路途中他没跟弟弟讲一句话。

而到建筑工地之后，弟弟一个多月时间所干的活，就是和工人们一起拌混凝土。

公司放月假时，弟弟回大丰，直接到我单位找到我，在我宿舍向我诉说了自己的遭遇。他感觉太委屈了，说着说着忍不住流下了眼泪。

他不是个轻易落泪的人，我知道那时的他着急、委屈而茫然。

我很心疼弟弟，在找些并无很强说服力的话语安慰他的同时，自己也落了泪。

没多久，弟弟就主动申请去了北京。先是在大丰建筑公司驻北京办事处，工作条件极为艰苦，住的是跟工人一样的工棚。后来硬着头皮到一家北京的国有企业应聘，成功被录用并较快将工作关系调到了北京。不久，又将户口迁了过去。

不长时间之后，弟弟跳槽到一家以房地产开发为主业的公司。这一干，就是三十年。

弟弟是成功的。一步、一步地成长，一个岗位、一个岗位地进步，直到担任集团党委书记、董事长。

文旅集团成立不久，就承办了"北京朝阳国际茶香文化节""2023北京朝阳国际灯光节"等大型文化活动，央视曾多次作详细报道。

听弟弟介绍，北京最火的网红打卡地与网红打卡项目，有不少就属于该集团。好牛！

如果说过去他担任以房地产开发为主业的集团的党委书记、董事长，我比较佩服他的话，那么现在他担任包括文旅集团的党委书记、董事长，而且同样干得这么出色，我真的打心眼里崇拜他了。因为房地产开发基本属于他大学所学专业的范畴，而文旅，对他而言几乎是一片空白呀！

"北京市人大代表""北京市劳动模范""北京市优秀基层党组织书记"……弟弟真不简单，也不容易。农村生、农村长，养成了他勤劳朴实的习惯与性格；多年来一以贯之爱学习、善思考、能吃苦，他才在北京这样的大城市得以立足与进步。别的不说，二三十年的若干个休息日，他都是在大学校园里度过的，接受继续教育几乎没有停止过。

事业上比较成功，弟弟对父母的孝敬、对哥哥姐姐以及其他家人包括孩子们的照顾也很周全。因此，我们都很喜欢他。

好久不见，现在他突然告知将回来，而且明天就能相见，真是喜从天降！

10月29日下午　羞愧难当

今天，区委召开十三届七次全会。

全会由区委常委会主持。上午区委书记代表区委常委会作工作报告，然后分组讨论；下午继续分组讨论，再集中开会。

下午的会上，部分单位、板块作了交流发言，通过了大会决议等事项，最后区委副书记、区政府区长部署当前工作。

根据安排，我于下午分组讨论时做了发言，主要谈了听报告的体会、今后的工作打算包括如何服务挂钩乡镇、挂钩企业及项目等方面内容。

大会结束时已近黄昏，天色渐渐暗了下来。五点钟，区人大常委会还有个党组扩大会议，无疑主要议程是传达刚刚结束的区委全会精神。

如果一出大丰剧院（会场）就乘公务车直接赶到下一个会场，我一定能够顺利、稳当地参加下一个会议。

考虑到晚上要去位于新丰镇的 TM 温泉酒店和家人特别是刚刚从北京回来的弟弟团聚，我就赶回家换了私家车，便于会议结束后直接赶往饭店。

然而，当我驾车上路时，却发现路上相当堵，车根本无法开快。有的路段几乎被堵得严严实实，想往前走除非插上翅膀。

当办公室的工作人员频频打来电话催促时，眼看着时间一分分过去，车却快不了，我不由心急如焚，开始懊恼自己不够慎重与严谨，一时做出了错误决定。

在畅通的路段，我则猛踩油门、瞬间加速，有几次差点出现险情。

"还是得将安全摆在第一位，出了车祸就麻烦了，不仅遭受损失，会议也参加不了了。"在又一次紧急刹车、惊出一身冷汗之后，我头脑逐渐冷静下来。无论如何，迟到已成事实，还是正确对待吧，充分吸取教训，告诫自己下不为例。

当我急匆匆地走进会议室时，从单位主要领导到各科室工作人员都静静地坐在位置上等着我。此刻时钟显示的时间是 5∶15。

羞愧难当！

"真是太对不起大家了！没有任何借口，我向大家检讨：因为思想重视不够，因为考虑私事而回家换车，耽误了大家的时间，这里真诚表示歉意！"

这个现象，在我近 35 年的工作经历中绝无仅有。不会再有下次！今天的教训太深刻了。

12月29日晚　心安理得

TM 温泉酒店是一家新建成的准五星级酒店，坐落在国家 4A 级旅游景区大丰荷兰花海的东南侧。由于设计新颖、设施先进，客房设备智能化程度高，试营业期间就颇受顾客的青睐与好评。

弟弟所供职的公司除了从事房地产开发，还经营着几家五星级酒店。

我从网上为弟弟预订了酒店的房间，房费直接通过微信转账支付掉了。仅住一个晚上，我就不收弟弟的钱了，如果时间较长比如三五天甚至一周以上，他跟我客气的话，房费我就收下来。毕竟他的收入较高，支付能力比我强。"腰眼无铜，不能称雄"，一个人的消费水平应该跟他的收入相匹配。

全家人一起吃顿团圆饭，只能利用29日晚上的时间了，别无选择。

父母、姐姐、哥哥等，我逐一问了，包括我们夫妻两个有机会参加的大小一共12人。

晚饭安排在哪个酒店好呢？

父母年事已高，行动不便，到县城来不是最好的选择；父母所住的小区"花庄一号"倒是有家小饭店，节假日我们常在那儿小聚，但弟弟这次回来时间太短了，只有一顿"正餐"，太小的饭店不足以表达作为兄长的热情与心意；新丰小镇上的几家酒店以前曾去过几次，菜肴洋不洋、土不土，和麋鹿的俗名一样"四不像"，弟弟说"找不见乡愁"。

不如就安排在TM温泉酒店吧，这样不仅弟弟不用出门，父母来去也方便，姐姐、哥哥他们同样方便。而且这家酒店环境优美、菜肴品种也比较丰富，还是目前全区众多机关事业单位定点接待酒店。

慎重起见，我专门联系了酒店的餐饮经理，认真讨论决定了菜肴。最终的选择既有炖老母鸡、红烧野生鲫鱼、私房红烧肉等大丰地方传统菜，又有毛豆蒸蟹、黄金牛肋排、百合炒贝群等引进、开发的"洋玩意"。相信一家老小都能吃得惯、吃得饱。

150元每客，在大丰这样的小地方，说便宜不便宜，说贵也不太贵。"不怕不识货，就怕货比货"，荷兰花海景区西侧欧式风格的"羊角村"小酒店还200元每客呢。

6:30，人到齐了。入座时，弟弟竟然要坐在最外侧靠门的位置，这也太谦逊了吧！我跟他"你争我抢"了一番，最终"我的地盘我作主"。

前后十三四道菜，堪称极其丰盛的一顿晚餐，最后还剩下不少菜，全部打包带走。

最后弟弟评价说："菜肴总体不错，但有的菜换个做法口味应该更好。"我肯定口服心服，毕竟弟弟负责几家五星级酒店若干年，毕竟北京不是我们大丰可比的。

但不管弟弟和其他家人评价如何，我均心安理得。这是目前大丰最好的酒店了，菜肴是我精心挑选的，钱当然也是我花的。"礼到人不怪"，我自己也不怪。

离开酒店前，母亲将一个红包递给我，我明白那是这桌饭的钱，表示她儿子从外地回来由她招待。

是父母的儿子没错，也是我弟弟呀！

我随手将红包递给了弟弟，"给源源（弟弟的儿子）做压岁钱吧，这次孩子为迎接升学考试没能回来。"

弟弟又随手将红包递给了姐姐的外孙女，说不另外给宝宝红包了。我明白弟弟的心思，近期姐夫给父母烧饭做菜辛苦了，红包给了孩子就是给了姐夫。

眼看并参与红包的传递与接力，我更感觉心安理得。

12月30日晚　载歌载舞

"主任，任老师从德国回来了，是原来文化馆跳舞的任老师，您肯定熟悉的。她长期居住国外，难得回来，我们专门为她组织了一个小聚会，盼望您能从百忙之中抽空参加并主持活动。参加的成员都是曾经和仍然活跃在我区文艺战线的同志，不是美女就是帅哥，您领衔！时间是30日晚。主任您没出差吧？千万不要拒绝我哦。"原区总工会张主席打电话给我。他年龄比我略长，已经退居二线。

说他"巧舌如簧"似乎有点过，听得出他充满诚意；说他是"才子"倒比较恰当，据说他最初以拉一手好手风琴而出名，后来钢琴弹得也挺好，而且曾长期担任地方各类文艺活动的评委。

"好的。即使有其他活动我也会妥善安排。"毕竟是多年老友，毕竟他也曾是我的评委。

他当我的评委，这话说起来时间比较久了。那时我刚刚三十出头，是县财政局的一名中层干部，当时县文化局举办"青年歌手大奖赛"，我恰好看到了通知，就报了名。记忆犹新，是"红杉树杯"，由本地烟草公司赞助的。

从200多人参加的预赛中成功突围，匪夷所思的是参加决赛时，音乐伴奏声中应该开口唱时我却忘了歌词。是因为紧张还是思想开了小差，我自己也说不清。

比赛结束后就有位评委跟我开玩笑："你的勇气可嘉，'结结打'（结巴）也来参加歌手大赛！"我倒没太在意，重在参与，获不获奖真的没关系。能杀进决赛的都非等闲之辈，何况我在学生时代就是校园歌手。

决赛的参赛曲目《忘情水》就是张主席帮我选的，那时香港著名演员刘德华以及他的歌都很火。

"拜托您记着带些自己写的书来，您是'唱出故乡滋味的歌者'嘛！好让任老师将书带到国外阅读，留住乡愁。"张主席的话音将我从回忆中唤回。他曾得到我赠送的《故乡的滋味》，说话时就直接用上了书中序的题目。这表明他是认真阅读了的。

"好的。两本书我各带一部分来，由大家随意选择。"让更多人读到自己的书，是我的荣幸。

当我拎着装着书的布包走进绿岛生态园酒店一号餐厅时，立即就闻到一股熟悉的香味，深呼吸，这种香味好醉人啊！

朝茶几上望过去，啊！盘子里装着"果子"（俗称"糖果子"，正规的名字应该叫作"京果"吧），还有"麻切"（一种用米粉或面粉做成的长方形点心）以及看得出是自己炒的南瓜子，等等。

主人真是太有心了，盘中都是伴随着我们长大的、只有春节时才能吃到的美味，特别是麻切，现在在一般商店里根本看不到。

赶紧到水池边洗了手，我拿起一块麻切就吃。真香啊！完全是小时候的味道、家的味道！

再吃几口果子，童年的情景立刻浮现在眼前：年三十晚上，父母用红纸包上一小包果子放在我们床头。第二天即大年初一早晨醒来的时候，我们得先吃一口果子，然后再开口说话。这种习俗究竟有什么寓意，到现在我都没弄明白。

除了主人夫妇，我是第一个到的。正好后面来了客人，我好逐个签名赠书。

任老师来了，穿着一身休闲又很炫酷的衣服，还是当年那个样子。她曾是大丰文艺舞台上舞蹈的"台柱子"，也是当年众多舞蹈节目的编舞者。现在城区不少民间舞蹈队的队长都曾是她的学生。

"我是远道而来的，得拿两本书，而且都要作者签名。相信没人会跟我攀比。他们后面来的人也不知道的，何况还有'读书人窃书不为偷'之说。"听张主席介绍了我的书之后，任老师直率又风趣地说。

客人们陆续到来，都是当地的大咖呀——

锡剧团的戚团长，是位美女，国家二级演员，是著名锡剧表演艺术家倪同芳的学生。在"2023年紫金文化艺术节"上，她与省锡剧团优秀演员们联袂主演《大先生》中的角色。

区文化馆的陈馆长，平时参加演出活动时，唱的几乎都是美声。能当文化馆馆长，实力必定杠杠的。

王队长，也是位美女，是大丰芳韵舞蹈队的队长、国家级体育指导员、江苏省广场舞"最美舞者"。

李总，原大丰广电网络公司总经理，爱唱童安格的歌，不仅模仿得惟妙惟肖，而且有自己独特的演绎。近年来又迷上了京歌，不得了！可见其音域之宽广。

原国土局的朱局长，摄影达人，作品屡获大奖；喜爱骑车，一副永远年轻的模样。

王科长，原农业银行的职员，资深男歌唱演员，多年来一直保持良好的演唱状态与舞台形象，也是区老年合唱团的重要成员。

东道主之一，张主席的夫人是一家幼儿园的负责人，多才多艺，尤其是女高音的歌曲唱得好，她唱歌时听众完全不用担心哪个高音唱不上去或唱破了音。

也有两三位客人我不太熟悉。其中有位先生向我作自我介绍："主任，在老体育馆的乒乓球馆我跟你打过乒乓球呢。我跟你哥哥更熟。"可我却真的想不起来他是谁了，惭愧！

说到乒乓球，巧了！我的书中有篇《别了，乒乓球》就记录了在大丰老体育馆里我跟李总的一场较量。情不自禁，我拿起《故乡的滋味》，翻到了这一篇，"李总，还记得吗？很久以前我曾赢你的那场球，是我一直引以为豪的。""当然记得。那场球你打得就是好，真的。"李总很善解人意。

看我在文中的表述："一次难忘的以弱胜强之战，是在我区老体育馆，跟当时区广电局一位乒乓球爱好者的对决。对方在我区有一定知名度，球技比我高出一截。那是一个星期天的上午，观众较多，且大多是我们双方都熟悉的。我的状态出奇地好，无论跑动还是进攻都十分积极。到后来，完全超水平发挥，我的现场表现大大出乎人们的意料，每得一分，都赢得一片喝彩。"

现在再看，文章写得还是粗糙了些，没有将场面的惊险充分描绘出来。

也因为这是我打乒乓球以弱胜强的第二个战例，前面一例在书中已经详细叙述过了。

另一件特别巧的事情，是我跟客人之一、原区档案局戚局长提起多年前她参加全区体育舞蹈表演的场景："你穿着红裙子，跳的是华尔兹，旋转起来体态轻盈、风度翩翩！"戚局长听了立刻把眼睛睁得滚圆，"竟有这么巧的事！今天刚刚有人把那年跳舞的照片发给我。这么多年过去了，今天竟然有两人提起这事！"

听了这话，大家纷纷要求戚局长展示一下当年的风采。果然，照片中的她一袭红裙，舞姿翩跹，很有范儿。

人到齐了之后，我们坐下来就餐。

作为受托的主持人，我的祝酒词就简单的三句话："我们都是老朋友，友谊长存！我们都有文艺范，永远年轻！我们共同辞旧迎新，明天更好！"

酒过三巡，主人提议开始表演文艺节目。

是啊，马上就是新年了，我们应该唱起来、跳起来，快快乐乐迎新年！

先从专业人士开始，当仁不让嘛！

王科长打头炮，他演唱的是《老师我爱你》。浑厚、圆润的嗓音，沉稳而充满深情的表达，将歌曲的意境表达得淋漓尽致，以至于唱结束时我们仍沉浸其中，竟都忘了鼓掌。停顿了几秒钟之后，大家如梦初醒，"啪啪啪啪……"热烈的掌声响了起来！

接着，陈馆长演唱《卓玛》，王队长和她的队友主动上台伴舞。悠扬的旋律如同高原上的清风拂过心田，使我们仿佛置身于那片纯净的土地；舞蹈演员优美的舞姿如同盛开的格桑花一样绚烂多姿，展现出藏族文化的深厚底蕴。歌曲以其缓慢而深沉的节奏，提醒我们放慢脚步，去感受生活中的美好，去品味那份来自心底的宁静和纯净。

谁表演下一个节目？不用提议，大家自然而然地将目光集中在了戚团长身上。"最近我们专门排练了锡剧《方强》，主要选取了革命烈士方强的一些工作与生活片段。下面我就为大家演唱剧中方强母亲的一段唱段。"戚团长饱含深情地介绍。

悲苦却坚定的唱腔，字字血，声声泪……烈士的母亲虽然承受着巨大的痛苦，但她的话语中却充满了自豪。她深知，儿子虽然壮烈牺牲，但他的精神和正义将永远流传下去。

方强烈士英勇就义时才40岁。那些为国捐躯的英雄们的精神照亮了我们前行的道路，我们应该铭记历史，赓续红色血脉，珍惜当下，努力为美好的未来奋斗。

作为专业演员，戚团长的表演就是与众不同，特别是丰富的肢体语言包括眼神都特别到位，这也让我们充分感受到专业演员的敬业精神与职业操守。

稍微休息了一会儿之后，有人建议任老师表演一段舞蹈。

"我的胳膊关节有点小问题，这样吧，请王队长代表我跳一曲吧。"任老师转身跟王队长商量。

"恭敬不如从命。我跳一段蒙古族舞蹈《永远的赞歌》，请任老师及各位多多指教！"边说王队长边离开座位，走上舞台。

随着音乐缓缓响起，王队长用优美的舞姿讲述着一个关于草原、关于生活、关于赞歌的故事。她时而双臂舒展，犹如雄鹰展翅，象征着蒙古族人民的豪放与自由；时而脚下轻踏，如同骏马奔腾，展现了草原的广袤与活力；而连续不断地旋转，则展示了蒙古族人民强健的体魄与不屈的精神。

《永远的赞歌》不仅是对蒙古族文化的赞美，也启发人们对生活的热爱和对未来的期望。

这时候，气氛浓烈，高潮迭起，大家的热情被点燃了，纷纷主动登台表演。《爱与哀愁》《选择》等，载歌载舞、好戏连台。

歌曲《草原夜色美》的旋律优美，王队长的队友看上去文静、内敛，唱歌时却很放得开，歌声浑厚、深沉而悠长，有较强的穿透力，把我们带到了广袤无垠的草原上，夜幕降临，繁星点点……

任老师坐不住了，踏着节奏，缓步走上舞台跳了起来。还是那么热情奔放，还是那么优雅大气，一举手、一投足都韵味十足，每一个转身、每一个跳跃都充满了力量与美感。

我们都被深深地吸引与感染，和着旋律轻声哼唱起来，"草原夜色美，未举金杯人已醉，晚风唱着甜蜜的歌啊，轻骑踏月不忍归。啊哈嗬哎，啊哈嗬……"我们一起用歌声和舞蹈诠释着对生活的理解和对未来的憧憬。

戚局长演唱的是《传奇》，因为她恰巧在我的第二本书《飞鸟与射手》中读到了文章《只是因为在人群中看了你一眼》。但这篇文章我写的不是跟某人一见钟情，而是在小区门口看到卖菜的摊头上放着几只金黄的"癞葡萄"时，勾起了我儿时的回忆与乡愁，迫不及待地悉数买下来的故事。

当已经唱过一曲《爱与哀愁》的李总自告奋勇再次登台演唱刘欢的京歌《情怨》时，高亢嘹亮而又婉转悠扬的歌声，让我们更加深深地相信什么叫作"宝刀不老"，也更加深深地被精妙无双的国粹所陶醉。

最后，在《今夜无眠》的歌舞中，大家意犹未尽地道了"再见！"

30日的夜晚，不是跨年，胜似跨年。

12月31日晚　酸甜苦辣

本想利用元旦假期静静读书、写作，可闲杂事务、活动还是不少。31日早晨还在想，好好把剩余时间用上吧。

"哥哥好！久违了！我在上海回来的路上。今天晚上的时间一定要留给我，我是真的太想哥哥了，而且有事想跟哥哥说说。晚上在东篱酒店666包间。"一位好友也一直喊我为"哥哥"的宇培打来电话。

真好久没见了。和他相识20多年，没有中断过联系，我们属于比较投缘的一类，说"志趣相投"肯定没有任何夸张与不恰当。

近两年，由于在他工作岗位变动的问题上我们的意见有些分歧，加上我得空便埋头写作，较少主动跟别人联系，我跟他见面的次数就没有过去频繁了。

"兄弟好！好久不见！我也常常想起你。本来这两天真不想参加任何活动了，但兄弟的邀请还是不可能拒绝。今天是31号，跨年啊！"我还真的想见到他。

"你请嫂子一起参加吧，反正基本是老面孔，一起跨年不更热闹？"他再次热情相邀。

"你知道的，嫂子她一般不大愿意出来活动。"我实话实说。

"我们是'二班'的呀，嫂子一定会给我这个面子的，哈哈……"宇培笑了起来，"哥哥你说晚上喝什么酒？是曾经喝过的东北'烧刀子'药材酒？还是另外找点什么老陈酒？"

"就'烧刀子'吧，挺好！反正没什么外人。""烧刀子"我们一起喝过，是用一只矿泉水水桶装的，里面泡着不少药材。这酒不太适宜用在正式场合，老朋友小聚时喝这个却实惠。

晚上我换上一身休闲的衣服，穿上马丁靴，并戴上条颇具"文艺范"的围巾。我知道除了有几位客人是宇培女儿的老师，另几位均是一支小乐队的成员，我熟悉得很。其中宇培是键盘手，周彬是贝斯手，冯剑是主唱。

我们曾约定，等我把钢琴练好之后，我来担任小乐队的键盘手兼主唱。可惜后来渐渐感觉时间不够用，我停止了钢琴的学习。"鱼"与"熊掌"不可兼得，只要身体健康，一切都来得及。待到从工作岗位上退居二线，我有的是时间和机会。

晚上6：20左右到达餐厅。主人已在里面迎候客人，周彬和太太以及大丰高级中学的副校长也曾是我女儿老师的马校长也已到了。感觉周彬太太比过去清瘦了一些，其他人几乎看不出有什么变化。

先坐下来打牌，我对打牌向来不感兴趣，也打得较差。边敷衍地打着，边听马校长和周彬太太聊天。他们在谈论某一对孩子的认识与相恋过程，可能是他们谁给介绍的，目前情况良好，因此他们越谈越开心。

由于自己的孩子年近三十，还不想谈恋爱，听到关于别人家孩子恋爱婚姻的话题时，我的心情难免会有点复杂。倒不是嫉妒别人或者希望所有的孩子都别恋爱，我的心胸没这么狭隘，只是暗暗为自己的孩子着急。明知是干着急可还是要急，实乃"中国式父母"的心态，呵呵。

当两个关键人物、宇培女儿的两位老师江老师与郝老师到了之后，我们就扔下手中的牌，坐下来吃饭。

江老师携老公一起来赴宴。江老师的老公跟大家并不陌生，特别是跟几位女士相当熟悉，听说他们都在同一个微信群里，还打趣称众美女均是他的"知己"，哈哈……

照例是我受托主持。一番寒暄、祝福之后，我将主题集中到宇培孩子的学习上，"感谢老师们特别是江老师和郝老师对宇培孩子的关心教育，期待在新的一年里孩子学习进步、茁壮成长，越来越优秀！也祝大家在新的一年里健康、快乐、心想事成！干杯！"

按照大丰的惯例，大家一起喝完三杯之后再各自敬酒。"烧刀子"由于放入药材浸泡已久，看起来像红酒一样，但老底却是68度散装白酒，非常"刚烈"，很有劲道。因此，在大家纷纷敬酒之后，不胜酒力的人很快有了明显反应，尤其是宇培、周彬和我脸均红成了"关公"。

今天的重要客人江老师，近年来堪称春风得意。正高级职称、省教学名师、省人大代表、市级劳动模范……今年秋天又当上了城区一所重点初中的副校长。这些，不仅是对她多年教育实践的肯定，同样是对其个人才华与努力的嘉奖。因此，不仅主人，桌上其他客人也纷纷敬他们夫妇的酒。

幸福都是奋斗得来的。江老师得到这么多荣誉、待遇，付出的是比一般人多得多的时间、精力，包括汗水与泪水。听她介绍，有一次在课堂上她的腰突然就直不起来了，最后是其他老师用担架将她抬出去的。她的文章写得很棒，曾跟我们一起出书，但近年来却写得不多，平时文友聚会也很少参加。就说今天，她的头发似乎没怎么打理，显得比较凌乱。

周彬是当地一家民营企业的负责人。2023年经济下行压力加大，民营企业订单减少，经营陷入困境的不在少数。同时，经济结构调整，产业升级加速，民营企业不得不面对更加激烈的竞争。听周彬介绍，他们公司同样遇上不少困难，压力不是一般的大。

新的一年，期待通过加强自主创新、品牌建设以及争取政策支持等多方面努力，民营企业迎来温暖的春天。

一番交流之后，大家把话题集中到我的写作上。江老师说："主任，你2023年写作收获'五子登科'，我已远远落在你后面，跟不上节奏了。新书《飞鸟与射手》热销，太值得庆贺了！大家一起喝一杯吧。"

"来来来，一起喝！"大家纷纷响应。有人端着酒杯走到我面前，喝完之后，提出再单独来一杯。

"我们现在就下单买书吧！"郝老师直接拿出手机，打开淘宝。

"你先替我买一本，我转钱给你。"马校长对郝老师说。

"啊？买不了两本，一家店一次只能买一本。"郝老师动手之后发现了问题，感觉很意外。

"哈哈，这是投资方的'饥饿销售法'，就是一次只能买一本。但可以在不同的店买，淘宝上有上百家店在销售着《飞鸟与射手》。"早已有朋友告诉过我，我倒感觉颇为骄傲和自豪。

就这样，一个话题接着一个话题，一个高潮接着一个高潮。我和宇培、周彬都喝多了，不仅面红耳赤、气喘吁吁，而且明显有了醉意。

不时有其他包间的人来敬酒，特别是一些女士，不仅酒量大，还能说会道，总有办法劝得我们非干杯不可。

　　有一位原来财政局同事的女儿，结婚时我还参加她婚礼的，那时的她清瘦文静，现在明显长胖了，人也变得比较泼辣，来敬酒时风风火火地喊我"哥哥"，还要求"哥哥"把杯中酒喝完。依她爸爸算，我当然是她"叔叔"。看着她，我不由想起了鲁迅《故乡》中的闰土，少年时戴着银项圈，活泼、勇敢又可爱；长大后历经生活的磨砺，变得拘谨、木讷而世故，令人唏嘘感叹。

　　此刻，周彬已经趴在旁边牌桌上睡着了，任何人喊他也没反应。

　　"扑通"，不好！宇培从座椅上滑了下去，"哎呀，酒喝多了。"他自我解嘲道。看得出头脑还很清醒，只是行动变迟缓了。

　　这时，马校长的老公就是前面介绍到的小乐队的主唱冯剑赶了过来，他是先赴了另一场宴会。好久不见，自然又是一番寒暄、敬酒。

　　"扑通"，随着又一声响，宇培又跌了一个跟头，这令我们都有点为他担心了。"没事，不小心而已。"他自己倒没觉得有多尴尬，坐在地上神色镇定地朝我们摆摆手。

　　站起来之后，宇培慢慢走到我身后，"哥哥，我有话要告诉你。你不知道我这一个星期是怎么度过的！"说完，他就沉默下来。

　　"哦？有什么特别难挨的事吗？为什么不早点跟我说说？"我转身面向他。

　　"妈妈身体不好，去了上海中山医院检查，结果双肺均发现肿瘤，已经很严重了。医生说，只能尽量多生存一些时间。妈妈才76岁，怎么突然患上这样的病？当医生告诉我的那一刻，感觉整个世界都静止了。我不知道该如何面对这个残酷的现实，也不知道该如何安慰母亲和家人。哥哥你知道的，我是家中的'顶梁柱'。"宇培的声音带着哭腔，我看见他眼里闪着泪光。

　　"我在体检时也发现几处肺结节，医生建议我做进一步检查。这次在上海就顺便检查了一下。在报告单出来之前，我一个人躺在医院走廊的长椅上，时间变得无比漫长。哥哥，你不知道当时我是多么无助！"宇培悄悄躲在我身后，无声地哭了。

我的泪水也止不住流了下来。

"幸而我的结果比较好，医生说可以确定没事，不用再做进一步检查。那一刻，我特别想打电话给你，缓解一下内心的压力。今天酒喝多了，但我头脑还是清醒的。哥哥，你不会笑话我脆弱吧？"宇培用手抹了下眼泪，定定地看着我。

"怎么会呢！我太能理解你的心情了。在接下来的日子里，带母亲去最好的医院，接受先进的治疗。中山医院建在我区的苏北健康管理中心已经在试运营了，去治疗很方便的。"作为年近六十的人，我已经面对过很多次失去亲人包括一些亲人英年早逝的现实，深切体会到人生的短暂与不易。

"我们以后常联系，同时多保重自己的身体，一定得注意多运动。"我攥了攥宇培的手，努力传递力量给他，也是叮嘱自己凡事要有信心和决心。

看看菜吃得差不多，时间也不早了，我建议晚餐就此结束。

跟宇培及朋友们挥手道别。下了楼，感觉头很晕。看到路边有卖甘蔗的，就买了一根边走边啃，借此压压酒劲。

回到家，先进房间看看老婆是否在看电视，哦，她已经睡了。悄悄打开空调，关上房门，既为取暖，也为遮挡声响。

打开客厅的空调，坐桌边又啃了几小段甘蔗，再泡上一杯自己配制的由红枣、枸杞、胎菊以及陈皮等混合而成的养生茶。

取出手提电脑，打算写点东西。这几天内心还是有些想法的，只是没机会静下来写。

可是还没写上几个字，却趴在桌上睡着了。

醒来时，发现自己还坐在客厅的桌旁。灯开着，电脑开着，面前的塑料袋里有甘蔗，茶杯里的茶几乎没喝……

赶紧关上电脑，拿了衣服去洗澡间。为防着凉，先打开平时并不使用的"浴霸"，再打开水龙头，调到"花洒"模式，让热水"劈头盖脸"冲下来。

热水如瀑布一样，不停地冲啊、冲啊，真暖和！仰起脸让成片的水帘、成串的水珠直接冲在脸上，太舒服了！

似乎总也冲不够、淋不够……

眼皮却发沉，感觉快要睡着了。哎呀，不行，我得用手抓住水龙头杆，防止摔下来。

仿佛有个声音在提醒："不能再冲了，你已经洗了太长时间了！"

哦，我得保重自己。

睡下后，却感觉头晕、恶心，有要呕吐的感觉。看来"烧刀子"威力不小，依然在胃里燃烧。

"长痛不如短痛"，起来吐掉吧，省得"反复酝酿"后结果仍相同。

于是，轻轻关上几道门，拿了牙刷，倒杯开水，取张小木凳，坐到马桶前……

再上床，还是睡不着，还是恶心。看来"烧刀子"还有残留。再起床，把刚才的动作重复一遍。

终于，头脑比较清醒了，恶心的感觉彻底消失。

打开手机看时间，哦，已经跨年，进入2024年了！

再吃点什么吗？家里糕点、水果以及牛奶都有。不吃了，此刻，空腹、有点饥饿的感觉真好。"花看半开，酒饮微醺"，生活中的很多东西其实都应该这样。

终于轻松地躺在床上，安然无恙。却无睡意袭来，头脑中回放起昨晚的一幕幕画面……

自己近年来似乎收获满满，可内心的孤独感却越来越强烈了。

有一首老歌，叫什么名字的？"生活是一团麻，那也是麻绳拧成的花；生活是一根线，也有那解不开的小疙瘩呀！生活是一条路，怎能没有坑坑洼洼；生活是一杯酒，饱含着人生酸甜苦辣……"

　　哦，想起来了，是《苦乐年华》。

　　但无论怎样，我们都要保持一颗乐观向上的心，去迎接每一个新的挑战。只有经历过风雨的洗礼，才能看见更美的彩虹。

泪目

一

参加市人大组织的一个活动，其中有个环节是观看淮剧小戏《剩饭》，戏的主题是传承艰苦奋斗好传统，要重视节约粮食。

戏中有个小演员，我觉得很像我的外甥女丹丹，于是拍了张照片发给姐姐以及我们一家三口"我爱我家"小群。

"是有点像"，我姐回复说，同时发了个龇牙表情。

"胖版的丹丹"，老婆发表了自己的看法，接着发上来一张截图，图片上的文字内容是中国注册会计师协会的一个通知："2023年8月26日举行综合阶段的考试。"

"哎呀！这人，怎么这样！孩子注册会计师专业阶段六门考试刚刚全部通过，她立即将明年'大综合'考试时间发上来，这也太心急了吧。"我在心里说，"孩子会觉得父母功利心太强，可能产生逆反心理。再说，综合阶段的考试也就是俗称的'大综合'，考过的人都称其难度比专业阶段六门课程的难度小多了。当然，'望子成龙'的愿望是好的，也可以理解。"我继续想着。

"有点像。"在上海工作的女儿说话了。这孩子说话一向言简意赅，但"浓缩的都是精华"，内容比较精准。

"当然像，脸型和五官都像。"我就是感觉挺像。

二

"我在清理耳朵，好像有脓。"女儿又发了条消息。

"应该是发炎了，游泳时有水进了耳朵。去医院看看，开些药什么的。"老婆叮嘱。

女儿最近在学游泳，课程刚刚上完。蛙泳和自由泳学会了，可以独立游上几百米。

"你这孩子，身上毒气不少。"我边说边想起她的一些过往经历：前几年头皮有个地方总是痒痒，被手抓得经常发炎，后来到医院看了，连续涂药膏之后，好了；去年夏天，感觉眼睛难受，去看医生，医生给开了那种细长棒子似的消炎药水，点了一段时间；现在耳朵又发炎……

在我思前想后间，女儿发上来一个表情，这是一只小花猫，毛色以白为主，白色之间夹杂着少许黄色。它的身体向左侧着，头也微微侧向一边；它朝前看着，神情特别是眼神显得那么单纯、专注，又显得落寞而无助；它的嘴巴和鼻子微微颤抖着，似有难言之隐；它举着自己的右前腿，腿在不停地颤抖……

接着，画面出现小花猫右前腿的特写，仍然在颤抖个不停。它的腿很可能受伤了，而且伤得不轻，明显疼痛难忍。

它是如此需要陪伴、需要帮助，却没有谁来照顾和安慰它！猫爸爸、猫妈妈去哪儿了？它们为什么不来陪伴自己的孩子？它的主人哪里去了？可曾知道它受伤？怎么不赶快为它疗伤、给它安全感与温暖？

一瞬间，泪水模糊了我的双眼！

"这个表情令人心碎。"我告诉孩子。

"手颤抖，心没碎。"孩子竟然跟我幽默了一把。

你心没碎我心碎，"其实你不懂我的心"。

三

这个孩子，生在我们家，也是受苦了。从小到大，由于没有老人在身边，我们夫妻两个都在单位上班，一直时间较紧、节奏较快，孩子的衣食起居、上学读书之类均得不到很好的照顾。

我和老婆都是农村生、农村长的，我们的孩子，说她像农村孩子吧，没有享受到农村孩子的自由自在；说她像城里孩子吧，又不似城里孩子能得到几代人的宠爱。她生长在"城乡接合部"，城与乡的苦倒都沾了不少、吃了较多。

孩子小的时候，睡醒了之后从来都安安静静、不吵不闹，然后睁大双眼寻找妈妈，看不到爸爸妈妈仍然不哭不闹。脖子渐渐有了力量之后，睡醒了就把头拗起来，像条蛇似的转来转去，四处寻找亲人。

刚刚蹒跚学步时，她妈妈要复习迎接会计师中级职称的考试，是那种B类五门可分年度选考的类型，但那年她妈妈直接报考了全部五门科目。

为了集中精力复习，我们把孩子送到了乡下她爷爷奶奶家。由于刚刚学习走路，农村房屋里的家具杂物较多，孩子摔了跤就容易被磕碰到。那阵子她接连摔跤，将眼角和额头磕破了，当时均留下了疤痕。过了几年之后，疤痕才慢慢消退。

清楚记得那是一个星期天的下午，天气已经比较热了，我和她妈妈去看她。她穿着小短裤，手捧一个大大的玉米棒子啃着，脸上、身上全是玉米屑，而眼角和额头伤疤结的痂还没脱落。

小小的她站在厨房门口，见到我们，一声不吭，只是手捧玉米棒子盯着我们看。她妈妈轻轻抱起她，来到大屋南门外，眼泪忍不住滚落下来，而她将小脸紧紧贴在妈妈的脖子上，仍然一声不吭……

结果，孩子在乡下几个月的跌跌摔摔，换来了她妈妈考试的好成绩，五门科目一次全部通过，当年全县只有两个人。

上幼儿园的时候，有一年冬天得了腮腺炎，也就是俗称的"蛤蟆鼓"，半边脸肿得像皮球似的。那几天不巧她妈妈出差在外。

那天也是个周末，上午9点左右我带她到县人民医院去看门诊。刚刚挂了儿科的号在排队等候，就有领导打电话给我，要我赶紧起草当月的"财政预算执行情况分析"。我只得请了孩子的大姨来带她看病，我则丢下她到办公室加班去了。

也许因为我们带得不好，也许当时就是这个体质，较长一个时期孩子一旦感冒就咳嗽，咳嗽不久就发热，发热之后去医院检查的结论常常是"肺部感染"，因此就得挂水。

挂水扎针时，孩子从来都不吵不闹，更不会像有些孩子那样借机要玩具和吃的东西。也许她知道，就是吵啊闹的，也不会得到什么额外的"待遇"。

认识拼音之后，正巧得到一套当地作家韦伟创作的儿童文学丛书，于是她天天就着拼音读来读去，似乎百读不厌。

夏天的中午，她喜欢赖在我们大床上读书。可是我要午休啊，常常赶也赶不走她，于是"每日一打"。当然，也不是真打。挨打之后，她轻轻哭上几声，就倒在大床上睡着了，或者转移到外面沙发上读书去了。

我平时工作较忙，她妈妈除了上班还要烧饭、洗衣、拖地板，于是总给孩子留着小男生一样的短头发，而衣服，牛仔裤、运动装真没少穿。

女孩子啊，没能像个洋娃娃一样，没有给打扮得鲜鲜亮亮。不是她的错，而是我们做父母的没有时间、没有心思、没有能力做到。

读初中时，穿着运动服参加校园歌手比赛，以一首《至少还有你》取得了第二名的好成绩。嗯，其实成绩跟着装也没太大关系的。

一直没什么玩具特别是女孩子喜欢的布娃娃，一个星期只能玩一个小时左右的电脑小游戏。家里书倒是很多，孩子也读得很多，特别是一些中外名著都读过好几遍。

可是孩子，你应该记得我不止一次跟你说过："平时一些学习与生活习惯，凡是要求你做到的，爸爸先做到；否则，你可以不做，也别相信。"

那天，孩子将登机远赴国外读书，可我却因有重要工作而无法送她，就连不远处的机场都没机会相送。

在跟孩子说了"再见"之后，我开车去上班。一路上心里真的很不舍也很愧疚，视线渐渐模糊……于是停车从手机"QQ音乐"上搜索一首歌听起来，"小小竹排江中游，巍巍青山两岸走，雄鹰展翅飞，哪怕风雨骤……"

当然，孩子一路成长，在父母要求严格、学习与生活比较辛苦的同时也收获了不少。小学阶段学习成绩从未落过学校的"金牌榜"，中考成绩名列全县前30名，高考成绩名列全县前20名；江苏省"三好学生"，高中学生党员，生物及化学竞赛分别获得一、二等奖……

还有，在读大学本科及研究生期间参加的雅思考试（国际英语语言测试系统）、GMAT（吉迈特、经企管理研究生入学考试）、日语等级考试、CFA（特许金融师）等一系列考试，均取得了优良成绩。

只要我们认准的目标，几乎没有实现不了的。

今年以来也有了三大收获：注册会计师专业阶段考试最后两门高分通过、成功重新入职和顺利学会了游泳。

四

我们不是都爱听歌、唱歌吗？《隐形的翅膀》《远方的书信乘风来》《陪我看日出》等都挺好听啊。

对了，还有《风雨兼程》：今天你又去远行，正是风雨浓，山高水长路不平，愿你多保重；还是常言说得好，风光在险峰，待到雨过天晴时，捷报化彩虹！

是啊，风光在险峰。如果没有努力奋斗，赴英伦求学、去日本看自己喜爱的明星演唱会、在上海第二高度的大楼里上班……会有这些机会吗？

上面那个表情，那个令人心碎的表情我收藏起来了。其实谁都会有无奈、受伤和难过的时候。

　　以后我们一起多看看那个"strong"表情，强壮的、坚强的，周身肌肉发达、充满力量。

　　人们常说，如果有来生，我一定如何、如何……孩子，如果有来生，如果我们还做父女，坦率说，恐怕我还是这个样子，包括对你和对我自己。

感恩

一

前段日子参加了市委党校县处级主体班的学习。前后一个月的时间，其中有一个星期是到外地进行现场教学。

在外，衣服无疑得自己洗。除非送到收费的洗衣房去。

在家里"衣来伸手"惯了，对于洗衣服、晒（晾）衣服是没有什么感觉的。在党校自己洗衣服倒也不难，毕竟"60后"的我们从小在比较艰苦的环境中长大，不仅生活自理能力强，"自力更生、艰苦奋斗"的意识也强。然而晾衣服却成问题，因为宿舍里的衣架太少，特别是在外地现场教学期间，一间宿舍才两三个衣架，真的不行。

当然，最终通过将衣服这儿挂、那儿铺以及大套小、外套内等各种办法，总算紧紧张张、结结巴巴解决了问题。

有过一段缺少衣架的经历之后，再回到家里洗衣服时，感觉似乎比以前轻松多了，特别是晾晒衣服，面对绰绰有余的衣架，突然有了一种富足甚至奢侈的感觉，哪怕是原来干洗衣服时洗衣店赠送的那些简单衣架，用上去也极度舒适。

二

去外地出差，朋友为我预订了靠近办事地点的一家快捷酒店。

事情办得很顺利，吃完晚饭住进酒店的时候才9点多钟。

朋友已经打了招呼："订的快捷酒店条件可能差了点儿，你别太介意。但的确最靠近，也最方便。"

进了房间，环顾四周：一张床占据了主要空间，一张小圆桌靠墙放置。没有任何衣柜，几个衣架挂在墙上的一根钢管上。床对面墙上电视机下边缘的位置横着嵌入一块长长的木板，上面可以放置不少小物件，包括电水壶之类。

再到卫生间看看，小而精致的洗脸台，马桶是悬空挂在墙上的，放浴巾、毛巾的架子同样横嵌在墙上，巧妙地与洗脸台上下错落开来，这样浴巾等东西就不会被洗脸水淋湿。淋浴房也是小巧玲珑。

我把手机、充电器、钥匙扣等都放在了电视机下面的长板上，把电水壶打上水，烧水泡茶。

再将随身带着的公文包放在椅子旁边的地板上，从包里取出一本书来读。

一点没觉得太拥挤。一个人在外，房间紧凑点儿，反而感觉安全又温暖。

"房子不论大小，住得舒服就好。"这话说得没错。

前些日子恰好有些纠结，就因房子的事。

我现在住着的小区叫三水嘉苑。当年是由一家本土的房地产公司开发的，"自己人造自己的房子！"普普通通的广告语，听上去却倍感亲切。

面对着穿县城而过的主要河流二卯西河及其风光带的第一排"景观房"，四室朝阳，用现在的话说就是"大平层"。

其中之一便是我家。

想当年，为选择到满意的房子，我几乎跑遍了整个县城在建、在售的楼盘。最后，选中了三水嘉苑。

转眼间10多年过去了，住着的房子倒没太大变化，但小区环境却被一些不自觉的住户破坏得十分严重。

曾多次向小区物业反映过，甚至声称环境再遭破坏的话以后我就不交物业管理费了，但收效甚微。

于是，我们决定换个环境。10多年前地方党委政府鼓励机关干部买房拉动消费时，专门建设了海棠花园小区，我购置的房子一直空在那儿。

于是，找了一家装修公司动手装修。毕竟那边的环境好了很多。

然而，人是容易患得患失的。自从海棠花园小区的房子开始装修后，我的内心时常会纠结：现在，172平方米，四室朝阳，还有宽大的书房、浴室和卫生间；不久之后，135平方米，不仅房间少了，而且处处显小。

"日子，过得倒退了。"这种感觉时浓时淡，挥之不去。

再看酒店，那么小的房间，因为设计精巧、布局合理，携带的物品也都放得下；那么普通的设施和用品，由于自己心情好，用起来感觉亲切、温馨。

我们海棠花园小区的房子，可比酒店的房间宽敞多了。

回忆过去，刚刚分配工作时，在新丰镇，住的是一间老旧平房，没有厨房和卫生间；结婚时，在裕华镇，婚房是两间旧平房和一间厨房，小倒是不小，但同样没有卫生间，早晨端着个痰盂绕过整个宿舍区才到厕所；调县城后，入住82平方米的套房里，感觉简直像上了天堂一样；后来自己购置了100平方米的新房，装修得漂漂亮亮，用上了热水器、抽油烟机和排风扇等，从此以后每天晚上睡前可以冲个热水澡；再后来，换了172平方米的大房子；马上，又要搬新家、住新房了。

我和老婆都是从农村考上了学校，转了户口，改变了命运。工作之后没有用父母的钱，完全依靠自己的双手，随时代的前进而进步。

无需纠结，别再纠结了。有幸一直生长在和平年代，有宽敞明亮的房子住，生活设施齐全，务须知足。

三

人们常说，"只要能吃能睡，就别担心身体不行"。这话是从大概念上说的，细究起来并不全面，能吃能睡却排不出的话，也无法正常生活。

打个比方，一根管道，它的一端敞开、一端闭塞，只有进口、没有出口，那它肯定是不畅通的。

从医学角度来说，"出口"问题是大问题。便秘会引起腹部不适、食欲下降、口苦口臭、长斑长痘等，还伴有失眠、烦躁、多梦、抑郁等心理异常。长期便秘，毒素在体内积聚，最终会造成其他疾病。

过了大半辈子，我有过一次"出口"受阻的体会，当时可以说备受煎熬，留下了极其深刻的印象。

那是2020年10月上旬，我的手掌骨第二次做手术出院之后。其实手术后我一直注意多活动的，只是相对于平时而言运动量减小了许多。

那天下午，出院回到家里，感觉肚子胀胀的。坐到马桶上，却解不出；睡到床上后，又感觉肚子发胀，难受。

一番房间、卫生间来来回回之后，我决定不睡了，就坐在马桶上，直到解决问题。

然而，过程却比我想象的要复杂和艰巨。10分钟、20分钟、40分钟……身体本来就虚，加上马桶不似椅子那么好坐，渐渐没有了坐下去的力气，腿脚开始发麻，脑门上出虚汗……

这是我吗？一种从来没有过的挫败感涌上心头。不仅肚子鼓胀、身体乏力，心里也焦躁不安、羞愧难当。

然而，无论自己多么使劲，一切都是徒然。

我第一次想到了……呵呵，不是想到死，我不会这么脆弱，是想到了喊老婆去药店买"开塞露"。开塞露是一种解决便秘问题的药。

可是由于没有经验，使用不当，浪费掉好几支药却没有任何效果。时间一分一秒地过去，坐，坐不动；解，又解不出，无力、无奈、无助！天哪！那种感觉，实在难以描述，简直不堪回首。

最终，当然是走出了困境。

自从疫情防控全面放开之后，不少人阳了又阳。我父亲及岳母也一样。

父亲年近九十，本来大便就不太好解，住院之后，成天睡在床上，无可避免地犯了便秘。于是，根据医生的安排，吃一种药，再多喝水。过两天就会解下很多大便，解的过程中难以避免地拉了一部分大便在裤子里和床单上。

有时候吃药还不灵验，医生就用针筒抽进开塞露，然后注入病人身体内。这样治疗，效果非常好。

岳母92岁高龄，在2023年秋天接连住了两次院。同是老年人，遇上和父亲几乎相同的便秘问题，医生使用相同的治疗方法，岳母也出现相同的现象和问题。

只是中秋节那天，岳母和离世10多年的岳父"团圆"去了。

现在，每当我坐到马桶上，能够顺畅地或不费劲地完成"出口"问题，内心都会产生一种感恩之情，感谢生活给我健康身体，感谢命运让我平安过日子。

原来基本每天解一次大便的生活规律也不再机械地遵循。只要身体感觉有需要，只要时间和地点允许，就顺其自然地"放松"一下自己，而不再限于每天一次。

四

在人生旅途中，我们无法预知未来会发生什么，正如一句谚语所说："明天和意外永远不知道哪个会先来。"

很多平时我们觉得太简单、太寻常、太无所谓的事情，一旦遇上意外，就不再简单、不再寻常。

因此，我们应该感恩每一个日子，珍惜当下所拥有的一切。

在物质生活日益丰富的今天，许多人仍感到空虚和不满足。然而，环顾四周，我们会发现幸福其实很简单。比如，有健康的身体，能吃能睡能排；有房子住，每天可以冲个热水澡；有洗衣机和晾衣架，衣服保持干净整洁……这些看似微不足道的事情，却能带给我们实实在在的满足和快乐。

当然，生活中总会有一些不如意的事情发生。然而，这些挫折和困难正是我们成长的机会，它们使我们更加坚强和成熟，也更加懂得感恩、惜福。

让感恩成为我们生活的态度，让我们的生命因此而变得更加美好和充实。

巡河斗龙港

一

12月31日下午，作为斗龙港的河长，我和区水利、生态环境、农业农村、交通等部门负责人一起巡查斗龙港。

二

关于斗龙港的来历，当地民间流传着很多美丽的传说，其中，更是以"白牛斗黑龙"留下的九曲十八弯而闻名。

早年间，西团向西20多里白驹一个庄子上，有一家姓薛的农户养着一头大白水牛。这头白牛，蹄至背高有八尺，头至尾长足有一丈，双角弯曲，威武勇猛。大白牛生了一头小白牛，也是神气无比，人见人爱。

有一天，风雨交加，天空中乌云翻滚，一条黑龙挂在云端，引得倾盆暴雨。眼见暴雨就要冲毁庄稼，大白牛冲入云端，与黑龙厮杀得难解难分。

正在拼斗间，忽听身后传来小白牛"哞"的叫唤，母子连心，大白牛回头看了小白牛一眼，这一回头不要紧，河道立刻拐了一个急弯。小白牛连叫了十八声，大白牛回头看了十八次，河道也就拐了十八个弯。

后来，黑龙战败，它们打斗的痕迹变成了疏导水系，大战的地方形成了斗龙港。

三

今年以来，我们按照"河长牵头、属地负责、多部门配合"的工作思路，深入开展"两违"(违法圈圩、违法建设)及遥感监测问题专项整治行动,问题全部整治到位。

老斗龙港通过建设河长制公园、对岸坡及水工建筑物外立面进行美化、打捞漂浮物、拆除违章建筑等,全力打造幸福河湖。

这次巡河,主要查看三个现场并听取属地分管负责同志关于河道管护情况的汇报。

三个现场分别为位于县城西部经济开发区的黄海路老斗龙港大桥、位于新丰镇境内的大团桥(国考点)以及位于三龙镇境内的斗龙港闸(国考点)。

虽然外面气温较低,但天气晴好,抬头看,满眼蓝天白云,仿佛回到了深秋。

"今天天空真美!"一路上,我情不自禁跟同伴们说了好几遍。

黄海路老斗龙港大桥现场处于正在开发的"西河口片区"重要节点"小岛"的南侧,拆迁已经完成大半。看着路边大型标牌上西河口片区的规划图,令人憧憬起"产城融合示范区、品质城市会客厅"的美好未来。

这儿的水环境比过去大有改观,杂物全部清理干净,水质平均达到了三类。西侧已开发建设的一幢幢高楼整齐美观,颇具规模,给这儿增添了不少城市气息。

今后,仍需要对建筑扬尘及污水排放强化管理,新建小区生活污水全部纳管也必须得到保证。

新丰镇大团桥断面是一个老的国考点,经过历年整治,今年水质稳定达三类。对于水面漂浮物,采取了"控制源头,属地负责、层层打捞"办法,经过常年打捞、长效管理,水面已基本看不到明显的漂浮物。

站在桥上远眺,河水、芦花,阳光、云彩,堪称一幅美丽水乡图画。有渔船停泊在附近,令我想起小时候在岸边跟着轮船奔跑的场景,还有那响亮的汽笛声引得我们欢呼雀跃……

斗龙港闸国考点靠近斗龙港入海口，水质全年也稳定在三类，令人欣慰。

沿着渔港码头向前走，傍晚时分，夕阳将天空渲染得红彤彤的，倒映在宽阔的斗龙港河面，令人陶醉。不时有野鸭扑楞楞地贴着河面向远处飞去，真有"落霞与孤鹜齐飞，秋水共长天一色"的意境。

和大团桥断面一样，附近农业面源污染、畜禽养殖粪污以及砂石厂排污等管控仍需进一步强化，坚决不让各类污染源反弹。

四

"一条大河波浪宽，风吹稻花香两岸"，只要我们积极践行"绿水青山就是金山银山"理念，一以贯之抓好河长制工作，斗龙港一定能成为"河安湖晏，水清岸绿，鱼翔浅底，文昌人和，公众满意"的幸福河！

像我们小时候那样，蹲在河边用手捧起水就喝、夏天直接下河游泳等场景一定会重现。

你是幸福的，我就是快乐的

一

在电梯上，遇见一个面孔较熟却想不起来究竟是谁的人，我朝对方笑了笑、点点头，主动打了招呼。

"曾经的帅哥，这两年老了很多嘛，忙吧？"对方开了口。

"还好。现在大家都比较忙啊，工作、生活节奏越来越快。"我回答，实事求是，诚心诚意。

人家说得没错。近些年年纪渐大，白发、皱纹越来越多，黑眼圈也越发明显了，怎能不显老呢？可是老了点，真的不要紧，只要身心健康就好。

在区政府工作，忙碌，加班加点，算是常态，有时候会办事情直到深更半夜。其他还好，夜里回家太迟小区没有了汽车停车位，转来转去车停不下来最令人心急。这个时候多么希望自己是孙悟空，喊一声"变小！"汽车能像金箍棒一样立刻缩小成巴掌大。

努力当好"店小二"，依法依规服务，快服务，优服务，千方百计服务到位。真不是喊口号，在其位谋其职，形势催人也逼人，没有理由不竭尽全力。

有一首当年曾经很流行的歌，是付笛声、任静夫妇唱的，歌词我很喜欢："你是幸福的，我就是快乐的；为你付出的，再多我也值得……"

二

"忙着吗？这么久没听到你的声音了，挺好吧？再没你的电话或信息，我上班都没劲了。"姐姐打来电话。

"哈哈！我有这么重要吗？你现在日子应该过得挺充实的啊，怎么还这么希望听到我的声音？"听到姐姐这样说，我心里不由一阵激动。

"那当然！"姐姐没有丝毫犹豫。

"端午节一起在父母那边吃饭的嘛，也没多久啊。"大家庭的确才聚过不久。

"这么久还不久吗？"姐姐很认真地说。

"那……以后尽量正常给你打电话。放心吧！"我也是认真的。

以后一定不忘记给姐姐打电话，即使没什么重要的事情。哎，在人世间有哪些东西算是最重要的呢？难道亲情不是其中之一吗？

"我的脚步，总有你牵挂着，再难的路算什么！只要你是幸福的，我就是快乐的。"

三

"跟弟弟联系上了。"女儿告诉我，接着发来一张截屏图片。

她说的"弟弟"，是我弟弟的儿子，也就是我小侄子。

"源源，我是毛毛姐姐，手机号可以存一下。这边近期天气挺好，人感觉比较舒服，你可以跟老师同学们多出去走走。吃的东西口味可能不如国内，注意多吃点儿水果牛奶之类。晚上尽量不要一个人出门，喝酒的人挺多，注意安全。有什么不习惯的尽管跟姐姐说。"到底在国外，还在读研究生的女儿跟她弟弟讲话，就像大人跟小孩讲话一样。

"谢谢姐姐！我有什么不知道的就跟你说。"弟弟回姐姐的话简明扼要。他从一出生就生活在北京，见过大世面的，正常情况下应该不会有什么难题。

学校组织夏令营，小侄儿正好到了他姐姐就读的学校英国利兹大学附近。

他们的话，听着可真暖心！在家时似乎都没心没肺，出了门立马成了小大人似的。

"你是幸福的，我就是快乐的；与你是同路的，我就是幸运的！"

一问三不知的小可爱

一

"这是谁家的孩子？怎么一个人在路上转悠？他也太小了，不会是跟父母走散了吧？"一个冬日的晚上，我在门前二卯酉河风光带跑步时，看到一个小男孩独自在路上慢慢走着，不由为他担心起来。

"宝宝，你家大人呢？"我弯下腰来问他。

"不知道。"奶声奶气的，回答倒挺干脆。

"你准备往哪边走？"这儿是个路口，有几条不同方向的路可以走。

"不知道。"他还是连想都没有想的感觉。

"那，你家大人的电话号码你知道吗？"我得找到他的家人。

"不知道。"这回他朝我看了看。

一问三不知！这孩子，长得这么彤（地方话，好看的意思），但脑袋瓜子好像不好使哦。

"宝宝，我带你去找大人好吗？"我不能不管他。

"好的！"孩子立即主动伸手拉着我的手。他的小手暖乎乎的，这表明他并没有长时间一个人在寒风中待着。

看来他"一问三不知"，并不是由于大人专门叮嘱不要理会陌生人。

我们该往哪边走呢？

"你从哪边过来的？"我仍然弯下腰，耐心地问。

"不知道。"他还笑了笑，小手倒是紧紧拉着我的手。

要命！我又有点不解了，他究竟是在逗我玩还是因为大人教他凡是陌生人问话都回答"不知道"？

可我们不能随便乱走啊。

"宝宝，我们就站在这儿，等你家大人来找你。"这也是眼下唯一的办法。

"好的！"他还点了点头。"凡事听人劝"在他身上也得到体现。

"宝宝，你再想一想你家大人的电话号码，就是手机号码，你记得吗？"等待了一会儿之后，我有点不甘心。

"嗯……我不知道。"这回他似乎想了想。看来他的小脑袋瓜子并没有问题。

"那，谁带你一起出来的呢？"刚才他的一声"嗯"给了我信心。

"爸爸妈妈。"嘿，这倒又知道了。我心里基本有了底。

"哦，不急，我们不急。就在这儿等你爸爸妈妈吧。"我拉紧了他的小手。

"好的。"他也紧紧拉住我的手。

我想，孩子的爸爸妈妈一定在附近，因为他还太小。再说，他在原地转悠，很可能是大人让他在这儿等着的。

二

没多会儿，一个瘦瘦高高、年纪似乎比我大一点的男士推着辆单车走了过来。见到他，孩子立刻仰起脸，笑了。

不用说，这肯定是孩子熟悉的人，应该就是他家人。

"是你孙子？"我急切地问。

"不是，是儿子。"他笑着回答。

"啊？你儿子这么小？"真让我感到很惊讶。

"是的，是二子。"他又笑了笑。

"哦。你怎么让他一个人留在这儿？"我有点怪他不小心的意思。

"我去拿车的。"他略显惭愧地回答。

"他几岁了？"我有点不确定，也有点好奇。

"不到4岁。"他看着我，比较真诚的感觉。

"怪不得不知道你们的电话号码。"我也不再疑惑是大人让孩子说"不知道"的了。

"是啊，他还太小。"他看了看他家宝宝，眼神显得特别温柔。

"以后你不能将他一个人丢在哪儿。如果走丢了，或者被坏人拐跑，那……"我是认真的。

"是啊，以后一定注意。谢谢您！谢谢您！快谢谢叔叔吧。"瘦高个把孩子往我面前推了推。

"我是爷爷！哎，不对……他是你儿子，你的年龄看起来似乎不比我小，我应该还是叔叔，是的，是叔叔。"晕！面对这么小的孩子，被称作"叔叔"实在不适应。

"谢谢叔叔！谢谢叔叔！"孩子的笑容比路灯更灿烂。

"嗯，宝宝，不用谢！"我轻轻拍了拍他的背。

这孩子，"一问三不知"，差点被我当成小傻瓜。

他的年龄还是太小了，倒挺可爱的。不过，如果我是个骗子或者人贩子，今天这孩子一家就遇上大麻烦了。

三

在日常生活中，散步是家长与孩子共度美好时光的一种方式。然而，在享受这份宁静与温馨的同时，家长们必须时刻保持警觉，确保孩子的安全。

孩子是家庭的未来和希望，他们的安全问题一直备受关注。特别是在户外活动中，孩子们的好奇心强，喜欢四处摸索，这使得他们容易受到各种潜在危险的威胁。

因此，家长在带孩子散步以及在其他人员密集场所时务必提高警惕，防止意外发生。

　　首先，要时刻关注孩子的动向，切勿让孩子离开自己的视线范围；其次，应该告诉孩子一些基本的防骗知识，比如遇到陌生人时要保持警觉，不要接受陌生人的任何礼物，不要搭乘陌生人的车辆，等等；此外，家长要经常教育孩子严格遵守交通规则。

　　当然，仅仅依靠家长的警惕还是不够的，政府和社会也应采取措施来增强孩子们的安全意识。例如，学校可以开设安全教育课程，教会孩子们如何应对各种突发情况；社区也可以组织安全宣传活动，让孩子了解更多的安全知识。

　　总之，家长、政府和社会应该共同努力，只有这样，才能真正保障孩子的安全，让他们健康快乐地成长。

歌声飘过 40 年

一

"啊！40年没见了，真的很高兴！"

"是啊！真高兴今天能相聚在一起！"

"老师，您还是这么精神！当年我比较顽皮，可您一点儿没有嫌弃我。"

"你可比学生时期瘦了不少。平时很忙吧？要注意劳逸结合啊。"

……

晚上，当年读初中时的部分老师、同学聚会。从初中毕业至今，正好40年！

40年，当年十三四岁的少年已经五十开外，年龄稍大一些的都接近60岁了。

二

前半场敬酒、聊天，场面用一句歌词来概括就是"知心的话儿说不完！"

后半场同学及老师们登台献歌。餐厅里的音响尚可，完全可以担负起调动大家的兴致、调节气氛的重任。

我也是音乐爱好者，少不了献歌。我先唱了首《好大一棵树》献给老师们，"撒给大地多少绿荫，那是爱的音符"，感谢老师像大树一样教育、关怀和庇护我们！

一首唱完，兴之所至，想起小时候特别喜欢的一首歌，歌名叫《赤脚医生向阳花》，那是电影《红雨》的插曲。

读小学时看过两部关于赤脚医生的电影，分别是《春苗》和《红雨》，讲述的是20世纪六七十年代两位年轻乡村赤脚医生的成长经历。春苗，是位女赤脚医生；红雨，是位男赤脚医生。

两部电影都有较为突出的时代印记，人物的表演痕迹比较明显，但两首插曲非常好听，我至今记忆犹新。

《春苗》的插曲是《春苗出土迎朝阳》。

"翠竹青青哟披霞光，春苗出土哟迎朝阳。顶着风雨长，挺拔更坚强……"旋律优美，高亢嘹亮；歌词也慷慨激昂、充满豪情，听上去令人激动、叫人难忘。

《赤脚医生向阳花》的节奏稍慢一些，也更加抒情，但同样鼓舞斗志、激动人心。

那时候，农村小学并不开设音乐课，偶尔上一堂"唱歌课"，是由其他科目的老师来代教一首歌曲。

期末考试也考所谓的"音乐"，考试方式是由每位同学站起来唱一首歌。曲目自选，老师现场打分。

我参加考试时，唱得最多的就是《春苗出土迎朝阳》和《赤脚医生向阳花》，差不多每次老师都会给90以上的高分。

三

由于我现在很少唱歌，歌曲的高音部分唱起来就会比较吃力。而且我的音域本就不算宽，平时唱歌以曲调偏低的为主。

"赤脚医生向阳花，贫下中农人人夸，一根银针治百病，一颗红心哪……"哎哟！这个地方的高音唱得嗓子有突然给呛了的感觉，嗓子眼好像一下子被堵住了，发不出声音……

幸而接下来的两句比较平缓，勉勉强强将一段唱完，我到场边倒了杯水润了润嗓子，决定跟大家打声招呼后从头再来。

力求完美，是自我要求，也是多年以来形成的习惯。

当前奏再次响起的时候，我在心里默默告诫自己，到最高音的那一句时把身体重心压低，便于集中发力，而不能像费玉清那样很拽地高高仰着头。

果然，重新开始之后，一切都顺畅起来。当然这里面也有经过前一段唱过之后嗓子逐渐打开了的因素。

再次唱完一段后，我又到场边喝了两口水。这时，杯中的水就给喝完了。

在我集中注意力唱第二段的时候，一个非常暖心的画面出现了——一位同学悄悄来帮我续了半杯水。我看在眼里，暖在心里，但因唱着歌也没来得及说一声感谢。

虽然40年没见，可同学之间的感情丝毫没有变淡。我要为这位给我续水的同学点赞，真心真意谢谢你！

聚会结束时，一位后来当过影剧院经理的老师认真对我说："《赤脚医生向阳花》这首歌，恐怕在座的老师们能记得的也不多，会唱的人就更少了。你能把这首歌唱完整，而且唱得这么准确，真的不容易。不愧是好学生，不愧是多面手！"

"谢谢老师的夸奖！我一直爱好唱歌。不过，好久没唱了，刚才有个高音没唱上去。"在老师面前，我实话实说。

四

回到家，意犹未尽，在手机上找出《红雨》电影，完整地看了一遍。

故事情节基本记得，而男主角红雨的饰演者叫曹秀山，以前还真不太了解。

拍这部电影的时候，他特别年轻，长得也很帅，用现在的话说就是"小鲜肉"一枚。

资料上介绍，在20世纪70年代，曹秀山的名字曾经红极一时，与当时的当红明星李秀明齐名。而那时，他还只是一名中学生呢。

现在的他，年龄可能在65岁上下了吧？

五

一晃，40多年过去了，歌声飘过40年！

岁月如歌，时光荏苒，但那份纯真和美好，依然如初。《赤脚医生向阳花》不仅仅是一首歌，它更是一段历史的见证。在那个特殊的年代，它代表了人们对健康、对生活的渴望和追求。

如今，40多年过去了，我们的生活发生了翻天覆地的变化。愿我们不忘初心、继续前行，让歌声永远飘荡在我们的心中。

执着

一

较早时期，在学习韩红演唱版《天路》的时候，我感觉最后一句"幸福的歌声传遍四方"中"遍"的音堪称"七弯八拐"，要想唱得非常准确，还真没那么容易。

在KTV以及其他集会现场，我也认真听过别人的演唱，对这个"遍"往往唱个"七大八"或者直接"投机取巧"的人不在少数。

我是不会含糊的！在手机上专门将这个"遍"的一小段录下来，"循环播放"，听上若干遍。

最后，不仅音对了、准了，连收尾时那个隐隐约约的"嗯呐"装饰音也给听了出来、唱了出来。

"终于完整、准确地拿下了这个'遍'，真棒，耶！"我在内心给自己点个赞。

二

和老婆一起跟着视频学习广场舞的时候，有一个"指天空"的动作，移步、扭胯、挥手等需要巧妙融合并协调完成。

虽说这也是个基本动作，但要做对、做到位、做得有美感，对于初学者来说比较难。

由于我有交谊舞与迪斯科的基础，"指天空"向右跳的动作较快就学会了，但向左的总做不好。主要是动作不协调，自己也感觉挺别扭，不是那个味儿。

可能与人的习惯有关吧，如同左右手的使用，哪只手更方便、更顺畅，因人而异。

同样，我把这一小段录下来，"循环播放"。首先得看明白，如同"庖丁解牛"或者电影慢镜头般一帧帧来分解动作。

我把眼睛瞪得像铜铃，一动不动地盯着手机屏幕看——

手臂指向的方向与脚步移动方向相反，以45度角斜向上，这个基本一目了然。

脚步移动时，前面一只脚是跨步，后面一只脚很快小跳着跟上，像一种夏季在乡村常见的被称作"量尺"的虫子。重点在于一只脚是"跨步"，另一只是"小跳"。

扭胯的方向跟脚步移动的方向相反，尤其是臀部的动作要体现出来，这样会比较性感。

看清楚了，要点把握了，再一遍遍地跟着做。

功夫不负有心人！最后，我把"指天空"做得协调而自然。

老婆说："对了"，"像了"。

三

在我们的生活中，成功往往取决于许多因素，其中最为关键的是执着。

执着是一种坚定的信念和决心，它促使人们勇敢地追求自己的目标，不畏困难，不惧失败。执着的人不会被眼前的困难所吓倒，他们会坚定地朝着自己的目标前进，不断尝试调整，再尝试，再调整……

执着可以帮助我们更好地发掘自己的潜力。面对挑战，我们能够通过持续地努力和尝试找到自己的优势和特长。这些优势和特长可能一开始并不明显，但只要我们执着地追求，它们就会被不断发掘出来。

成功需要时间和耐心。"冰冻三尺，非一日之寒"，我们应该明白这一点，凡事不要急于求成，也不能轻易放弃。在攻坚克难中不断调整策略和方法，直到成功为止。

执着并不意味着盲目地追求。我们需要有明确的目标和计划，理性地面对挑战和困难。同时，也需要学会从失败中吸取教训，不断地总结经验，调整自己的方向和方法。

大智若愚

一

晚上去姐姐家吃饭，因为外面下着雨，又担心到了那儿车没地方停，就打了"滴滴快车"。

为加快速度，打车时同时将几种方式包括"拼车"都选上了。

二

我和老婆上车后，司机告诉我们到老街大华路一个什么店旁边还需带两个人，他们同样选了拼车方式。

一路上汽车和行人好多啊！加上下雨，车还真不好开。我们不由庆幸没有自己开车的明智选择。

到了大华路一个小桥旁边，司机靠边停车，并告诉我们这就是另外两人呼叫打车的地方。

"喂，你们在哪里？我在你们打车的地方。"我们明白，司机是按导航指示的路线行驶的。

因为用的是"免提"模式，听得出接电话的人是个年轻女孩，她强调自己在一个好像叫作"优度"的店旁边。

"我看不到什么'优度'的店。这里车很多，后面的车在摁喇叭催我呢，我不能一直停在这里等着你们。"司机有点着急了。

可是过了一会儿，还是不见人过来。

"我这儿就是你们叫车的地方，请你们取消单子吧。我车里还有一位老爷爷和一位老奶奶，他们说还有急事，都等不及了。你问车旁边有什么标志？嗯，我看一下哈。哦，有个庞物店。"说完，司机挂了电话。

"师傅，你是哪年出生的？"我问他。

"1970年的。"他回答。

"我是1967年的，你比我小了3岁。你看我们俩就是'老爷爷'和'老奶奶'吗？哈哈……"我笑了起来。

今天是休息天，我还特地穿了马丁靴，脖子上围了条紫红色的围巾，加上皮上装、牛仔裤，自己感觉休闲又显年轻呢。

"旁边这是宠物店，不是'庞物'店。"我老婆纠正了他一下，也是为了另外拼车的两人能找到车。

比他大两三岁的我成了"老爷爷"，还有"庞物店"，这位司机兄弟可真逗！

可能年轻的女孩体谅"老爷爷""老奶奶""还有急事，都等不及了"，也可能实在找不到什么"庞物店"，他们很快取消了单子。

三

智者，往往被贴上高瞻远瞩、聪明过人的标签。然而，在这个纷繁复杂的世界上，智慧的外表可能并不起眼，甚至显得有些笨拙，这便是"大智若愚"的真谛。

这位滴滴司机把"宠物"误读成了"庞物"，这一低级错误让我和老婆忍不住发笑。相信他不是故意读错字，他的知识水平可能就是有限。

然而，为了尽快出发，不再长时间等待其他拼车的乘客，他竟然将我和老婆这两个已经上车、年纪与他相仿的人，戏称为"老爷爷"和"老奶奶"，声称我们"等不及了"。

他的这一举动，虽然有些出乎意料，但也让我感受到了他的机智与幽默。

他巧妙地利用了我们的理解与体谅，达到了让其他乘客取消订单的目的，既节省了自己的时间与汽油费，又不至于因"嫁祸于人"而惹恼我们。

滴滴司机用他的言行诠释了什么叫作"大智若愚"。他虽然在学识上可能并不出众，但他的智慧却体现在对生活的洞察和对人际关系平衡的把握上。

这种智慧，或许不像那些高深的学问那样显眼，但却更加实用，更加贴近生活。

又吃冷蒸

一

麦苗尚在拔节的时候就曾跟我们团队的小伙伴小李约定，请他父亲做一次冷蒸给我们几个尝尝。他父亲在我们当地的一个乡镇流转了近3000亩地，每年稻、麦两季轮作。

小李起初不知道冷蒸为何物，它是怎么做成的，同样不知道是啥味道。我认真想了想，尽量以通俗易懂的语言给表达清楚。

说了一通之后，见他仍以茫然的眼神看着我，我只得告诉他："你父亲跟我是同时代的人，你就按我的说法描述给他听，他应该知道。"

二

"什么时候能吃到冷蒸啊？你可别搞忘了。"近几个月来，每当我们团队几个人一起走近麦田或者提起了麦子，没少跟小李开玩笑。

"等小李家的冷蒸做好了，我带两瓶珍藏多年的老酒来，一起慢慢品尝。"有人接着打趣。

"吃冷蒸，若是伴着好茶，慢慢品尝与回味，定会有感觉，也才是好享受。喝酒，恐怕不行。"我是认真的，喝了酒，哪里还能品得出冷蒸的独特味道。

作为"60后"，对于冷蒸印象深刻，那里面有我童年的印记，饱含着无法割舍的乡情、乡愁。

小满过后，麦子逐渐成熟，麦穗变得沉甸甸的。我们提到冷蒸的频次也随着高了起来，而且说的时候都心照不宣地朝小李看着。

小李总是边憨笑边说："请大家放心！肯定没有问题，我老爸已做好充分准备，不仅备了口大铁锅，连石磨都落到实处了。人工石磨好难找啊，找了不少老庄户人家，终于心想事成。"

说者无心，听者有意，青青的麦仁，在大铁锅中炒熟之后散发着清香，从磨缝间一波波、一层层翻滚下来，形成一种特别的"麦浪"……听得我眼睛发亮，听得我垂涎欲滴了。

终于，一天晚上九点左右，小李打来电话说，马上送冷蒸过来。

掐指一算，36年！应该有36年没见过、没吃过冷蒸了。

当冷蒸确切地捧在手上时，我的内心非常激动。借着路灯微暗的灯光，急不可耐地打开塑料袋，啊！我闻见了芬芳，这是冷蒸的芬芳，这是家乡泥土的芬芳，这是童年生活的芬芳……

只可惜下午做成时，小李担心因天气较暖、冷蒸易变质，立即用保鲜袋装了并放进冰箱冷藏，让我无法立刻尝个鲜、过把瘾。

三

资料上说，冷蒸源于初夏季节青黄不接时的一种接济食品。那时候，春夏之交不少人家便断了粮，只有通过挖野菜、吃树皮之类办法充饥。麦子灌浆了，赶紧采青麦聊以度日，俗话称"吃青"。

具体说来，冷蒸由灌浆饱满、日趋成熟的麦穗除去麦芒与麦壳后，用铁锅文火炒熟，再经石磨磨制而成。做的过程比较复杂，尤其是除麦芒与外壳得用布袋装起来反复捶掼，然后用筛子仔细筛呀簸的。

"色泽青碧，麦香浓郁，质地松软，入口糯韧"，这是冷蒸所独具的特色。乡谚所谓"炉边的烧饼，磨口的冷蒸""馋婆娘磨冷蒸，磨完吃光"，可见冷蒸的味道何其诱人。

据史料介绍，冷蒸宋代就有了记载。

清代《邗江三百吟》中这样写道："冷蒸，大麦初熟，磨成小条，蒸之，名冷蒸，以其热蒸而冷食也。"并有诗曰："四月初收大麦仁，箫声吹罢卖饧人，青青满贮筠篮里，好伴含桃共荐新。"

清代诗人范捷有《咏冷蒸》诗："双手揉麦仁，一缕复一缕；冷蒸勿复言，奉郎自尝取。"

不过，上面这种"热蒸"的做法显然有别于我们当地的炒制。

据说河南人称冷蒸为"碾转"，从石磨中边出边捻转，是象形词。

冷蒸具有丰富的营养和突出的保健功效。李时珍在《本草纲目》中记载：穬麦甘，微寒，无毒。轻身除热。久服，令人多力健行。补中，不动风气。作饼食，良。穬麦即裸大麦，长江流域叫元麦、米麦。现代研究表明，裸大麦含有β-葡聚糖和多种酚类化合物、黄酮类化合物等多种活性成分。

四

在我的记忆中，冷蒸的味道既有熟麦仁的清香，又有一种特别的青草味，有点类似于小时候吃的一种野外生长的"茅针"肉的味道。

冷蒸还带着青麦仁的绿色，可真是"色香味俱佳"。

我的父母过日子比较节俭，在我们姐弟几个尚小的时候，麦子将要成熟的季节我们家很少做冷蒸吃。

难得做上一次，父母也要等晚上收工回来后才开始做。一道道复杂的工序完成后，父母会将盛着冷蒸的青花小碗捧到已经上床睡觉的我们面前，被从梦乡中喊醒的我们，味蕾迅速被唤醒，"啊！这是什么味道！太好闻了。"

我们不会狼吞虎咽，更不会囫囵吞枣，我们会将一小口冷蒸含在嘴里，用舌头慢慢地搅动，然后细嚼慢咽……

五

"远处蔚蓝天空下涌动着金色的麦浪，就在那里曾是你和我爱过的地方，当微风带着收获的味道吹向我脸庞，想起你轻柔的话语曾打湿我眼眶……"这首《风吹麦浪》真好听，我很喜欢。

我的家乡在苏北里下河平原，这里有肥沃的土地，有丰沛的雨水，气候条件特别适合麦子的生长。

20世纪六七十年代，我们这儿来了很多知青。他们大多来自上海，部分来自苏州、无锡和南京等地。

我家所在的龙堤公社同玉大队也来了不少知青，有些是整个家庭一起搬过来的，被称为"下放户"。

那时候，我才十一二岁，读小学四五年级。

一天，刚刚开学，老师领着一位女生到教室里来。一进门，我就发现她是那么与众不同，她穿着特别合身的白色连衣裙，脚上穿一双白凉鞋，头上扎着两只"趴趴角"。

"同学们，请大家一起欢迎一位新同学来到我们班！"当老师向我们作介绍的时候，她朝我们笑了笑，并将脚后跟轻轻向上踮了踮，她头上的"趴趴角"也跟着上下晃动起来，就像燕子在飞舞。

我们一下子都愣住了，过了几秒钟大家一起大声鼓掌。

"新同学，请做个自我介绍吧。"我们老师也是知青，来自无锡。

"老师好！同学们好！我叫林雪蓓，树林的林，雪花的雪，蓓蕾的蓓。我们全家一起来到这里，以后我将和你们一起上学，请大家多多关照！我们家原来住在苏州。谢谢老师！谢谢大家！"说完，她朝老师轻轻鞠了一躬，又转身向我们微微鞠了一躬。

她的表情自然，说话、鞠躬落落大方，普通话讲得非常标准，声音略带沙哑，却很好听。

她将长期跟我在一个班级上课！她的皮肤那么白，她的眼睛那么大，她脚上的白凉鞋里面还有白袜子，雪白雪白的……

不出所料，林雪蓓的成绩很好，老师让她当了副班长。

"如果不是外地人，也许老师就让她当班长了。"我时常这样想，并悄悄叮嘱自己要更加努力学习。我是班长，成绩可不能不如林副班长啊！

林雪蓓和她妈妈一样，会唱苏州评弹。唱的时候声音又柔又甜，有时候唱着一个字，那曲调慢慢转啊、转啊，转上十七八个弯。她的手指在琵琶上弹呀拨呀、拨呀弹呀，有时像小鸟在整理羽毛，有时又像小鸡在轻巧地啄食。

我经常有机会跟她一起喊操，不是给我们班，是给全校。有时候她轻声告诉我，喊操时声音可以更响亮一点，该卷舌的读音要卷舌，前鼻音与后鼻音要区分开来……

每当她这样提醒我的时候，我嘴上似乎不服气，"你没来的时候，我也喊得好好的。"但心里感觉美滋滋的，人家是希望我更好。

学校进行武术培训的时候，她跟我一起练武术，用一把木制的大刀。我跟她说，每一个动作都要坚定有力，就好像在劈坏人一样。有时候她的动作力量不足，我恨不得将自己的力气分一半给她。

林雪蓓不认识麦苗，总把麦苗当作韭菜。我反复告诉她，麦苗叶子是短的，韭菜叶子是长的；麦苗身子薄，韭菜身子厚；麦苗有青草味，韭菜有刺激气味。

每当我家做冷蒸的时候，我总要用小塑料袋装上一些带给她。她总边吃边说："嗯，味道很独特，简直无法用语言描述。真好吃！"不仅用普通话说，她还要用又软又嗲的苏州话重复一遍，仿佛冷蒸在她的嘴里变得更加好吃了。

当我们考上高中时，林雪蓓却跟父母一起回苏州了，不再回来。

那天分别时，也许是故意的，她说了一句带着苏州口音的"再会了！真心祝你前程似锦！"

她的声音还是那么好听，轻轻柔柔中带点沙哑，我听起来却感觉像整块的苏州刺绣突然破碎了一样。

"我们曾在田野里歌唱，在冬季盼望，却没能等到阳光下这秋天的景象。就让失散的誓言飞舞吧，随西风飘荡，就像你柔软的长发曾芬芳我梦乡……"

六

感谢同事小李送来这充满麦仁芳香的冷蒸。

当我取出一只冷蒸团子，放入微波炉加热时，冷蒸那种特有的香味立刻弥漫开来，呼吸，深呼吸，我一遍遍地呼吸、体会，冷蒸的味道，家的味道，童年的味道，故乡的味道……

吃上一口，哦，还是那么香！还是那么好吃！

上一次吃冷蒸的时候，我还是个十来岁的学生，今天，我已年过半百。

那时候老家是泥土墙、茅草顶，屋里泥土地面满是凹凸不平的"瘤子"；现在年近九十、身体尚健康硬朗的父母住在环境优美的新型农村社区，自家别墅200多平方米，地面砖明亮整洁。那时候农民"面朝黄土背朝天"，种田劳作全靠手工，吃苦受累还可能挨饿；现在社会主义新农村，土地流转集中到农民专业合作社或种植大户，粮食种植与收割已经实现了全程机械化……

冷蒸，"农耕四月，田里青黄不接，人们不得已用冷蒸来充饥"的时代一去不复返！这个从"充饥必备"到"生态粗粮"的区域特色食物，现今正被江苏及更多地方的市民推崇，清香爽口的风味更是令人难忘。

多虑了

一

阿龙从广东回家乡考察，计划"凤还巢"投资创办企业。

一帮过去的老同学聚会，聚到了阿蕾开的酒店。

酒过三巡，大家就开始回忆过去的事情。

阿龙笑着对阿蕾说："阿蕾，回来之前，我老妈总担心家乡的投资环境可能不如广东好。我就告诉她，你又多虑了！阿蕾你知道的，我妈这人就爱多虑，哈哈……"

"你又来了！那些老话还提它干吗？镇上这么多同学，还是你最出息呀！在广东把公司做得那么大，现在又打算回来投资。"阿蕾同样笑着回应。

"怎么回事？怎么有种神秘兮兮的感觉，有什么精彩故事快说给我们听听。"有同学感到好奇。

"能说吗？阿蕾。"阿龙咧着大嘴。在广东待久了，他的嘴巴也有了广东人的模样。

"陈芝麻烂谷子，你愿意倒出来，我能有什么意见。只是你别那么夸张。"阿蕾还是忍不住笑。

"快来，快来！听阿龙'讲那过去的事情'。"同学们围拢了过来。

二

时光倒回35年前。

阿龙最近心情很复杂，兴奋、快乐并烦恼着。

阿蕾跟他同一个班，是学校少先队大队长，兼他们班的班长。阿蕾不仅经常在班上组织活动、领读课文等，在学校举办的大型活动中也常常见到她的身影、听到她的声音。

阿龙是班上的劳动委员。干部不大，但工作上的事情经常需要向阿蕾班长请示汇报，因此跟阿蕾接触的机会还不少。

而且他们住在同一个小镇的同一条街——人民街，他们的父母当然也都认识。

阿龙的父亲在另一个乡镇某粮油厂当厂长，母亲在本镇一家纺织厂上班；阿蕾的父亲是一家地方国营企业的副厂长，母亲是当地淮剧团的演员。

说不清从何时起，阿龙就喜欢上了阿蕾。

尤其最近，他满脑子尽是阿蕾胖乎乎的圆脸、清澈明亮的大眼睛，她那长长的睫毛扑闪扑闪，就像扇子一样煽起阵阵风儿，吹得自己燥热难耐……

他的耳畔尽是她的声音——在班上领读课文的声音，在操场上代表全体学生发言的声音，在文艺节目中演唱歌曲的声音……

此外，阿蕾有点儿近视，朝远处看的时候就略微眯起眼睛。阿龙觉得阿蕾眯着眼睛的时候特别迷人，像云雾一样，令他坠入其中，怎么也走不出来。

阿蕾的一切，令他心跳加速，令他魂牵梦萦。

处于这样一种状态，阿龙上课、做作业的时候就集中不了注意力，学习成绩直线下降。

三

儿子的成绩急剧下降，阿龙母亲急了，几次盘问之后终于弄清了原委。

一天下午放学之后，阿龙的母亲拖着阿龙到阿蕾家里去。

阿龙心里一万个不愿意，但怎么拗得过母亲呢。也怨自己不争气，如果成绩好好的，母亲也不会知道自己的心事，更不至于这样急躁不安。

但是没办法，除了阿蕾，其他一切仿佛进入不了阿龙的视线了。

和母亲一起去阿蕾家的路上，阿龙腿里真像灌了铅，很近的距离，阿龙却跑出一身汗来。

正巧阿蕾的母亲在家。

"阿蕾妈妈，最近我家阿龙不知怎么就喜欢上了你家阿蕾。这些孩子，才上初中，怎么就早恋上了呢！阿龙学习成绩原来挺好的，家里奖状贴满了墙。最近，他的学习成绩直线下降，上次考试成绩在班上已经倒数了！这可怎么好！"还没坐下来，阿龙母亲就心急火燎地说。

"阿龙妈妈快坐吧，你也别太着急了。"阿蕾母亲不急不躁，微笑着招呼阿龙母子进屋坐下来，倒上茶水并拿出糖果等好生招待。

阿龙母亲见阿蕾母亲一脸无所谓的表情，再开口时声音明显提高了一些，"阿蕾妈妈，你劝劝你家阿蕾，离我家阿龙远一点，让阿龙快快清醒过来。"

阿蕾母亲端起茶杯，轻轻吹了吹热气，慢慢地喝了一口茶，再缓缓把目光转向阿龙母亲，"阿龙妈妈，你，多虑了！"

"怎么多虑？我说的就是事实。阿龙，你自己说！"阿龙母亲急得站了起来。

"阿龙妈妈，你坐下来。告诉你一些实际情况吧。"阿蕾母亲依然不紧不慢。

"前些天，和平街的包德尚、吉祥街的何其付他们都领着孩子到我家来过。哦，阿龙妈妈你抽烟吗？这红塔山香烟是包德尚带过来的，我让他带回去，他说要么看不起他不是，没办法。不抽？不抽烟就吃点糖果吧，这大白兔奶糖是何其付带过来的，他说是正宗上海货。"说着，阿蕾母亲拿起颗大白兔奶糖，剥开糖纸递给阿龙母亲。

阿龙母亲将大白兔奶糖握在手里，哪有心情往嘴里送，心里除了急又添了堵。

"阿龙，你也吃糖。不要阿姨给你剥吧？"阿蕾母亲笑着对阿龙说。

阿龙感觉额头有蚂蚁爬，他知道是汗在往下流。

阿蕾母亲转过头继续跟阿龙母亲说话："阿龙妈妈你是知道的，包德尚是我们镇上的一把手镇长，何其付拥有自家的缫丝厂。他们到我家来干什么？他们的孩子也喜欢上了我们家阿蕾。这些孩子！"

阿龙母亲脸色比较难看，嘴巴似乎在动，却听不到什么声音。

阿蕾母亲依然极其平静地看着阿龙母亲，"所以阿龙妈妈，你实在是多虑了！再说，孩子们也没有早恋啊，我家阿蕾没什么变化，成绩也没有下降。"

四

回家后，阿龙被母亲狠狠打了一顿。

阿龙却没有恨母亲。很长一段时期，"多虑了！"三个字在阿龙头脑里挥之不去。

迁坟

一

"叮零零"，手机响了，启泰看到屏幕上显示的是"小叔富安"。

"小叔好！我是启泰。"启泰知道，小叔肯定有事吩咐。仅仅寒暄几句或者问候自己，那不是小叔的风格。

"启泰呀，有件事我想跟你们弟兄几个商量一下。嗯……我就直说了吧，我打算将你爷爷奶奶的坟迁一下。风水先生说了，你婶婶身体总不好、你小弟运气常常不佳，就因为你爷爷奶奶葬的地方不对。所以为了你婶婶的健康，为了你小弟能转运，我决定迁坟。启泰，你听明白了吗？"小叔说话语速一向较慢，声音不高也不低，启泰当然听得清楚而明白。

这事有点突然。从启泰记事起，几十年过去了，爷爷奶奶的坟一直在那儿，眼下镇村并未有什么要求，小叔突然说要迁坟，的确令人感觉意外。

"启泰你没有意见吧？"不等启泰说话，小叔接着问。

"我听明白了。小叔，我明确表态，我没有意见。但这仅仅是我个人的意见，代表不了我父母，请小叔理解。我父亲的脾气比较倔犟，您是知道的，你们老弟兄两个之间好好商量商量。"启泰说话不喜欢拐弯抹角。

"我先跟你们弟兄们说一声，你父母的工作由我来做。这事，对我家来说不是小事。"小叔声音依然不大，但透着一股无形的力量。

二

启泰未出生时，爷爷奶奶就去世了，而且一张照片也没留下来，所以，启泰能够见到的就是他们的坟墓。

这座坟建在启泰家门前不远处的一块地里。那块地恰好是启泰父母的承包田，地势较高，启泰站在家门口就能清清楚楚地看见。

多年以来，启泰和哥哥弟弟几个不仅在七月半（中元节）、春节等传统节日会到坟上给爷爷奶奶烧纸钱、祭拜，平时随父母到责任田里干活时也常常来看看。

春夏秋三季，泥土堆成的大坟墓上，除了茅草，还有芦苇、萝藦、艾蒿以及当地称作葵花芋的植物，等等。艾蒿的味道香香的，而葵花芋开出的花就像小向日葵花，金灿灿的，十分好看。

冬季，坟上的草枯了，父母会来割去枯草，坟墓就显得光秃秃的，看上去令人心发沉。

下雪之后，坟墓变成个巨型雪人。启泰常常会出神地想，如果给坟头套上花环，那就像雪人的大花围巾。

这坟，启泰从未爬上去过，包括清明时父亲来填新土、换坟头时，启泰也不会随父亲爬上去。

坟上的萝藦果结成了串，启泰同样不会爬上去摘，更别说剥开来吃；葵花芋结的果实大得堪比"山东老姜"，启泰会用小铁锹从田里挖些泥土盖上去，让明年小太阳似的花朵开得更加灿烂。

爷爷奶奶的坟墓，启泰感觉就是家的一部分。除了建在自家承包地里这个因素，还因为大伯富贵、小叔富安家早年都没有儿子，上坟、烧纸钱等大多由父亲富余带着启泰弟兄几个完成。

爷爷奶奶都是英年早逝，短暂的一辈子过得无比穷苦，于是盼望后代能过上好日子。从他们给三个儿子取的名字可见一斑。

三

现在爷爷奶奶的坟墓要迁走，启泰心中当然不情愿，也不舍。

但小叔说了，为了婶婶的健康，为了小弟转运，启泰怎么能阻止呢？

启泰清楚记得父亲不止一次对他们姐弟几个说过，有人告诉父亲："你家子女成长得比较顺利，跟他们爷爷奶奶也就是你父母的坟葬得好有关系。"

有关系吗？爷爷奶奶的坟建在自家门口，抬眼就能看见，这是事实。

但启泰姐弟几个长大后分别在机关、国有企事业单位供职，走过的路途其实都是一个：读书、上大学。

现在小叔突然提出迁坟，父母尤其是父亲会怎么想？怎么对待？启泰不得不感到担忧。

四

事情的进展却比启泰想象的要顺利得多。

父亲起初不同意，还跟小叔吵了一架，历数小叔多年来没怎么带孩子到坟上来祭奠爷爷奶奶等不是，但最后还是做了妥协：你怎么做我不阻拦，但我们一家人不参与迁坟。

父亲这样做了折中与妥协，可以说给了启泰一个大大的惊喜，启泰暗暗在心中为父亲点了一百个超赞。老话说得好，家和万事兴哪！

五

没料到也颇为遗憾的是，爷爷奶奶的坟并未迁到合规的公墓去，而是迁到了一个散坟相对集中的地方。

结果，时隔两年不到，政府及民政部门要求整治散坟，爷爷奶奶的坟墓又在整治迁移的范围之内。

选择了一个合适的日子，再次迁移爷爷奶奶的坟墓。这次是按照政府要求且迁往正规公墓，整个家族参加的人就比较多，包括一些远房亲戚也来帮忙或观望。

那天是个阴雨天，令人想起"清明时节雨纷纷，路上行人欲断魂"这句古诗。

也许处在这样一个氛围里，人的情绪容易波动，在现场小叔和一位爱管事的堂兄为了迁坟费用问题争吵起来，而且互不相让，嘴仗干不过瘾之后动手推推搡搡。

经其他人劝说，两人被分别拉到一边之后，场面逐渐缓和下来。

谁知不愿轻易认输的堂兄又骂了小叔一句："你今天的言行不像长辈，说得不好听，连畜生都不如！"急得小叔跳起来追打。岂料地面湿滑，加之老年人身体平衡性差，脚下一滑，小叔重重地摔倒在地，他努力挣扎着试图爬起来，腿却使不上劲……

后来，去医院检查，结论是"右股骨粉碎性骨折。"

六

医生给做了些应急处理、开了些药之后，小叔回家静养。

10多天后，因骨折引起的并发症来得太突然、发展太快，小叔送医院经抢救无效，离开了人世。

启泰赶到医院时，小叔已经停止了呼吸。他看得清楚，小叔的双目圆睁，任凭父亲怎么抹来抹去，小叔的眼皮也合不上。

感觉很来电

一

晚上下班的路上开着车，我喜欢听电台广播，一般情况下都是听"盐城广播882"的"下班乐翻天"——

"呃！呃！下班乐翻天，感觉很来电！"这句导语听起来轻松快乐又给力带劲。

我再来分解一下：

男主持人星宇："呃！呃！"声音仿佛由远而近，有一种穿透力。

女主持人君君："下班乐翻天！"听上去轻松愉快、亲切自然，好像下班的人背起包离开了办公室一样。

男主持人星宇："感觉很来电！"似乎面对一场心仪的约会或者娱乐活动，令人细胞活跃、神经兴奋。

他们的声音比较好听，其中"大男孩"星宇的声音略显低沉，富有磁性；"风一样的女神经"君君的声音不高不低、正正好，她喜欢不时来句盐城话，这时候声音则有点尖和嗲。

二

跟平时相比，今天有点特殊，因为同事要拍摄他们主持的花絮。

摄像机架在他们面前，用他们自己的话说，人的状态"紧张又兴奋"，直播室的气氛显得比平时更加活跃与热闹了一些。

"知不知道，我们做电台主播的，不管主持了多少年，面对摄像镜头都会比较紧张，因为我们平时不用注意这个问题，也就是不看镜头。"君君告诉听众。

"是的，我们平时注意力都在'说'上面，不用注意形体、形象之类。"星宇接过话题。

"要录视频，同事也不提前告诉我们一声，好让我们认真装扮一下自己。比如星宇，今天就没洗头，还戴了帽子，影响形象啊。"听上去，君君不是在开玩笑。

"但我说句真心话，君君今天穿的红毛衣十分亮丽好看，也很上镜头。""大男孩"倒挺会说话。

"但我还是不敢直视镜头，因为没有养成习惯。"君君轻轻说道。

啊！据资料介绍，君君光是做"下班乐翻天"节目主播，应该就有10年了，她竟然还不敢直视镜头。

他们的直率与坦诚一下子感动了我，我也感觉很来电。

三

"今天下午在办公室坐得好好的，突然我的同事跟我说了一声，把我吓坏了。"君君比较认真而略显失落地说。

按理，"把我吓坏了"会说得比较夸张，但她没有。

"怎么说的？"星宇及时凑了上来，有点好奇，但还算沉得住气。

"君君啊！"听上去很亲切的感觉，似乎有知心话要对君君说，甚至有点儿套近乎的意思。

"哎，我头一抬，是我们同事。"这个"哎"的语气比较有趣，声音突然上扬，想必当时君君有点意外又有点惊喜。

"她就问我一个问题，'君君，你们节目有什么精彩的地方吗？'我就愣住了，整整愣了有三秒钟。"这几句话，君君也就是叙事的语气，并无太多感情色彩。

这话听得我也愣住了。"下班乐翻天"是我下班时经常听的节目，我也算是个有点欣赏水平的人。

她不是君君和星宇的同事吗？这人了解"下班乐翻天"吗？

如果不精彩，听众一定早嚷嚷着改名了："就叫'下班仍沉闷'吧！"现在的听众可不比过去，在工作与生活日趋信息化、智能化而且节奏越来越快之后，可难服侍了。

"'下班乐翻天'有什么精彩的地方？这问题问得！寒碜谁呢？"不用多说，疑惑不解，愤愤不平，君君的情绪和语气肯定好不了。

"嗯嗯"，星宇在一旁附和，脸上的表情一定严肃而无辜。

"你唱我和"，应该就是描述这类场景的。

"'下班乐翻天'，不是！从头到尾都非常精彩呀！"君君的声音比较大，语气比较重，容不得任何怀疑，好比母亲强调自己的孩子优秀一样，因为作为母亲太了解自己的孩子了。

星宇跟上来表达自己的观点，"应该这样说，'下班乐翻天'每一刻每一秒都很精彩，哎！"说得严肃、认真，慢条斯理、有板有眼。最后一个"哎"，令人感觉不是语气助词，而是相当于一句话——"就是这样，我是认真的，很好！"

哇！感觉很来电！著名诗人艾青的那句耳熟能详的名句立刻响在耳畔："为什么我的眼里常含泪水，因为我对这片土地爱得深沉！"

我能理解这份情感，因为"下班乐翻天"是他们的作品，就和他们的孩子一样，他们全心全意、尽心尽力地拉扯她、创塑她、培养她、呵护她……努力让她优秀、出众甚至完美，令每一个见到她的人都心旷神怡、流连忘返，怎能忍受别人突然问一句："这孩子有什么优秀的地方吗？"

把工作当事业，把听众当上帝，并十年如一日地孜孜以求、勤勉坚守，他们才这么上心、这么自信。

"从头到尾都非常精彩""每一刻每一秒都很精彩"，你听！听到他们"怦怦"心跳的声音了吗？听到他们"哗哗"血沸的声音了吗？

如果在他们眼里，直播只是一份工作，他们按部就班、公事公办，念个稿子、走个流程，完成任务以领份工资，那么面对"你们节目有什么精彩的地方吗"这样的问题，他们就不会如此不解、如此着急、如此气愤了。

"下班乐翻天，感觉很来电！"君君和宇星他们时时保持敬业精神、处处维护节目形象，真的很来电！

四

人与人相处，男女有别毋庸置疑。

看过一篇文章，说异性交往要守住三条底线：保持适当的身体距离，不要去干涉对方的感情生活，不要玩暧昧。

那么男女之间相处是不是就需要时刻牢记"瓜田李下""人言可畏"等等，说话做事始终刻意保持距离甚至躲躲闪闪、唯恐"越雷池半步"呢？

我看大可不必，否则倒显得"此地无银三百两"，有"做贼心虚"之嫌。

近年来流行的"金句"就有这么两句："一个人心里想着什么，看到的就是什么。""你是什么样的人，眼中的世界就是什么样的。"简单地说，就是"以己度人"。

好了，不做过多探讨，回到直播室来，展示几个君君关注、介绍星宇的场景。

场景之一：

前面已经介绍了，有同事小沈来录视频，将摄像机架在了直播台前面，作为电台主播，哪怕"身经百战"，君君和星宇还是感觉有点不习惯。

"星宇现在紧张啦，他的手有点抖。"君君告诉听众。

"是啊，是啊，现在我的手是颤抖的。"星宇接着证实了一下。

场景之二：

星宇比较爱吃，是个小胖子。

"但是很奇怪的，星宇平时有好多东西不吃。"君君挺认真地说。

"是的，我很挑食，包括炒肉丝都基本不吃，凡是长条状的东西我都不爱吃。我喜欢吃大块的食物。"星宇补充道。

一般胖子都不挑食，星宇这个胖子似乎与众不同。

场景之三：

天气冷了，星宇介绍说自己皮肤显得干了，脸上都有了翘皮，也谈到了嘴唇干的问题。

"说到嘴唇干啊，星宇，刚刚我仔细观察了一下你的嘴，怪不得你做电台主持，你的嘴是那种小嘴、樱桃小嘴，'叭叭'能说。"君君伶牙俐齿、语速飞快，倒豆子似的一口气说完。那语气带点好奇、带点夸赞，还带着一点点捉弄人的感觉。

"'小嘴是非多'，经常说些不该说的。"星宇自嘲。

"哈哈，不光能说还能吃，挺好的。"君君语速由快到慢，似一位大姐姐在谈论自己的小弟弟，从内心流露出一种自豪与关爱。

……

总之，无论说星宇什么，君君都说得极其轻松自然，也极其真诚。

听得出，作为搭档，他们之间纯纯真真、坦坦荡荡、干干净净，就这么简单。

有人说过，异性友谊的最高境界，就是站在不远不近的地方去欣赏对方，两人的心贴得很近，身体却离得"很远"。这是一种高尚的情感，自然坦诚而潇洒，这种情感纯净中有甜美，平淡中有绵长。

很多人质疑异性友谊，因为它难以把握、难以捉摸、可遇不可求。但我们应该相信，理性、聪慧的男女之间可以拥有高尚的友谊，而红男绿女、庸俗男女之间则不会拥有也不配拥有。

"友谊不分性别，分性别的是厕所。"这句俏皮话或许正是对一些人总要质疑、否定异性友谊的还击。

无论是在工作还是生活中，能有一个靠谱并且幽默搞笑、情趣相同的朋友包括异性朋友，真的是一种福气。

君君、星宇应该都属于有福气的人。

第二章
出乎意料

原来我的书也可以作为中学生课外阅读用书，原来我的书在同批次印刷的书中是唯一被选中的。出乎意料！

选准赛道

一

应邀参加一场文友聚会。

刚进门，牵头组织聚会者《人民作家》总编骆圣宏先生就介绍说："这位是在广州大学研究生院工作的老乡陈主任。"

"陈主任您好！"我跟对方打招呼。

"上次我们见过，在恒北村，我们分别坐在李书记的两侧。"陈主任主动补充介绍。

"我当然记得，相隔时间还不长嘛。"我的确记得呢。

坐下来聊了会儿之后，主人招呼大家准备开席。

"先听我诵读一段，可以吗？"陈主任笑着说。

"当然可以！"大家附和。

本来就是朋友聚聚聊聊，没什么明确主题和任务。

"题目：文字的魅力！"陈主任停顿了一下，并朝大家看了一眼。

"韦主任：您好！关注您的公众号是旧年12月15日在上海回家的高铁上，很幸运，您公众号关注的前三名队列里，我是其中一位……"

原来，陈主任诵读的，是她在我公众号上一篇文章后面的留言。

留言堪比一篇文章，千余字。主要内容如下：曾受邀参加恒北村一项活动，我们坐在一张桌上吃饭。她感觉我不太热心于结识陌生人，就没主动加微信。后来在《人民作家》平台上看到我赠送新书的消息，又在我的公众号上读到了我的部分文章，这些，改变了她对我的印象。于是，她跟《人民作家》主编陈劲松索要了一本我的书《故乡的滋味》以及我的微信名片……

听了之后，我很感动。陈主任真是一个非常真诚、非常重感情的人。

我举起酒杯向她表示感谢，谢谢她阅读了我的文章并对文章表示认可与赞扬！

"我的留言您看到了吗？"她问我。

"我没看到。但这么长的评论，不可能被我忽视了。"我实话实说。

"应该是你公众号的评论功能没开通。"骆总编告诉我，这方面他是行家。人家是文学公众平台的总编嘛。

"或许因为'个人阅读'类型的公众号注册时间短，没达到可以留言的级别。"我依稀记得"公众平台安全助手"好像有过此类提示。

"如果需要自己设置开通'评论'与'打赏'功能，一般情况下我不会主动开通。主要因为我没有太多时间好好阅读并回复每一条评论。还有一些无聊的人，喜欢到处乱喷甚至谩骂，我也不希望看到那些。"在朋友面前，我从不隐瞒自己的观点。

说实在话，作为业余写作爱好者，虽然我希望自己能写出好文章，得到更多读者的认可与喜爱，但对于在文后留言评论，我还是保留自己的看法和想法的。

有一种现象，就是文章在平台发出后，作者便私信给一些朋友并邀请他们在评论区留言评论，其实就是发表溢美之词。

我内心并不赞同这种做法。从开始写文章到现在，我从未邀请过任何人来吹捧我的文章。

对于别人的文章，若不是自己很欣赏、内心被深深打动了的，谁邀请我在文后留言评论，一般我也不愿意，或者勉强为之但"事不过三"。

坦率地讲，邀请别人对自己的文章进行点赞、评论，除非有"选先评优"

等特殊用途，否则实在没有必要，这不像也不该是文人（写作人）所为。

怀着过强的功利之心，为那些其实很普通的文章留言、吹嘘，同样为君子所不齿。

当然，真诚、有见解的评论不在此列，相反，这样的评论令人感动、鼓舞人心，值得提倡与珍视。

若属纯商业化的运作、炒作，为了吸引读者、吸引流量以多赚钱，就是另外一回事。赛道不同，目的不同，运作方式必然不同。对此，我能理解。

二

"写作是成本最低的投资""写作是门槛最低的副业"……这类话充斥耳目。

对吗？没错，与投资办企业、开门市之类相比，写作的投入的确不大、门槛不高。无论男女老少，无论什么职业，也无论文化水平高低，任何人拿起笔就可以写。

写作，对一个人来说，当然是有益处、有意义的。归纳起来，至少有以下几方面价值——

会让你不断地输入、成长。写作是一个不断输出的过程，而只有持续地输入，才能保证有内容可写。写作可以倒逼自己不停地阅读与成长，"遇见更好的自己"。

会让你链接同频的牛人、名人。"物以类聚，人以群分"，爱写作的人差不多都是能够静心阅读、耐得住寂寞、有毅力和恒心的人。坚持写作，可以链接到同类人，甚至包括原来只能仰慕、似乎高不可攀的牛人、名人。

会提升你的其他内在能力。持续不断地阅读与写作，必然会提升自己的洞察能力、理解能力、逻辑思维能力、语言表达能力等内在能力，让你变得更加强大。

也正因为如此，关于写作的培训机构、培训班及社群比较多。报个写作训练营，多不过万余元，少则几千块而已。

但是文字真的那么容易变现吗？写作真的那么好赚钱吗？我认为不能过于简单地回答，而要一分为二看问题。

对于有写作天赋的人来说，写作可以成为其职业，做专职作家。即使不做专业作家，也可以写出好作品，通过卖版权之类，赚到大钱。

对于众多业余写作爱好者来说，写作变现主要有以下渠道：给公众号投稿、在今日头条发文、运营小红书、运营公众号、打造个人IP，等等。

因为没有亲身经历，所以我只能说个大概，而且纯属"纸上谈兵"，内容可能不够准确。

我在这里更想表达的是，通过写作赚点小钱，作为副业可能还不错，锦上添花嘛；但要以写作为主业，靠写作养家糊口，那可不是件容易的事。

举几个例子。我身边有一位中国作协会员，早年辞去教师"铁饭碗"成为自由写作人。很多年过去了，真正养活自己的还是靠开了网店卖"文房四宝"以及办线下书法培训班等。单纯靠写作过日子，恐怕早被饿晕了。

简书平台上有位好友，读书不仅多而且悟得透，很有自己的见解。她的文笔不是一般的好，早年就已写过好几部累计达120余万字的小说。此外，她的诗歌写得也挺棒。

有一个时期，她总想通过写作变现。匆匆忙忙、跌跌撞撞地摸索，为了迎合读者喜好以便赚到钱，写的文字"连自己都讨厌了"。即便这样，仍然没赚到什么大钱。

后来，她放弃了写文章就得变现的执念，回归本我，又轻松写起了自己喜欢的东西。

前不久参加一个主题写作活动，她写了近14000字，获得简书伯乐推荐，上榜前三，得到简书守护者联盟和LP理事会大赞支持，获得近700简书钻。

我为她点了超赞！

近期她又有长进，主题写作获得了平台机构的最高奖励——超赞支持，好厉害！

另有一位朋友，非常渴望通过写作赚钱，几乎一刻不停在写。目前的状态是写了十几万字，收益仅仅几千块。这性价比，实在太低了。

总之，作为普通人，若把写作当作主业，想在短期内赚大钱，套用一句话说就是"理想很丰满，现实很骨感。"

倒是不妨在积累一些经验之后，整合资源，也试着办个写作培训班或建个社群，将线上与线下结合起来，不仅培训写作方法与技巧，还可以尝试社会上各类面试培训等。现实生活中，选择这条赛道，赚到钱的例子倒不少。

说这难那难，那我们就该放弃写作不是？当然不是。一方面，作为业余爱好，一直写，可以成就自己的作家梦；另一方面，不抛弃、不放弃，也不急于求成、浮皮潦草，通过一步步的"量变"，直到"延迟满足"的那一天，实现"质的飞跃"，文字可以稳稳妥妥地变现。

无论是出于"情怀"、从从容容地坚持写作，还是以变现为目的、"日更"（每天更新文章）或一日数更，我们都不妨记住这句话："吹吹打打实现不了现代化"，同样，轻轻松松、嘻嘻哈哈成不了真正的作家。

三

在生活的赛道上，我们每个人都是一个奔跑者。面对着无尽的路途，我们怀揣着梦想，挥洒着汗水，力图跑出自己的一片天地。

然而，在追求目标的过程中，我们会渐渐明白，选择大于努力。

人们常说，成功是1%的灵感加上99%的汗水！这句话没错，但前提是你选对了方向；如果方向错误，那么无论你付出多大的努力，最终都可能离目标越来越远。

在人生的赛道上，每个人都有自己的长处和短板。有人思维缜密，有人想象力丰富；有人善于创新，有人精于执行；有人性格外向、善于交际，有人内向沉稳，深思熟虑……因此，选择适合自己的"赛道"，发挥特长，避开短板，是成功的关键。不盲目追"风口"与"热点"，因为这些往往只是昙花一现。

选准了赛道，就成功了一半。

当然，选择了正确的方向之后，努力依然不可或缺。没有汗水的浇灌，再美好的梦想也无法成为现实。

出乎意料

一

我的散文集《飞鸟与射手》运送到大丰了。这是我的第二本书。

跟老婆一起驾车到位于南翔东路的永盛物流公司去取包裹。顺着导航的线路，一直开到仓库门外，十分顺畅。

取回来后迫不及待地拆开一个包裹，哦，书都封了膜的，挺精致。

拿上一本，小心翼翼地用剪刀划开塑封膜，带着油墨香的《飞鸟与射手》捧在了手里。16开本，248页，21.3万字，比较素雅却颇具内涵的封面设计……

感觉挺有畅销书的样子。

二

休息天在家里，随手翻看自己的新书，多数文章感觉很不错，可能就像自己的孩子怎么看都觉得好看一样。

《920街坊，烟火气扑面而来》《俏也不争春》《暖到人心只此花》《一个人带上行李去远方》等，篇幅较长，内容比较丰富，字数在3000至10000不等。

这些文章在写的过程中我花了不少心思和精力。比如《920街坊，烟火气扑面而来》单是深入现场观赏、察看、采访相关人员以及品尝美食小吃等，就花了两个中午和一个下午的时间。

《逗你玩儿》《让我再看你一眼》《只是因为在人群中看了你一眼》《两万

元又飞了》等，虽然短小精悍，却都源于我在生活中的一次心跳或者当时感觉到灵光一闪……可以说其中每一句话、每一个字都凝聚着我浓烈的情感。

第四小辑"故事里的事"其实就是9篇小说。这些故事不仅是我一年多来写作的不断拓展与尝试，也同样有我自己或亲人、朋友的经历在里面，写的过程中也曾沉浸其中，禁不住热泪盈眶甚至掩面而泣。

三

快中午时，放下书，拿起手机跟主编交流自己的看法与想法。

"有畅销书的样子。"对于书我挺满意的，实话实说。

"文章写得非常好。"主编的回复让我吃了一惊，"非常好"这样的评价出自凌老师之口，可不容易啊。

"谢谢您的鼓励，开心！"我有点受宠若惊了。

"北京的一位语文老师正好到印刷厂看他的书，看到了你的书，马上要求全年级学生阅读。"主编发来信息。不得了，要求全年级学生阅读，用句网络流行语来说"吓死宝宝了！"

"啊！我真幸运！"刚刚印出来的书，就有这么好的运气，我深感荣幸。这是多么激动人心的消息啊！

"他们说特别适合中考的学生学写记叙文参考。"

"嗯。这事特别坚定我写作的信心。"真的，虽然已经出了两本文集，也已加入了中国散文学会、江苏省作家协会，但我觉得自己只是用心而真诚地写着，至于算不算已"入门""会写"，我还不知道。

"对。我们这次多本书一起印刷，人家只看中你一本。"主编又补充介绍道。

原来我的书也可以作为中学生课外阅读用书，原来我的书在同批次印刷的书中是唯一被选中的。

出乎意料！想不到，也不敢想，却成了现实。

懂得妥协

一

在某写作平台，一篇文章先后两次被锁定、三次解锁申请被驳回，换作你，还愿意继续修改并发布吗？

前两天我在收看了全省领导干部警示教育视频会议后，结合警示片中的案例，写了一篇文章，主要表述一个观点：为父母者不必超出自身能力聚财，更不能非法敛财，而目的只为给子孙留财。

可能因为文中用的一些字眼以及案例比较敏感，不符合管理规则相关条款，文章发布后不久就被锁定。

我根据自己的判断修改、发布更新后，申请解锁，被驳回；再修改、发布更新，申请解锁，仍被驳回。

算了吧，干脆删除原文，对文章"动大手术"，然后作为新的文章发布。

第二天，对案例的表述作了较大幅度删减后发布，没料到再次被锁定。耐着性子再次修改、发布更新，申请解锁，依然被驳回。

这样的局面，可真让人心急，也倍感失望。三番五次，到这个程度，相信不少人可能选择放弃了。然而，我是一个执着而懂得妥协的人，我不愿就此算了、歇菜了。

再"动大手术"，干脆将开头部分及两个案例全部删除，只用一句话来开头："最近看了一部专题片，是以案例来进行警示教育的"，接着即抛出论点，展开论述。此后，文章的大部分内容无需调整。

果然，发布之后一切笃笃定定、稳稳当当。

不过，由于开头的铺陈不够，文章的完整性及精彩程度受到一定程度影响。但没办法，平台有规定啊，我们得达成共识才行。再说，完整版的文档我也保存着呢。

二

关于"执着"的重要意义不必多说，相信人人都能讲出一些有关"坚持就是胜利"的例子，个个明白"三天打鱼，两天晒网"、半途而废是做不成事情的道理。

这里我想说说懂得妥协的重要性。

其实人生就是一边做着选择、一边不断与自己讨价还价的过程，经营美好人生需要妥协。"物竞天择，适者生存"，当我们没有能力去改变环境的时候，我们就改变自己，做一些妥协、让步。

妥协不是简单地放弃，而是在知己知彼的基础上求得最大公约数、达成一种共识。无论工作还是生活，妥协潜藏着一种坚持、一种执着——无论怎样，都要把事情做成；无论怎样，都要把日子过好。

据说西方有些企业在提拔主管的时候，会考虑一个人的婚姻状况，因为已婚的人往往比未婚的人更懂得妥协。一桩婚姻要持久就得学会妥协，否则，争吵了、僵住了，一个说"不想过了"、一个说"早不想过了"；一个说"离"、一个说"好"，日子可能真的就过不下去了。

直接拿我自己的婚姻来举例吧。我老婆在兄弟姐妹中排行老六，上面有三个哥哥、两个姐姐，结婚前基本属于"饭来张口、衣来伸手"一类，而且那个时候她工作所在的小镇机关院子里风行打牌，下班后坐到牌桌上是很正常的事。

当时，我们的年龄在县城特别是乡镇可以说老大不小了，但我感觉她其实并没有做好结婚、生孩子、独立生活的准备。

平时，她爱静，我好动；她喜欢自由自在，我主张严谨认真；她满足于高效完成分内工作，我追求全力以赴做最好的自己……

不仅如此，我俩的性格可以说都属于支配型的，比较抗拒受他人指使。可想而知，一路走来我们会遇上不少矛盾与冲突，彼此会有很多次的妥协与让步。

冲突、争论、妥协、让步、靠拢、前进……日日，月月，年年……有了孩子，有了房子、有了车子……

"道路是曲折的，前途是光明的"，用在我们俩身上，恰如其分。

当然，为人正派、好好做事、始终忠诚于对方及家庭等等，具备这些基本素质与秉性，是我们的婚姻家庭一直保持稳定的前提与保障。

三

早些时候，我供职于县城一个隶属于政府的局机关。当时很幸运，在这个单位公认最重要的科室担任主持工作的副科长。

有一年，单位主要负责人换了，不久对中层干部进行交流轮岗，我被调整到另外一个科室任副科长。当然，这个科室在人们眼里也有一定分量，但我不再主持工作，科室有科长。

单位领导告诉我，本来这个科室科长提前让岗的，可是县委组织部迟迟没有批复。

令人尴尬的是，当时单位临时成立了两个"收账"小组，专门负责催讨原来相关科室借出去的已逾期的"周转金"即小贷资金，由我负责其中一个小组。

虽说"革命工作只有分工不同、没有贵贱之分"，但角色变化的跨度有点大，相当于我从"主角"变成了"跑龙套"的。一时感觉有点发蒙，如一首摇滚歌曲所唱的："不是我不明白，是这世界变化快！"

应了一句谚语："屋漏偏逢连夜雨"，那段日子，我的一只眼睛患了点小毛病，按医生要求用纱布蒙了起来，一时成了"独眼龙"。

运气可真背啊！

不过，我没有去找什么"大师"算命打卦，也没有买个什么吉祥物佩戴上，而是很快完成了角色的转换。

我讨债讨得很认真。天天骑辆自行车、背着个放着账本的包去收账，单位的、个人的，一家家找、一笔笔要……

后来，在我被提拔的时候，领导跟我谈话时提到了这段经历，夸赞我："能伸能屈，思想深沉，素质高！"

事实上，组织的安排我必须也应当无条件服从。那段讨债经历让我学到不少东西，而且都是正常业务工作中无法碰见的。

正是因为我有自己的执着追求，同时能够正确对待岗位调整，所以有了后来组织的器重，并逐渐走上了当地"四套班子领导"的重要岗位。

四

妥协，这个在日常生活中并不总是积极的词汇，却是我们生活中不可或缺的一部分。

妥协有助于建立良好的人际关系。在人际交往中，我们经常会遇到意见不合的情况，这时妥协可以成为一种有效的沟通方式。通过倾听对方的观点，理解对方的立场，我们可以更好地了解彼此的需求和期望，从而达成共识。

妥协可以帮助我们把握更多的机会和可能性。人生道路上，我们经常会面临各种选择和机遇，在做出决策时妥协可以成为一种重要的思考方式，通过尝试不同的可能性，我们可以发现更多的机会和潜力，从而为自己创造更多的成功机会。

妥协也是一种自我成长的过程。在妥协的过程中，我们需要接受自己的不完美，通过反思自己的决策和行为，更好地了解自己的优点和不足，从而不断提升自己的能力和素质。

总之，妥协是一种重要的生活智慧，我们应该懂得并学会在适当的时候妥协，以成就更加精彩的人生。

步履不停

一

一天，在简书收到"其他提醒"消息，我加入简书整整一周年了。

其实何止一周年，我是简村的"老村民"。2017年10月就加入简书了，只不过那是我的另外一个账号。

那时，一位文友向我介绍了"简书"和"美篇"两款软件。我分别下载安装了，并都尝试使用着。

回看了一下，我在简书上写下第一篇文章的时间是2017年10月11日，内容为介绍我区的《中华麋鹿园》，那是国家5A级旅游景区。其实那篇文章不能说是我写的，是摘录的景区介绍。

那个账号上我的昵称是"临海而居"，是我微信一直使用着的。

我的家乡东临黄海，是一座海滨小城。临海而居，"面朝大海，春暖花开"。

后来，新买了部手机，并注册了简书新账号，就是现在的"吾心安处"。目的是跟原来的账号与状态做个告别，此后以更加多姿多彩的方式来写文章、记笔记，以更加轻松随意的姿势奔跑。

二

简单回顾近年来所走过的历程，感觉在写作方面基本实现了当初的计划与目标，可以说收获很大，某些方面甚至超出了自己的想象。

最大的意外与惊喜是2022年春节之后，从一篇自认为是小说体裁的《飞鸟与射手》开始，连续多篇文章成功被简书伯乐推荐。

2022年春节放假期间，读了一本关于小说创作的书《30天写小说》。受其影响，提笔以生活中一个家庭为原型，将他们的爱情故事写了出来。

人物是我熟悉的，故事是我熟悉的。多年以来这个故事一直在我头脑中反复纠缠，我却一直没有勇气动笔，一方面担心自己写不好，另一方面也因为不敢触碰那些令人伤感的往事。

题目确定为《飞鸟与射手》，与我特别喜欢的一首歌曲同名。这首歌我听过无数遍，百听不厌，且一听到这熟悉的旋律，就会想到那些熟悉的人和事。

没料到，动笔之后写得非常顺畅，也写得特别投入。那些天无论白天还是黑夜，头脑里装的尽是故事里的人和事；写的过程中，我也随主人公一同喜怒哀乐。有时候深夜两三点醒来就有画面浮现在眼前，若不起身写出来，怎么也无法再入眠。

在写的过程中，分小节发至成员多为写作朋友的"油菜花"群，引起了文友们的普遍关注，甚至产生了一种"追剧"的效应。

结果，《飞鸟与射手》被简书"故事伯乐"非村老师推荐，一举获得了LP理事会以及简书重要人物任真的"大赞支持"，得到了很多简书钻。简书钻是一种可以兑换现金的东西。

后来，关于小说的创作，我专门请教了几位老师，也有的放矢地读了几本书。

接着，以自己的一段经历为原型，创作了《你的样子》。虽然故事情节比较简单，但"冲突""行动""结果""情节与感情"等小说创作的几个要素体现得较为充分。

果断向简书"故事伯乐"非村老师投稿，也成功被推荐为"好文"。

此后，我没再接着尝试写故事，而是继续写自己比较喜欢与擅长的散文。《轻舟已过万重山》《春天的门帘》以及《槐花飘香》等，都有一定质量，也均顺利通过了"散文伯乐"采薇老师的审阅，获得"好文"推荐。

时常路过老家那块土地，那是我的衣胞之地，总令我回忆起在那儿度过的美好时光。《故乡的小河》，一篇长达10050字的散文，在内心被激情燃烧的状态下，一气呵成。

第二天一大早投稿给采薇老师，上午9点多就收到了采薇伯乐的回复："投稿成功，待推荐。"

与此同时，《风吹麦浪》《难忘家乡的棉花"海"》等文章在《农民日报》客户端推出，给了我更多的自信。

三

2021年8月15日，我花188元在简书购买了铜牌会员资格。不为别的，只因为会员每天可以发5篇文章，而普通成员只能发2篇。

188元，相当于一个人吃两顿肯德基或者抽两包香烟的价钱。喝酒的话，以这种价位请客，可能还拿不出手。

到期之后我会续费，仍然购买188元的铜牌会员。这个适合我，能满足我的需要。

我舍不得拿简书钻来兑换会员资格。简书钻是我一点一点积攒起来的，如同庄稼人收获的粮食。我就放在那儿，我的"粮仓"，看着就有满满的成就感。

善待自己，爱自己，才有能力爱别人、爱这个世界。

四

日更200天，是我的纪录。

200天，其间从来没有忘记过、间断过，也没有需要使用复活卡。

日更的益处无疑很多，对于形成写作习惯、打开思路以及使自己的文字更加连贯与流畅等有明显的促进与帮助。

然而，日更是需要时间的。坚持日更，其他有些事就来不及做了，比如同样是自己十分喜欢的钢琴的学习，就给写作让了路。其实我对音乐的感悟并不比文字差。

日更达到200天的时候，我停更了。将来也许会重新开始，在我可以更加从容安排时间与精力的时候。

以我的观点，既然坚持日更，就不能过于"水"，否则真的没有必要，更没有意义。有个孩子"得天独厚"，广东人，是简友危微老师的学生，有时候不好好写，却又坚持日更着。后来我没耐心读他的文章了。还"殃及池鱼"，他的同桌"语文难倒钢琴手"的文章我也看得少了。

要么不做，要做就做好。这个道理大家都懂的。

五

"简书优秀创作者"，对我来说非常有诱惑力，令我心驰神往。

关注并研究了一下如何获得这个称号，也读了部分"简书优秀创作者"的文章，果然很优秀，几乎没什么"水货"。

我没有急于求成，内心一直记着这么几句话："春天只负责开花，秋天负责结果。""不要追一匹马，用追马的时间去种草。""你若盛开，清风徐来。"

还有一段话，说得更加到位："一只鸟，如果翅膀尚没有足够的力量，却挂上沉甸甸的奖牌，岂不影响飞翔？"

2023年新年伊始，我报名加入一个写作训练营，从此加快了写作成长的步伐。

当年5月份，对照了一下，申请"简书优秀创作者"认证条件已成熟。

果断递交了申请，随后顺利通过认证，获得了一块金光闪闪的徽章。

虽然这个认证"永久有效"，但我不敢含糊也不会含糊。我要继续努力，做一名不折不扣的"优秀创作者"，写的文章要对得起读者，也经得起读者的检验。

六

"简村","此心安处是吾乡！"我永远是忠实的村民，并将以更加舒适的姿势奋力奔跑，步履不停。

最美阅读者

一

在文字的海洋中，总有那么一些人，他们以独特的眼光和深邃的思考，发现着文章中的美好。他们，就是我们所称的"阅读者"。

在我熟悉的众多阅读者中，有一位格外引人注目，她就是葛海燕老师，被文章作者亲切地称为"最美阅读者"。

葛老师，是一位高级语文教师，曾担任一所县城初中的副校长。她不仅在教育教学中"桃李满天下"，也是一位热爱写作的作家。她是中国散文学会会员、江苏省作家协会会员，她的文字常常引人深思，给人以启迪。然而，她更为人称道的是她对文章的独到点评。

葛老师的点评诚恳、独到、暖心，她总能发现文章中的亮点，一语中的地指出文章的精髓、"挠到"作者的"痒处"。她的点评不仅让作者深受鼓舞，也让读者对文章有了更深入的理解。

"阅读是心灵的旅行，是思想的碰撞。"她用行动践行着这句话，用阅读者的眼光去发现每一篇文章的美好。

她的点评，不仅仅是赞美和鼓励，也是跟作者的商榷和对文章的建议，能在点评中给作者以启示，引导他们走向更高的创作境界。

二

"葛老师好！我到办公室了。你到北门时告诉我一声。"下午四点出头，我到办公室后即给葛老师发了个信息。中午已经约定，下午再联系。

前些天几位好友相约一起去一位朋友的庄园游玩时，我顺便将书稿带着并交给了葛老师，请她给我做最后的把关。

此前，电子稿我已校对、修改过两三遍，纸质文档则修改了一两遍，可谓认真仔细。

过了三四天时间，葛老师告诉我，她已逐字逐句看了一遍文稿，而且将需要调整、修改的部分全部标注了出来。

到底是语文老师，几十年作文教学积累的功力在那儿，不服不行。

"主任，我到啦！"过了十来分钟，葛老师发来信息。本来，她们学校离我们行政中心就很近。

"好的，上来坐坐？来喝杯咖啡。"我正好也有空，请她上来坐坐，聊聊阅读文稿的感觉，我很想听听她的意见和建议。

"方便吗？"葛老师客气地问。

"当然方便，313室。"过去我在区政府上班时，办公室是515，转岗人大后是313。没刻意选择，纯属巧合。

我从橱柜中拿出咖啡杯和喝茶的玻璃杯，用开水烫了几遍。咖啡是速溶二合一的，我自己正常就喝这个；茶叶则是《轻舟已过万重山》里的男主人公"孙轻舟"的原型送给我的，是绿茶。

"葛老师，这边！"我在楼道看见了她。她今天穿着一套淡蓝色的新中式服装，是那种比较传统的款式及颜色。记得那天她的散打世界冠军学生回来后，我们一起吃饭时，她就穿的这套衣服。

"书公子"是我们当地作协冯主席对葛老师的称呼。她平时着装比较考究，人的气质也好，有一种从诗书中走出来的感觉，飘逸、温婉、落落大方。

有段日子，当地文友集中的"油菜花"群中精通古诗的晓春老师喜欢给美女们题诗，得到热议并一致认同的几句就是专门题给葛老师的："柳色莎痕浸寒碧，冰姿玉骨湛清晨。明眸满载东坡月，绣腹尽收夫子仁。"

"书稿包给我拿吧。"走着时，我见装着书稿的布包看上去还有点分量。毕竟是我的书稿，人家是帮忙指导的。

"没事，我拿着，不重。"她还轻轻示意了一下。

近两年我们之间一直有交流，彼此用不着太客套。我的第一本书《故乡的滋味》中所有插图都是她老公汪铁铭（老铁）先生专门创作的，反响较好。

他们夫妇一个画画，一个写文，志趣相投，夫唱妇随。

坐下来之后，我给葛老师泡了杯咖啡。

她一口也没喝，就开了口，"我说说自己的一些感觉和想法啊。"她朝我看了看。

"首先说说我建议改了的题目，有两篇。《阳光照进来》建议改成《阳光照进来了》，加一个'了'字，强调变化与结果，否则只是一个现象。本来面朝北的烂尾楼里没有阳光，因为主任你的到来与精心安排，阴暗寒冷的房间里也有了温暖，宛如阳光照进来了。"葛老师快人快语。

听到这儿，我插话说："原先我用的是《阳光照了进来》，后来改了。"

"《阳光照了进来》也不如《阳光照进来了》，后者更突出结果。"葛老师继续解释。

"好的。"我点头表示赞同。

"另一篇的题目是《过去的事情》，我建议改为《过去的日子不能忘》，这样更贴切，也更能体现你的观点。《过去的事情》是一种简单陈述，而你的意图是呼吁人们包括自己的父母别忘了过去曾经的苦日子。《初心》倒也比较贴切，但不太符合你的语言习惯。你觉得呢？"说完，葛老师看着我。

经她这么一说，我觉得挺有道理，《过去的事情》只能概括文章前半部分的内容，而后边说理部分就没有体现出来。

"这个意见挺好，很有道理，就这样改了。"合理化建议我当然全盘接受。

"反正我的想法如实说出来，究竟最后如何，你自己决定。"葛老师表明自己的态度。

"关于题目，你的意见我全部采纳。整本书中已有四篇题目是你定的：《两小儿'日更'》《寒酸》《阳光照进来了》以及《过去的日子不能忘》。谢谢你这么用心！"我从心底里表示感谢。

葛老师笑了起来，笑得灿烂又有点儿羞涩，令我想起她常常说的"童心""赤子之心"。

"接着说两个你习惯用的词，是可用可不用、有点多余的，也可以说是你的'口头禅'。一个是'因为……所以'，一个是'当然'。"这时候，葛老师作为教师一贯的严谨作风与严格要求充分体现出来。

"哈哈……一点儿没错，特别是'当然'，我时不时用到。"这个，我自己最清楚。

"也不是不能用，但不是必要就显得多余。"她依然很认真地说。

"嗯，我明白了。"以后写文章时注意更加紧凑一点，特别是尽量避免"口头禅"。

"葛老师你喝点咖啡。咖啡已经凉啦，再加点热水里面吧。"在我办公室，我是东道主。

"没事，不凉。"葛老师轻轻拿起杯子，稍稍喝了一点。平时她跟老铁比较讲究，自己做吃的、喝的品种繁多，喝这凉了的速溶咖啡可能不太习惯。

"我再说说整体感觉啊。四个小辑'俏也不争春''亲爱的人啊''行走的足迹'以及'故事里的事'都好，与内容高度吻合。这是一本较高质量的文集，毋庸置疑。"说到这儿，她以赞许的目光看着我，我能感受到她的真诚。

"小说里面质量最高的是《飞鸟与射手》，其他的暂时都超越不了它，被简书伯乐非村老师推荐并得了'大赞'绝非偶然！散文里最好的是《暖到人心只此花》，层次分明，语言丰富而流畅，太美了！这两篇，几乎找不出明显缺陷。你可以回头读一遍，现在你的部分文章质量是很高的，可能你自己都没认识到。人家简书伯乐是有眼光的,给的推荐语那么长、那么诚恳。"

她的这番话我要听也喜欢听。《飞鸟与射手》和《暖到人心只此花》是我自己爱不释手的,写的过程中我都曾几次热泪盈眶。

"非村伯乐推荐的是小说,推荐语精彩不用多说。采薇伯乐给你散文的推荐语也精准、精彩,挖掘得很深。她绝对是用心的、识才的。"葛老师把声音提高了些,也许是采薇老师的态度感染了她。

"主任,你用不到一年半的时间,拿到了'简书优秀创作者',你就是优秀的!我平时夸你是'天选写作人',可不是随便说的。"看着她一本正经的表情,我倒要笑了。

这人,给我鼓励最多了!当然,她给其他作者的鼓励也不少。

聊了这么久,我怕过多浪费了葛老师的时间,就看了一下手表。5:45,不知不觉我们已经聊了一个半小时了。

"你有事吗?我再聊10分钟结束。"葛老师见我看表,以为我还有事。

"没事的,我们不受时间限制。"我巴不得她多提宝贵意见呢!

"《山那边,是海》中的女主人公林岚其实并不坏,她追求的是爱情而不是物质,最终跳海印证了她是个好女孩,成全了别人,惩罚了自己。跳海的结局设计是成功的,逻辑性强,合理。"也许因为这篇文章发"油菜花"群之后有文友提出"林岚不应该跳海"的意见,葛老师表明了自己的看法。

"是啊!邓旭昇说了'只要你和孩子健健康康的,我就要娶你,我愿意付出一切代价!'林岚在反复权衡之后,选择了跳海,以自己和孩子的生命成全别人。因为邓旭昇老婆是他同学、邻居且不肯离婚,因为邓的父母为这事急坏了,他母亲还突发心肌梗死送医院抢救了。"这样的情节设计,我是经过深思熟虑的。

"《一只眼睛的代价》修改之后更好了,铺垫得很到位。"说着,葛老师站了起来,"标点符号之类,我看出来的全部标注了,没有大问题。时候不早,我要告辞了。"

"让男主损失一只眼睛，必须有足够的理由，这个我的确注意的。葛老师，谢谢你！让你花费这么多时间和精力。我送送你。"我真的挺感动，也很高兴。这下可以直接交稿了。

"你可别客气！书稿完整阅读了一遍，我也受到很多启发。"这次她没笑。

我们只顾着说话，早就泡好的一壶茶还没喝一口。我拿起一只透明的小玻璃杯给葛老师倒茶，"尝尝这茶吧。茶叶是我文章中男主人公原型送的，虽然比较普通，但有自主知识产权，茶叶罐上有他的头像呢。"

象征性地喝了一口茶，葛老师起身告辞。

<h1 style="text-align:center">三</h1>

送走葛老师，回到办公室，我打开文稿，一边修改一边思考。

"最美阅读者"，不仅身边文友公认，在文字中萍水相逢、从未谋面的写作大咖、"简书优秀创作者"谌历老师也这样评价葛海燕老师。

通过对我书稿阅读与修改这件事，通过刚才的一番交流，我更深深体会到，"最美阅读者"的美是全方位、多层次的——真诚、睿智、包容，深厚的底蕴、独到的见解，赠人玫瑰、手有余香，腹有诗书气自华……

你笑起来真好看

一

"叮咚"，在我拉着行李箱即将出门的时候，负责书稿排版的叶老师发来了信息："书稿修改的部分已全部改好并排好，请再审核一遍。"接着发来了电子文档。

"来得早不如来得巧"，如果迟几分钟人已上车，我不可能回头的。

赶紧换上拖鞋，到书房里将厚厚一沓文稿拿了。出差三天，我将利用空余时间把书稿修改的部分仔细核对一遍。依我的性格，这是必须的！

于是，一上车便打开手机上的电子稿，拿出包里的纸质文稿，开始核对。

不仅是勤奋，还因为好奇心。即将出版的新书《飞鸟与射手》，近50篇文章，我在打印出来的文稿上修改了几百处，排版老师在电子稿上修改得怎么样呢？

"汽车颠颠簸簸的，你看稿子不头晕吗？"有同行的同事问我。

"不会，我等不及。其实排版老师给我的时间还算充裕，可我心情实在太迫切了。"我如实回答。

我就是这样一个人，遇事容易冲动，往好的方面说应该叫"有激情"，哈哈！

于是，利用在行驶的汽车上的两个半天，加上住在宾馆的一个晚上，凡修改过的地方我逐一核对了一遍。叶老师改得相当认真，只剩不到10个地方还有点儿小差错。

我很满意，立即通过微信向叶老师表达了感谢之情。

二

出差回来之后，我并没有简单地将几个仍有差错的地方反馈给老师就完事，而是将整个文稿从头再来、逐字逐句又开始审核。

出版一本书不容易，不仅要对自己负责，更要对读者负责。"零差错"是我的要求，第一本书《故乡的滋味》已经做到了。

此前已经完完整整校对过三遍以上，于是总想这一遍加快速度，最好能"一目十行"。可是仍然无法真正快起来，仍不时发现需要调整完善的地方。读上去显得有点别扭的、表述有点似是而非的、内容看上去无关紧要的……哪怕只是一个标点或者一个连词，都一一修改完善。

但我不愿再将校稿的时间拉得比较长，必须"速战速决"。于是，充分利用一切工余时间，中午不再休息，晚上直到12点以后。

有时候，卡在一个地方无法顺利向前推进，会有一种"山重水复疑无路"的感觉，心情也会比较烦躁。真想不再看任何一个字，真想合上文稿直接寄给排版老师就算了。

可是不能！我无法做到明知还可能有问题却不了了之甚至马虎了事。就是不能留下任何瑕疵，必须确保"万无一失"。

结果，前前后后又是若干个地方的修改。

终于，2023年6月14日，是星期三，中午下班后到附近快递点将完成修改的纸质文稿寄出。

走出快递点的大门，我真想对着天空大喊："结束啦！终于结束啦！"

三

离开快递点，立即赶往五洲大酒店。

上午区老龄协会老年作家分会召开成立大会，本来组织者安排了一项议程，由我代表区领导来表示祝贺并提几点希望。不巧，另有活动不便请假，于是中午我来陪大家一起吃顿工作餐，弥补一下缺席的遗憾。

12:15，我赶到酒店时，他们还没有散会。

感觉头晕乎乎的，脚底也有点儿打飘。这些天我真的太累了。

在一张小方桌旁坐下来，请服务员给我倒了杯水。稍稍定一定神，休息片刻。

一会儿，老龄协会夏会长打电话来，说刚刚散会，请我去参加全体人员合影。好啊！一起记住这个美好而难忘的时刻。

"你是领导又是作家，给大家讲几句吧！本来会议安排了讲话议程的，却没讲成；现在有机会聚在一起，你不讲，老作家们会失望的。"吃饭前，夏会长提出要求。

"那好吧，我道声祝贺！"于是，我站到餐厅中间位置，简要表达了三层意思：热烈祝贺区老龄协会作家分会的成立！期待卢群会长带领大家开展丰富多彩的活动，让老作家们有所作为、感觉充实；希望广大老作家讲好大丰故事、传播好大丰声音！

四

第二天，也就是6月15日，我和民进盐城市委会的同志一起到射阳县调研优化营商环境问题。

下午2:15，坐进会议室等待召开座谈会。

打开微信，看到卢群会长发来的昨天老龄作协分会成立的报道。

"祝贺！"道贺后，我连发了三个"礼花"的表情。的确值得庆贺，让广大老年写作爱好者老有所为、老有所乐，多好的事儿！

往下看，有我在餐厅讲话时的图片。这，是我吗？疲惫的脸色，怪怪的表情，深深的皱纹……

当时我明明心生欢喜、明明真诚表示热烈祝贺的呀！可照片上怎么看不出喜庆来？

"建议把我这张照片撤下来。或者我重新提供照片，替换一下。"在感觉惭愧的同时，我提出建议。

同志们很给力，立即撤下消息，换了张我手拿书本、笑逐颜开的图片，成功重发。

五

前不久区作协联合《人民作家》编辑部在恒北村搞活动时，我的表情也曾出现"意外"。

"我在致辞的时候，有一刻您的表情看上去比较复杂，是我讲得太多或者有问题吗？"活动组织者、区作协冯主席问我。

"不可能啊！我听得挺入神，你讲得很好。只是话筒音量开得太大，声音有点发炸，偶尔产生啸叫，可能我一时条件反射露出了惊讶的表情。"冯主席的话让我感觉比较意外，连忙解释了一下。

事后我并没太在意。我的生性比较活跃，喜怒哀乐容易溢于言表，平时脸上表情算是比较丰富的，哪能保证每时每刻都显得端正、好看呢？

然而，看到参加老年作协活动的这张照片，又想起在恒北村发生的"意外"，我不能再不引起重视：工作、生活、家庭，为了一些自己的追求，为了一些表面的光鲜，我是不是把自己搞得太忙、太累了？

也许和2018年前后有个时期差不多，不经意间，我的表情就是疲惫的、沉重的、孤独而落寞的……

六

我要笑起来，从内而外笑起来！

今晚，最惬意的事莫过于听一首如春风似暖阳的歌——

"想去远方的山川，想去海边看海鸥，不管风雨有多少，有你就足够……你笑起来真好看，像春天的花一样，把所有的烦恼所有的忧愁，统统都吹散；你笑起来真好看，像夏天的阳光……"

　　三毛曾经说过："我笑，便面如春花，定是能感动人的，任他是谁。你永远都不知道，会有谁在哪一瞬间爱上你的笑脸。"

　　是啊，每个人笑的样子都是最美的，像春天的花朵，像夏天的阳光，整个世界在微笑下都是如此温暖美好。

　　因此，无论处于人生什么阶段，无论面对什么复杂情况，请放下包袱、放松心情，没有人喜欢满脸阴云的人。

　　"你笑起来真好看！"愿今后的日子，嘴角上扬，快乐如歌。

双喜临门

一

近三四年，每到11月下旬，我们一家三口都会翘首以盼，心情既渴望又担心。渴望什么？孩子注册会计师考试的分数。

六门单项课程，最后还有个"大综合"，一般来说起码需要四年时间：单科每年两门，共三年；最后是"大综合"，一年。

去年，我申报的省作协会员和孩子的考试一样在11月下旬出结果，这样就多了一份期盼和担心。

本以为会"双喜临门"，结果却"福无双至"。孩子的两门课程均以高分通过，我的省作协会员评审却没有结果。

我当然明白"雪中送炭"与"锦上添花"孰轻孰重，孩子考试成功的喜悦很快冲淡了我失利的失落情绪。

二

昨天是11月20日，又是个星期一，注册会计师考试出分的可能性很大。

一般是中午出分，由中国注册会计师协会在公众号出通知，考生即可查分。

"今天不会出成绩了。"临近中午，孩子在家庭小群里说。

"你怎么知道？去年不是中午出成绩的吗？"我当然希望中午能知道结果。

"中国注册会计师协会公众号发了别的消息了，他们一天一般只发一条推文。"孩子告诉我。

"哦。那不急。"听了孩子的话，我觉得有道理，所以故意缓解一下孩子以及自己的情绪。

孩子接着发了张截图，展示一下中注协发的其他消息。

"我也来关注一下公众号。"这样我也可以随时查看消息，不用等待孩子转告。

"去年是21号公布的。"在关注公众号之后，我很快查到去年的通知，并截了图。

"我不急。"孩子回答。

"我们都别太急了。考试通过更好，通不过也没关系，再冲一年呗。"我多说了一句。

良好的心态必须保持，否则一旦失利，情绪会跌落至谷底甚至失控。

三

早晨8点左右，我正准备去上班时，微信收到一条消息。

是年初报的一个写作营中的同学发来的。她是广西人，对我的文章比较认可，"你的文章达到一些知名公众号上文章的水平"。这是她在写作营的群里经常说的一句话。

《〈飞鸟与射手〉政界文人的优秀作品》，她发来的是她在简书平台上写的一篇书评，对我出版的新书《飞鸟与射手》的评论。

我看了一下日期，11月20日，文章是昨天刚刚完成的。

"以现实主义与浪漫主义相结合的风格，寓情于景，寓思想于形象，展现生活的真谛。""文笔行云流水，旁征博引，以独特的视角和敏锐的洞察力，把人情、世情、民情巧妙地融入作品中。风土人情跃然纸上，人生百态淋漓尽致。""作者从政多年，有丰富的社会阅历、广阔的交际圈，这些成为他的写作素材。"

她把我的文章表扬了一番，语言比较丰富。还列举了几个例子。

"我寄一本书给你。地址不知记在哪里了，你再发一下。"我的第一本书《故乡的滋味》曾寄给她一本。人家在群里那么高度评价我的文章，我心怀感恩。

"特别喜欢你写的那篇《一只眼睛的代价》，我拼凑着写了篇书评。抄了几句你的序文，还有淘宝网上关于书的介绍。"她告诉我。

"淘宝上有我的书啊？我都不知道。"我感到一阵激动，毕竟《故乡的滋味》没有上架。

"有啊！"她接着发了张截图，全是书店在卖《飞鸟与射手》的，"我买就行了，不用再送了。"她还在跟我客气。

"我签名盖章。同学嘛！今天就去寄。"我是诚心诚意的。

道别之后，我迫不及待地打开淘宝网，搜索《飞鸟与射手》。

哇！不得了！整个手机屏幕上全是我的新书图片！往下翻，再翻，还是！

第一次看见自己的书在网上售卖，全国各地这么多的书店在售卖我的书，很激动，内心真的十分激动。

很想唱刘德华的那首《我和我追逐的梦》……

四

"今天看样子又不出分了。"中午13：30，孩子在家庭群里说。

"今天没出消息呢。"我到中国注册会计师协会公众号上查了下。

"也不是天天发消息。"孩子回复。

"有时候迟发。"我发上一张截图，"这个是下午5点发的。我作分析呢。"接着发了个龇牙的表情。我的确查看、分析了一番。

"干活了。"13：30已经是孩子的上班时间。

下午到办公室后，我又查了一下，中注协的公众号仍然没有更新消息。

先不管那么多，集中注意力做事。

下午17：00有会议。到16：30时，我停下手中的活，看看家庭群有没有孩子发的消息。

时间16：01，孩子发上一张成绩单，"年度2023，成绩64，全科合格证号QY232002***"，啊！去年有一个六门单科的合格证号，现在有了全科合格证号，孩子就是合格的注册会计师了！

前面听孩子介绍过，今年考试时下午碰上的那套试卷特别难。后来考生们都无奈地称自己为"化工人"，题目是"化工厂的题"。

64分，虽然不是高分，但面对这种难度的试卷，该分数也不是"涉险过关"，贴着60分的分数肯定多了去。

16：06，孩子发了个表情，"人呢？"

16：21，孩子又发了个表情，"？"

这孩子！真沉得住气啊，也不打个电话给我。

我立即打电话过去，"过啦？太好了！"

"是的，过了。试卷太难了，没考到高分。"孩子挺平静的。这份淡定，厉害！像她妈。

"怎么不及时打电话给我？你这孩子！"貌似怪她，实则满心欢喜。

"上班嘛。"孩子说得轻描淡写。

"祝贺祝贺！现在就发奖金给你。告诉妈妈了吗？"我们早就商定好的，单科过一门奖一万元，"大综合"过了奖一万元。

"也没有告诉妈妈。奖金，嘻嘻……我看了网上成绩60分出头的不少。"孩子解释了一下。

"不用解释，能参加'大综合'考试的都是单科全部合格的，强手之间的竞争必然激烈。"通过就好，别再贪心高分。

五

2023年11月21日，孩子的注册会计师考试成绩揭晓，收官之战取得胜利；同一日，我看见自己的新书遍布淘宝网。

双喜临门，幸哉！幸哉！

吓到我了

一

黄海路是我区城区东西向的一条主干道，平时人流量和车流量都比较大，上下班高峰期更是车水马龙、热闹非凡。

今天是个好天气，早晨我开着车去上班时，朝阳已经升起来。

车窗外，本已发黄的银杏叶在阳光照射下仿佛被镀上了一层金色；榉树的叶子掉落了大半，零星的红叶在树上点缀着；那一大一小两棵"母子"槐树呈现出一种鹅黄色，它们相互依偎着，令人想起那句温暖人心的"陪伴是最长情的告白！"

我不敢贪恋这初冬的美景，偶尔瞥上一眼，不停提醒自己集中注意力好好开车。

气温虽然较低，但车内不开空调也不觉寒冷。

接近中交美庐城也就是原县政府所在地北侧路段的时候，路况更加复杂了些。

我放慢车速，并伸出左手打算将头顶上的遮阳板放下来。

就在这时，一辆深棕色小汽车快速从左侧车道穿过中间栏杆的缺口转弯进入了右侧车道，刚刚看见车头的时候，整个车身已驶入了我正行驶的车道……

车速如此之快，转弯幅度如此之大，实在出乎我的意料。

"哎哟妈呀！"我在心里一声惊呼，脚下立即急踩刹车，头顶上的遮阳板尚未放下来，手立即收回并握紧方向盘。

"滋……"随着紧急刹车，车轮胎与水泥地面摩擦发出了刺耳的声音；"哗……"副驾驶车座上的公文包、面巾纸、手机等一股脑儿滚落下去……

幸而我眼疾手快，加之我的车速较慢，有惊无险，我们的车并未"亲吻"上。

"J*515*"，处理好紧急情况，车正常行驶之后，我看清了前车的牌号，那是一辆大众迈腾。

再看那辆车的右后侧，从上到下几乎都是刺眼的白色。棕色车怎么成白色的了？细看，原来是油漆掉落之后露出了底色，而且车壳的那一块已经瘪了，陷了进去。当然，这是旧伤，不是我撞的。

我的同志哥（姐），车已撞成了这样，还不够吗？一早又开这么猛，是不是想把前后左右撞成对称的样子？

哎，我不能这样说！那辆车的牌号是"J*515*"，而"0515"是我们盐城电话的区号，"515"则是我在区政府工作时待了整整5年的办公室的房间号。"爱屋"还"及乌"呢！

二

上午近9点，收到一条微信消息："韦主任早上好！请问《飞鸟与射手》的作者是谁？高价求购《飞鸟与射手》可以吗？能否帮忙请作者再签个名？介绍费和润笔费另付！"

信息是沈建华先生发过来的。这、这！他是在跟我开玩笑吗？

沈建华何许人也？江苏盐城大丰人，毕业于中国人民大学新闻系新闻专业，高级记者。曾担任《农民日报》首席记者、江苏记者站站长、农民日报社编委、华东地区主编。

沈先生从事新闻工作40余年，先后采发新闻报道万余篇，其中万字以上深度报道60多篇。2009年，被中宣部、国家广电总局、全国新闻工作者协会等国家五部委授予"全国优秀新闻工作者"称号。

再看他的文学作品。文学平台《人民作家》曾以"沈建华的情和爱"为专题整理、刊载过他的部分文章，共分为"爱情""亲情""友情""乡情""豪情""世情"6个篇章数十篇，体裁有散文、随笔、杂文等，还有歌词《夫妻情歌》。

他的文章，既大气、厚重、站位高，又细腻、质朴、接地气，无论是新闻报道还是散文随笔，均真实、坦诚，直面现实生活，敢讲真话、道真情，读来有味、有趣，更令人有感、有收获。

"沈编委好！领导好幽默，也吓到我了！"我立即回复老乡领导。

过去我在区政府分管农业农村工作时跟沈建华编委打交道不算少，多数时候是他带队下来采访调研，我代表地方接受采访及参加座谈、接待等活动。

虽然彼此比较熟悉，他跟我讲话也比较随和，但从来没有像今天这样。沈编委跟我说这样的话，真有点吓到我了。

当初从主编那儿得知《飞鸟与射手》被北京35中选定为学生课外读物时，虽然内心很激动，但尚没有一种被吓到的感觉。

"需要几本？请列个名单给我，我一一签名、盖章。沈编委对我如此关心、关爱，我受宠若惊！"我说的是真心话，哪里需要什么"高价求购"，承蒙他看得起、看得上，我认认真真、恭恭敬敬签名赠送。

作者，最大的幸运不就是文章被人读、被读者肯定与喜欢吗？

"哈哈……不敢讨几本。为父女讨两本：农民沈建华，北大沈艳。谢谢！"沈编委告诉我，"给女儿的目的，是让她在欣赏家乡领导文采的同时，感受和留住大丰乡愁。"接着他又补充说明了一下。

沈编委始终心系"三农"工作，利用手中的笔为"三农"特别是广大农民代言，还曾牵头策划推动设立"农民节"。

2007年全国两会期间，沈编委策划和采写了一组倡议设立"中国农民节"的报道在《农民日报》推出，同时牵头联系36位全国人大代表联名向十届全国人大五次会议提交议案。此举引发了80多家中央和地方主流媒体的转载和续报，受到全社会的广泛关注。

后来，党中央、国务院顺应民意与时代要求，批准设立"中国农民丰收节"。沈编委感慨万千：中国农民有自己的节日了！2018年，农业大国掀开历史新的一页！

退居二线之后的沈编委称自己为"农民"，足以见得他的"三农"情怀是多么浓厚。

"那我寄两套过去。第一本《故乡的滋味》更多描写了家乡的风土人情。"要说乡情、乡愁，我的第一本散文集还真的有较多体现，《露天电影》《梨花开，梨花落》《小时候的夏天》《那些年，那些迷人的野果》《年味浓浓的小方糕》等是回忆家乡的过去；《家乡这片海》《荷兰花海，一个奇迹》《归来的麋鹿》《满园梅花扑鼻香》《银杏湖公园随想》等是展示家乡的现在。

有件事必须提，那是2017年年底，沈编委告诉我他很喜欢我的散文《露天电影》并让我将文章的电子稿发给他。

没料到，仅仅过了10天左右，《露天电影》便一字不差地在中国农业新闻网推出。

自那以后，我写文章的信心大增，也更加热爱文学创作了。

沈编委的女儿沈艳是北京大学国家发展研究院经济学教授，还兼任几个重要职务。不仅经济学研究得深，她的文学功底也很了不得，我读过她写的《父亲的礼物》等文章，留下了特别深刻的印象。

沈编委要将我的书给他女儿沈艳教授阅读，同样让我诚惶诚恐。

三

有人说，生活就像一杯酒，一半是苦涩，一半是美妙。

生活不可能永远笃笃定定、风平浪静。生活总会给我们一些插曲，有时是惊吓，有时是惊喜。惊吓让我们更加懂得珍惜拥有，惊喜让我们更加热爱生活。

当猝不及防遇上有备而来

向大会报到

1月22日，是江苏省十四届人大二次会议报到的日子。

按照通知要求，我们盐城市大丰区的四个代表一起乘车前往报到地点：南京国际青年酒店。

今年是"二次会议"，俗话说"一回生，二回熟"。打算提交的建议在充分调研的基础上精心准备好了，加上刚刚参加过区人代会，也认真阅读了盐城市人大二次会议决议、公告等全部内容，因此我们真正是有备而来。

上午11点左右，我们的车缓缓驶入通往酒店的通道。啊！原来南京国际青年酒店不是我想象中的传统的"火柴盒"，而是时尚帅气的"双塔"！经常在社交平台看到它的身影，标志性的浅色墙面，大小不一却错落有致的玻璃窗，随手一拍就是腔调感十足的摩登大片。

突然的提问

当我们拉着拉杆箱、提着电脑包等行李进入酒店大堂，找到"盐城市代表报到处"时，一眼就看到了市人大常委会办公室、人代委等委室的同志，他们正满面春风地迎接着前来报到的每一位代表。

取了房卡、餐券，在一排装着会议材料的文件包中根据夹在包上的出席证找出自己的，就准备按照工作人员的引导乘电梯去房间了。

"代表您好，方不方便采访您一下？"话音刚落，一位衣着得体、胸前佩戴着记者证的女记者已经举着录音笔站到了我的面前。她自我介绍："我是新华日报社的记者。"

"嗯，当然可以。"虽然没有预约也没有心理准备，但作为代表来参加人代会，就要把人民的心声、群众的意见和建议带上来，就应该多多发声。接受采访是义务也是机遇。

"今年参会，您主要关注哪些方面？带来什么议案建议？"她开始了提问。

"我带来了两三个建议，其中之一是关于农民增收的问题。"我如实回答。

"太好了！这正是我们关注的。请您佩戴上代表证好吗？我们可以移步到采访区吗？"看得出记者对农民增收问题比较感兴趣。

"您好！我是扬子晚报的记者……"

"您好！我是现代快报的记者……"

"您好！我是江苏广电总台的记者……"

"您好！我是新华网的……"

……

猝不及防！虽然在区政协副主席、区政府副区长的岗位上干了十四五年，到区人大任职也已跨入第三个年头，但这阵势还是头一次遇见。

为什么在一群同时进来的代表中记者首先向我发问呢？没有什么标签能表明谁的身份与职业啊，而且我的个头也不高，不会显得"出类拔萃"，哈哈……能找到的理由就是我脖子上戴着条蓝底白花的围巾，也许类似于青花瓷的"中国风"就是吸人眼球，就是魅力无限。

参会的建议

"您为什么会关注农民增收问题呢？"记者们抛出问题。

"这个问题非常重要啊！我们常常说，'中国要富农民必须富''检验农村工作实效的一个重要尺度就是看农民的钱袋子鼓起来没有''要坚持把增加农民收入作为乡村振兴的中心任务'……所以我把这个建议带到会上来。"从事农业农村工作多年，这些我铭记于心。

"那么您的建议主要有哪些方面的内容呢？您觉得要实现农民增收有什么难度？"记者们继续提问。

"如何增加农民收入？全国各地包括我们盐城先后推出了很多举措，也收到了较为明显的成效，但仍存在农民持续增收内生动力不足、产业带动能力不强、要素支撑短板明显、乡村农业人才短缺等问题。"我相信这些现象仍具有一定普遍性。

"我的建议主要分为两个部分，一个部分是主要措施、办法，另一个部分是现实抓手。第二个部分是我们大丰近年来经过实践探索、总结出来的一些做法。"在我眼里，两个部分都重要。

"主要措施包括：坚持党建引领，夯实富民组织的基础；培育多种主体，持续提升农业获益能力；完善产业体系，拓宽农民增收渠道；深化农村改革，加强富民政策扶持，等等。"当然，每项措施下还有更细的划分。

"如何让农户、农民在家门口实现增收致富？大力发展手工经济、特色经济、庭院经济、辅房经济、劳务经济以及农旅经济等'六种经济'。实践证明，我们大丰已经探索、创新走出了一条有效增加农民收入的新路子。"对此，我的内心是比较自信的。江苏省农业农村厅经过调研论证，已充分肯定了我们的做法并在全省进行推广。

要让好的做法充分发挥作用，我来参会时认真提个建议很有必要。

"您为提这个建议做过哪些准备或者说做了哪些工作呢？"记者们问。

"深入调研，有备而来！我和其他人大代表及工作人员一起组成调研小组，多次到镇村召开座谈会，去作业现场看实际情况，问农民兄弟亲身感受，听取得成功的人员介绍经验……"

"可以举例或用数据来说明吗？"记者们的问题继续抛来。

"请看部分与'六种经济'相关的喜人数据：'玩具之乡'白驹镇16个村党组织设立120个集中加工点，60—69周岁的4000名农妇日工资40—60元，年人均收入2万元左右。玩具家庭工坊还辐射周边的草堰、西团、小海等镇村，带动居家就业农民1200人，年增收2000多万元；草庙镇圩东村做好庭院青坎'梨'文章，发动农民栽植优良品种'苏翠一号'梨，并在技术指导、市场销售等方面实现包干，确保农民产得出、销得了、能增收；三龙镇19个村利用拾边地、自留地3500亩发展'菊花经济'，亩均效益达5750元，户均年增收3500元……"说到这儿，我都知道自己脸上的表情是怎样的，因为在镇村调研时我清楚地看到了介绍情况的干部群众脸上的表情。

"三农"主题访谈

"感谢您接受我们的采访！对于如何有效增加农民收入，您的建议有'干货'，也有借鉴意义。我们后天晚上还将安排一个访谈，想请您与另一位农业企业的负责人代表一起接受访谈，您愿意吗？"也许因为我刚才的回答比较接地气，得到了新华日报社记者的认可，她又向我发出邀约。

"具体是关于什么问题呢？"我得了解一下，保证有话可说、言之有物。

"是关于农业全产业链发展问题，可以结合本地实际来谈。我们初步设计了三个问题：为什么要重视农业全产业链发展？如何围绕农业产业链部署创新链、围绕创新链配置资金链和资源链？农业全产业链发展应当着力抓好哪些方面工作？"看来，记者不仅深思熟虑，而且对农业全产业链发展问题颇有研究。

"农业全产业链发展，我们大丰就有非常生动的实践，我感觉最典型的是恒北村梨产业。按照'梨园风光、生态宜居、乡村旅游'的发展定位，依靠科技带动，放大资源优势，一手抓'水果梨'，一手抓'文化梨'，恒北村走出了一条强村富民的新路子。"这些情况我太熟悉了，我曾经是分管农业农村工作的副区长啊。

稍作停顿后，我继续作详细介绍："从梨果到梨干、梨茶，再到梨膏糖、梨酒，又升级到梨花形状的胸针及发簪之类饰品、梨木梳子、书签、水杯等文创产品。不仅如此，还发展了育苗基地、果品加工、旅游度假、非遗文创等，单单'恒北文创街'就拥有13家本地特色商铺，业态涵盖了网红美食、文创、手作、非遗传承等。'产加销纵向贯通，农文旅横向融合'，省农业农村厅关于农业全产业链发展'三年行动方案'中的'发展计划'部分已在恒北提前实现。"

看到聚拢的记者越来越多，我不想让别人认为我在吹牛，自豪地报出一串数据："2022年，恒北村接待游客20万人次，实现乡村旅游收入750万元；农民人均纯收入达到3.73万元，比全区平均高了近20%，其中果品收入2.51万元；村集体积累6180万元，年经营收入335万元。恒北村先后被评为全国文明村、国家级生态村、全国乡村旅游重点村。"

我说的是不是太多了？自己介绍得兴奋，没注意多跟人家互动。可当看到记者们频频点头时，我坚定了我的回答。

"那么我们就约定，24号晚上见？"新华日报社记者询问。

"好的，一言为定！"我说。

新年祝福

"很快就要迎来龙年了，您能用带'龙'字的成语或者词语祝福一下大家吗？"一名记者笑意盈盈地提出。

"好的！"作为中国散文学会会员、江苏省作家协会会员，就某个字词作即兴发挥当属我的强项。

"我们江苏大地藏龙卧虎，希望大家发扬龙马精神，在新征程上龙腾虎跃，祝福大家龙年吉祥！"我对着镜头说。

接纳

一

在淘宝网购了一只玻璃茶叶罐，打算放在办公室用。

收到"货已送达"的通知后，一大早到包裹存放点取了。

到办公室后迅速拆开包装，取出来，哈哈！八角形的，大小正合适。虽然只有二三十元人民币，却算得上精致，而且玻璃质感不错，清澈明亮。

二

使用之前得好好清洗一下，将玻璃罐放在洗脸盆里，端到了盥洗室。打开水龙头，放上小半盆温水，滴入少许洗洁精，里里外外认真清洗起来。

"清粼粼的水来蓝莹莹的天，小芹我洗衣裳来到了河边……"洗东西的时候，我喜欢唱歌。电影《小二黑结婚》里的这首曲子很好听，也适合洗东西时唱。只是好久没唱，歌词一时记不全了。

"来试试盖子盖上紧不紧。专门装茶叶的，应该密封性能不错。"我一边想一边用左手拿起罐子、右手拿起带塑料密封圈的盖子，并试着盖起来。

可能是被温水泡了之后密封圈有点膨胀，盖子塞不进去。我试着从不同角度扭来扭去、转来转去也没成功。

"难道质量有问题？不会吧，应该是密封圈受热膨胀了。用点力气，我就不信塞不进去。"我将盖子对准罐口，"一、二、三，进！"右手发力往左一推。

也许因为用力过猛，也许因为有水手滑，也许因为洗洁精的润滑作用，玻璃罐被推得一下子从左手滑了出去，从胳膊下面向左下方飞去，形成一道弧线……

"完了、完了！听响吧。"我心里不由一紧，"回天无力！"一声叹息，并迅速将自己调整到应急状态。

意外的是，我并没有立刻听见一声刺耳的脆响。

玻璃罐以一道美丽的弧线不偏不倚地落在盥洗台旁用于丢擦手纸的垃圾桶里，垃圾桶和擦手纸温柔地接纳了它。

三

在我们的日常生活中，各种意想不到的事情时有发生。

正如这只玻璃罐，它从我的手中滑落，落入了垃圾桶中，垃圾桶和擦手纸静静等待，接纳了这位不速之客。

玻璃罐和擦手纸热情相拥，它们在垃圾桶这个小天地里"相濡以沫"，共享彼此的温度。

接纳，是一种包容与理解的态度，它不仅仅是对物质的接纳，更是对人生百态的接纳。一只玻璃罐，它本不属于垃圾桶，却因为一次意外而与之相遇；而垃圾桶，没有因为玻璃罐的"不请自来"而拒绝它，反而以一种宽容的姿态接纳了它。这种接纳，不仅让玻璃罐得以安身，也让垃圾桶的功能得到了更广泛的体现与发挥。

接纳的力量是巨大的。它能够让我们从狭隘的视野中解放出来，看到更广阔的世界；它能够让我们与他人建立更加和谐的关系，减少冲突和矛盾；它能够让我们在面对困难和挑战时保持冷静和理智，找到最佳的解决方案。

然而，在社会生活中，我们常常缺乏这种接纳的心态。我们习惯于按照既定的规则和标准来判断和接纳事物，一旦有不符合预期的情况发生，我们就会感到不适和排斥。这种心态，不仅限制了视野和思维，也阻碍了我们与他人、与社会的和谐共处。

　　人生就像一场意外与机遇的交织，我们要学会接纳那些意想不到的"礼物"，因为每一次的接纳都可能成为我们生命中一次美丽的邂逅。

文字的力量

"大风山动物世界"更换了大王之后，"一朝天子一朝臣"，山上各个动物大队的头头脑脑也跟着交流轮岗。

某大队原马副队长走马上任，当上了队长，成为马队长；原牛队长则降为副队长，成了牛副队长。

无需感慨什么"三十年河东，三十年河西"。哲学上说，变化是绝对的，而稳定是相对的。交流换岗，这还是东方的做法，若在西方，要"重新组阁"呢。

马队长一向自视甚高，感觉压抑了多年，如今终于扬眉吐气。只要遇上动物集聚、场面热闹的机会，它就会动作轻佻地摸摸牛副队长的后脑勺，貌似不动声色地、小小地戏弄羞辱对方一番。

牛副队长对近年来与马队长相处的过程仔细"回头看"，自认为始终相信并坚守"以诚相待，心诚则灵"的信条，在履职过程中并未欺负过马队长，它怎么就这般缺失气量与风度？何况马队长已经"春风得意马蹄疾"了呢！

然而，牛副队长是厚道的，它不会"你不仁我不义"，更不至于"以牙还牙"反过来摸马队长的后脑勺。

马队长在多次摸了牛副队长的后脑勺、见对方也没什么反击的办法后，就更加得寸进尺，越摸越来劲了。

后来，其他动物们也看出了端倪，觉得马队长心理阴暗，不似君子；有的在心里为牛副队长抱不平，但也不敢说什么。人家马队长正走红啊，谁愿意惹火烧身呢。

时间一天天过去，情形依然故我，牛副队长真的急了：咱也不能永远这样忍气吞声、任其羞辱，何时才是个尽头啊！大家都看得见呢，咱不快成彻头彻尾的"软蛋"了吗？

大风山这个地方，是个移民地，历史上经历过多次移民，因此各种方言交汇混杂，普通话就较难说准确，比如声母"n"和"l"常常分不清。

一天，该大队举办大型活动，一时间动物云集，热闹非凡。

马队长怎可放过这样的机会。在发表了热情洋溢的致辞之后，借跟牛副队长交代事情的机会，又伸手摸了摸牛副队长的后脑勺。

这回，牛副队长一脸灿烂地笑着，清了清嗓子，大声说，"亲们，你们都看见了吧？我们马队有个习惯，喜欢摸lao子，而且常常摸lao子。"

动物们哄堂大笑，继而议论开了，"马队、牛副队年龄相仿，牛副队怎么成了马队的老子？哈哈哈哈……"

马队听了，心里十分恼火，但也无可奈何。它自己的普通话也不好，暗自在心里念了一下，唉，"脑""老"同样区分不开。

从此以后，马队长再也不摸牛副队长的后脑勺了。

让"油菜花"开在更加广袤的田野

一

相对于宇宙而言，万物皆渺小；相对于历史长河而言，万事皆短暂。

但只要存在过，哪怕似烟花一般——绽放、消失，就是一瞬间的事，但这一瞬间即成就了永恒美感。

"油菜花"群也一样，虽然解散了，但她并没有消失。

二

"油菜花""有才华""有财花"……这一群人爱写作、爱诵读、爱摄影，他们有才华、有激情、有能力，当他们聚在一起时，有如"当鲜花遇上'安慕希'"，于是有了各种碰撞与反应……

出彩的时刻、美丽的时刻，搞笑的时刻、开心的时刻，温馨的时刻、难忘的时刻……

在我的记忆里，"油菜花"群有两次高光时刻最令人难忘，一次是到潘园赏花，一次是"走进梅花湾"以及此后每天一篇文章（含音频）在《盐阜大众报》客户端"听见"栏目推出。

到潘园赏花，正是谷雨前后，牡丹、芍药、紫藤……五彩斑斓，鲜艳欲滴！恰巧天空飘着绵绵细雨，更让整个花园像用清水洗过一般。

特别是被誉为"国色天香""花中之王"的牡丹，以其鲜艳夺目的色彩和硕大的花朵，吸引了我们的目光。红色的牡丹，犹如燃烧的火焰，热烈而奔放，它们的花瓣层层叠叠、紧密而有序；白色的牡丹，清新脱俗，如同白雪般纯洁无瑕，它们的花瓣轻盈飘逸、清新自然；黄色的牡丹，明亮耀眼，给人一种温暖的感觉，它们的花瓣点缀着淡淡金边、柔软细腻……

游览过程中，"你方唱罢我登场"：你惊呼发现"最美的一朵"，我高喊快来看"最多的一丛"；你夸我是"仙子"，我说你是"白狐"；你俩配成"一对"，我俩本是我"一双"；看看、拍拍（照片）、唱唱；花香、人美、笑声爽……

近中午时，摆上长长的条桌，端上香喷喷的菜肴，斟上醇香的美酒，开吃！

你敬我一杯，我敬你一杯；情意绵绵，其乐融融。

酒过三巡，开始诵读和歌唱："君不见，黄河之水天上来，奔流到海不复回。君不见，高堂明镜悲白发，朝如青丝暮成雪……""风儿吹拂着海浪，鸟儿在蓝天里飞翔，鹿鸣那个呦呦，百里槐花飘香……"

就在这一天，在"晓雨天晴"的提议下，"油菜花"群"扩容"，增添了部分新成员。

"走进梅花湾"活动由《盐阜大众报》客户端"听见"栏目、盐城市大丰区作协联合举办，大丰作家纷纷走进国家4A级旅游景区梅花湾赏梅观景，用心感受，用笔抒怀。

3月初，梅花湾的梅花已经盛开，宛如繁星点点，点缀在深褐色遒劲嶙峋的枝丫之间。朱砂、宫粉、绿萼等各种颜色的梅花竞相绽放，散发着淡淡的香气，令人陶醉，令人流连忘返。

活动搞得十分成功。外景拍摄完成的那天晚上，相聚在"绿岛生态园"的王府厅，那是一个大气、喜庆的中式庭院。大家开怀畅饮，畅所欲言，唱歌、跳舞，尽情释放内心的喜悦与感动。

当天正是三八节，"栀子花开"因另外有事需要提前离开，她真是个有心人，送给每人一朵玫瑰花，还特意叮嘱男士们要记得送给自己的"另一半"。

过了几天后，"临海而居"将略显干枯的玫瑰花插在了"安慕希"酸奶瓶中，玫瑰花迅速恢复了生机。啊，当鲜花遇上"安慕希"，它们双向奔赴、相互成全。"临海而居"用相机留住了这一美丽时刻，并发至朋友圈。

"晓雨天晴"在朋友圈看到插在酸奶瓶中的鲜花以及"当鲜花遇上'安慕希'"一行文字时，文思泉涌，立即提笔写下了《当鲜花遇上"安慕希"》一文。文章将群内每个人的形象特征刻画得栩栩如生、入木三分，令人心旷神怡又心悦诚服，忍不住拍案叫绝。

"油菜花"，有才华，让我如何不爱她！

三

我们经常听到一个词，叫作"七年之痒"，说的是婚姻在7年后，会因为种种原因进入一段危险时期。

长时间的相处，使得处在亲密关系中的两人接触更全面细致，恋爱时期的神秘感逐渐消失，彼此吸引的"闪光点"则让人产生审美疲劳，取而代之的是彼此缺点的无限放大，便产生了摩擦。

"油菜花"群也遇上同样的问题。时间长了，相处久了，各人认知的不同、个性的差异、待人接物方式方法的差别渐渐显露出来。

其实世界本来就是多元的，因为差异，才有"五彩缤纷"，才有"各美其美"。但要真正做到"美人之美""美美与共"，一时半会儿比较容易，长期达到这个境界、保持这样一种状态就比较难。

和一个大家庭一样，经过一段时期的热闹、兴旺之后，"油菜花"群渐渐安静、沉闷甚至冷清下来。

有波峰就会有波谷，"分久必合，合久必分"本是常理，也是规律。

四

与此同时，时常有人跟我说："听说你们有个作家群，里面还有诵读的高手，很厉害也很热闹！能不能把我也拉进去，好让我有个学习的机会。"

"不是不想拉你进来，也不是群里的人水平有多高，关键是已经有20人啦。"我实事求是，也不敢含糊，耐心做进一步解释，"不再进人，基于两方面原因，一是人太多的话，不方便搞小型活动，特别是吃饭时如果两桌都坐不下，就比较麻烦了。二是这个群不能渐渐扩大成一个'小团体'，区作协才是正规、合格的团体。"

总有人问我，就让我感觉很为难，而我总"把着个门"不让进，难免会得罪人。

幸福的烦恼！

随着区作协、《人民作家》编辑部等团体在组织专题创作活动时相继新建微信群，有关写作的群越来越多了。

"不如解散'油菜花'群，让'油菜花'盛开在更加广袤的田野。"这个想法时常会冒出来，只是我总心有不舍。

终于，一次机缘巧合，让我很有感触，也促使我下定了决心。"一花独放不是春，百花齐放春满园""天下没有不散的筵席"，今天的散是为了明天更好地聚。

于是，在群里向大家作了简短而诚恳的说明之后，我果断解散了"油菜花"群。

五

"油菜花""有才华""有财花"……

"油菜花"依然开在我们的心里，长开不败！

举重

一

举得起，放得下，叫举重；举得起，却放不下，叫负重。

二

我的第二本文集《飞鸟与射手》从河北的一家印刷厂起运了。这本书的出版走的是市场化的路子。

去年9月份出第一本书《故乡的滋味》，时隔一年之后就出了第二本书，当然值得高兴，内心也感觉挺自豪的。

作为公职人员，两本书的出版我都严格履行了审批手续，并且不以营利为目的。

不过，最近一段时间却写得较少。我需要把更多的时间和精力投入工作中去，工作永远是第一位的。同时，有更多"输入"才能保证有较高质量的"输出"，阅读，应该是当前和今后一个时期的重点。

前些天还从一个年初报名加入的年度写作营中退了出来。不为别的，只因为越来越强烈地感觉到那里的教学氛围和教学内容不太适合我。在那个社群，坦率地说，有时候很想表达不同意见，却又清楚认识到没有我的"市场"，"说了也白说"。

关于写作，我不太赞同"只要坚持写，人人都可以成功""写作的技巧只有一个，那就是写""只要写不死，就往死里写"这类说法与观点。

写作很辛苦，而且需要一定天赋。这不是我随便说的，在书中我看到不少中外著名作家都持这样的观点。培训机构一味地强调并引导人们"往死里写"完全是营销的需要，更是一种误导。

试想，如果一个人没什么写作天赋，也没有较好的文字基础，却花很多时间和精力，写上几十万上百万甚至更多文字，但是既没有如愿变现，也没有实现自己的文学梦、作家梦，长年累月下来，人却增添了很多皱纹和白发，这不仅是一种资源浪费而且是一种人身伤害，值得吗？

当然，我并不是说人们就不可以尝试写作，也不是说我自己就很有写作天赋。我是说为写作很拼、长年累月地拼，确需三思而后行。

所以面对这样的社群，不如及时退出来，浪费一两个季度的学费并没什么。

三

我的小红书账号粉丝数达到了一个整数：800名，点赞与收藏数则达到1.2万。

在小红书，我的笔记是"每天一段暖心话"，每天发一句或几句话，类似于人们所称的"金句"。

虽说自己原创的并不多，但都是我从广泛阅读中精选出来的。有些句子对原文作了调整、改编，主要是对那些总体来说内容不错、有某方面借鉴意义，但存在诸如认识上有点以偏概全、个别文字表达不够精准、表达方式过于情绪化等不足的文字作了修改、完善。

此外，我给每条笔记都加上了标题。有些是从句子中选的，有些是我原创的。

对于小红书，我就这样读读、选选，改改、发发，掀不起什么大的波澜，也没有任何收益。可我慢慢地从中学到一些东西，有时候内心也被某些句子暖到了。经典、精彩而又真诚的话语，的确有疗愈功效。

我不着急。"慢慢"真是一个很好的词儿，慢慢遇见，慢慢成长，慢慢喜欢……

我的粉丝不多，但同样来自天南地北。他们常常阅读与收藏，也有人留言互动。相信有一部分人和我一样，可以从中受益，这就够了。

有一个陕西延安的女孩，在宝塔区王家坪革命纪念馆工作，她喜爱画画，习惯于发"金句"配画的图片笔记。她的"金句"常常从我的笔记中选取，制成图片之后也会发在我的笔记下面"留言"的位置。

无论写作、出书，还是小红书发笔记，我时常告诫自己不要有太多功利之心。"玩儿玩儿""因为热爱，所以享受"……要举得起，也放得下。

四

在生活中，我们常常会遇到各种各样的挑战和困难。在这些时刻，我们需要有一种"举得起，放得下"的勇气和智慧。这种态度不仅能帮助我们克服困难，还能让我们在人生的道路上更加坚定地前行。

"举得起"是一种积极向上的态度，它代表着我们的勇气和决心。无论面对何种挑战，我们都需要有足够的勇气去面对，有足够的决心去战胜。只有敢于挑战，我们才能突破自我，实现自我超越。

然而，"举得起"并不意味着要一直扛着重担前行。有时候，我们会遇到一些无法解决的问题，这时我们需要学会放下，这就是"放得下"的智慧。放得下，不是放弃，而是为了更好地前行。如果我们一直扛着重担，不仅会身心疲惫，还可能会在重压之下崩溃。因此，适时地放下是一种解脱，也是一种解脱后的新生。

在写作中同样如此。我们会遇到灵感迸发、文思泉涌的时刻，这时候我们可以尽情挥洒笔墨，将自己的思考和感悟倾注于文字之中。但有时候我们可能会遭遇创作的瓶颈，这时我们不妨暂时放下笔，去感受生活的点滴，去阅读他人的佳作，等待灵感的再次降临。

五

在今后的日子里，我会继续慢慢学习、慢慢成长。无论干什么，"举重"而不"负重"，有理由相信自己可以"举"得越来越重，但总能轻松放下。

坚定地"追一只兔子"

一

在《盐阜大众报》客户端"听见"栏目刊发了一篇文章，文章后面有诵读者与作者的简介。

"建议作者简介后面的图片，换上一张彩色的照片。要不我直接跟栏目负责人建议？"有微信好友私聊发来信息。好幽默的说法！

"谢谢！以后有机会换吧。"对于朋友的关注与热心，我理应领情。

"最好每次换不同的照片，让我们赏读文章又欣赏人。"对方同时发来一个"龇牙"的表情。

"哈哈……"这还真逗，我忍不住笑了起来，"以后可以尝试。"

其实我这张黑白照片本来也是彩色的，是我特意用软件做成了黑白的。我感觉自己穿上这套中式服装立马有种读书人的气质，而黑白的，更有一种年代感。我喜欢这种年代感，如同半旧的家具一样。

还有一个重要原因，这张照片是我孩子给拍的。那天，她从英国经过30多个小时的旅途颠簸刚刚回到家，巧得很，那套网购的中式服装当天也刚收到，是一拆下包装就穿上了让孩子拍照的。

"最好每次换不同的照片"，我明白也理解年轻人喜欢年轻帅气、充满活力的形象，令人赏心悦目甚至怦然心动的那种更好。

可是人总会渐渐年长直到慢慢变老。"春有百花秋有月，夏有凉风冬有雪"，人也一样，老并不可怕，只要身体健康，保持良好的心态与状态，各个年龄段都会有各自的风采与魅力。

国庆长假前又在《盐阜大众报》客户端刊发了文章，依然用的那张黑白照片。

抱歉！年轻的朋友，我没有立即兑现自己的承诺。我已人到中年、接近老年，更喜欢以这张黑白照片与读者见面。年轻时的朝气蓬勃，中年时的儒雅沉稳，二者几乎不可同时兼具，我无法"追两只兔子"。

二

花了大半天时间，写了篇文章，完成后即发到文友集聚的"油菜花"群。然后下楼去跑步放松一下。

一会儿，区作协冯主席幽默回应："区长这两天悠闲？我忙着个书院天天开课，否则喊喝酒让你写不成！"

当时我正在小区南侧的二卯酉河边跑步，夕阳西下，倒映在河面，浑然一体，非常美丽。赶紧随手拍了张照片，发到群里，并说了句："喝酒、写作、跑步，几不误。"

的确如此，今天是星期天，中午家庭聚会时还喝了点儿酒呢。

一张一弛，文武之道。

三

比较早的时候，区施耐庵研究会80岁的刘兆清老会长曾经两次专门到我办公室，告诉我他十分看好我，让我接替他。

当时真是盛情难却啊！特别是第二次，曾经担任过县政协副主席的刘老亲自到我办公室来劝导、说服我，谈了较长时间，理由也摆得非常充分。

可是人各有志，当时我手头的工作已经够多的，内心确实不愿意接手这个会长。

于是，我一方面诚挚感谢老领导对我的信任；另一方面，明确表示我不会接任，并且慎重地向刘老会长推荐了一位已经退居二线的政协副主席。

当时刘老那诚恳而期待的目光，似一股暖流传遍我全身。在感觉自己快坚持不住的时候，我反复叮嘱自己："千万不能心软，千万要坚持住！事情太多了，做不过来、做不好，就是对老领导信任的辜负。"

四

近年来，区作协冯主席多次跟我交流，建议我兼任区作协主席。

刚开始的时候，我尚处于一种初学写作的狂热当中，一口答应下来。

然而，区委组织部的领导却有不同意见，认为身为副区长的我不适合担任区作协主席。我对组织和领导的要求，服从性从来都很强，愉快接受。

后来，当冯主席及其他几位副主席几次三番建议我担任区作协主席时，我均在真诚表示感谢的同时果断拒绝。

一方面我的写作水平尚达不到我区领军人物这个程度，没有能力"领衔"；另一方面我最需要与想要的，是抽出更多时间来读书与写作。

分身无术，我就坚定而专注地"追一只兔子"。

五

过去在担任区政协副主席期间，经常参加党委政府的会议与活动。

那时四十出头，还比较年轻。有时看到区委区政府的领导在出席重要会议与活动时，在着装与发型的打理上也不是十分讲究，心里就会为他们着急。有时甚至暗想，要是换作我的话，一定会更加重视与花心思。

2016年年底，组织上安排我转岗至区政府，真的担任了副区长。从此，工作任务与压力一下子比过去加重了，工作节奏也是越来越紧、越来越快。

这个时候，怎样以较高质量完成工作任务、怎样利用有限时间来学习、怎样抽空多休息会儿才是最重要的。而穿什么衣服、梳什么发型，甚至拎什么包之类，统统没有心思去考虑太多。

六

或许人生就是这样，我们在得到些什么的同时也就失去了些什么，重要的是我们应该知道自己到底想要什么。

"追两只或更多只兔子"，可能会一无所获；坚定地"追一只兔子"，终会到达理想的彼岸。

天生我材必有用

梦想成真

江苏省作家协会2023年度新会员名单公示了，其中有我，同时有我们大丰的一位文友。盐城市一共7人，我区就有2人，感觉真好。

我的申报材料都是真实可靠的，文章完全没有抄袭的嫌疑，所以不出意外的话公示应该不会有什么问题。

不久以后，在写作方面（领域）我就可以这样介绍自己：我是韦国，中国散文学会会员、江苏省作协会员、简书优秀创作者。已出版《故乡的滋味》《飞鸟与射手》等文集。曾获得江苏银行杯"盐城小康故事"征文大赛一等奖、"湿地·盐城"主题征文评选活动一等奖等，散文集《故乡的滋味》获得盐城市政府文艺奖二等奖。

作为2016年起步的业余写作爱好者，有这样的成绩自以为已经"拿得出手"，也是值得骄傲与自豪的。

并且，我第三本书的文稿又完成了大半。

回首走过的路，虽然没有太多曲折，但也不是没有风风雨雨。我喜欢一段话，曾经把它做成小红书笔记并时常翻出来看一看："你无法决定醒来后窗外是晴是雨，爱你的人是否还能留在你身边，你此刻的坚持能换来什么……但你能决定今天你有没有准备好雨伞，有没有好好爱人以及是否足够努力。"

我是观众

那是2007年左右，微信还没有出现，社交媒体主要是QQ，另外有一些诸如"同学录"之类。

当年在江苏财经高等专科学校读书的时候，我属于校园内比较活跃且"知名"的"人物"之一。我的长项主要是唱歌和跳舞。

唱歌是校方选拔出的"校园歌手"，最好成绩是全校第二名。我擅长的是通俗唱法，但比赛时则选了两首"大歌"，分别为美声和民族唱法的《祖国，慈祥的母亲》《敢问路在何方》。

跳舞是同学公认"舞王"级别的，"快三""快四"可以将整个曲子从头旋转到尾而不头晕。其实我的身材比较一般，个头中等，腿也不够长，但我乐感好，身手敏捷而且善于表现。

然而命运很会捉弄人，由于没有任何家庭背景，学习成绩也一般，毕业分配（当时国家包分配）就被分到了最基层的乡镇财政所。

与分配在省城、地级市等城里的同学相比，我又成了标准的"乡下人"。

现在依然不能清楚说出当时是在什么软件里看到同学们的动态的，只记得有两位曾经跟我关系都不错的同学互动得比较多，他们分别是一位男同学和一位女同学。

男同学当年也是"校园歌手"，且和我搭档表演过男声小合唱。合唱的歌名我仍记得，有迟志强的囚歌《愁啊愁》和"西北风"风格的《茅草地》，等等。

他长着一张明星脸，像香港男演员张智霖，不仅有一双大大的眼睛，笑起来还有两个迷人的酒窝。他的学习成绩比我好，字也写得漂亮。当然，人无完人，他的个头比我矮一点。

女同学曾经是我的好友，是生长在江南水乡的女子。她是全校比较出众的女生之一，身材高挑，穿着打扮虽然比较素净，但气质独特，一看就是城里人。

她的学习成绩优秀，一直拿奖学金。绘画功底不错，"校园文化艺术节"

画展上总能看到她的作品。她偶尔还会写些小诗，那时候席慕蓉、汪国真等诗人的诗歌在大学校园很流行。

她也喜欢唱歌跳舞，不过没有我那么张扬。在校最后一届"校园文化艺术节"的"校园歌手"大赛，她在我的动员下也参加了，表现挺不错，成功当选"校园歌手"。

光阴似箭，日月如梭，2007年左右我们毕业已近20年了。

虽然我早已在县城工作而且成为一个热门单位的副职领导，但跟工作生活在城里的上面两位同学相比，差距还是很大。这时的男同学是某大学一个部门的精英，女同学则是较为成功的自由职业者并兼任某大学个人形象设计课程的老师。

在网络上我看到他们写的诗歌、散文以及他们之间的频繁互动。对此，我只能当观众。除了工作范围内的论文和通讯报道，我没有写文学作品的习惯。虽然在学生时代我的作文较好，但离开校园之后基本告别了作文。

后来，有一次班级同学聚会就选在这位男同学所在的城市，由在这座城市的几位同学共同张罗承办。地理位置处于本省不南不北的古城，方便大家往返。

聚会活动的议程之一是召开座谈会，各人随意发言交流。

座谈开始之前，由其他城市的同学代表向承办活动城市的同学代表献花。巧得很，两位代表正是上面都曾是我好友的两位。当他们互相赠送鲜花和接受鲜花的时候，我同样只能当观众。

看着大捧白色的百合花，我闻见了浓郁的香味，心情也比较平静。

我知道，自己的确不如他们优秀。

机缘巧合

"韦国主席你过来一下，我有事情跟你讲。"那天正好区里召开人代会。

休会之后，我的领导、政协主席韦新在大丰剧院大门外喊住了我。

"主席您请讲，是什么事？"我快步跑到领导跟前。

"是这样的，我们盐城市正在建设'五个一工程'，其中有个'一桶水工程'，将抽调五个县区的人员驻点扬州市宝应县五个乡镇开展工作。区委主要领导已决定安排你过去带队，我先跟你说一声，马上组织部蔡部长还要正式跟你谈话。"韦主席直接把话说明白了。

"哦。那么到宝应去多长时间呢？"我有点忐忑不安。

"大约两年时间吧。毕竟这么大的工程要建设完成，也是为全区人民造福。"韦主席有点语重心长了。

两年！我从学校毕业之后还没连续在外工作两年时间过，而现在已是快50岁的人了，"离乡背井"这个词迅速在脑海中闪现出来，心里不由一阵着急。

后来组织部蔡部长跟我谈了这件事，也就是代表组织正式交给我这项工作任务。虽然心里并不十分情愿，但服从组织安排我不会打任何折扣。

赶紧到网上查将要进驻的"氾水镇"的相关资料。

氾水，位于江苏省扬州市宝应县西南部，是镶嵌在黄金水道京杭大运河上的一个明星古镇，是扬州市最大的乡镇之一。唐代集镇初具规模，自古就有"金氾水"美誉。地理条件优越，京沪高速、淮江公路，332省道穿境而过，南水北调宝应站就在氾水镇内。

当年乾隆皇帝下江南，曾经在氾水镇的六角亭休憩，并且亲笔写下了"氾水"这个名字。不仅如此，关于氾长鱼面的传说更是精彩动人，若干年来深深吸引了四面八方的来客。

"运河古镇，亲水小城"，这是氾水镇的名片。哦，原来是这样一个地方，很有历史底蕴的美丽小城。

耳畔仿佛响起了《小城故事》的美妙旋律："小城故事多，充满喜和乐，若是你到小城来，收获特别多！"

"到一个陌生的地方去，也会认识、结交一批新的朋友，接触到一些新的东西，学习到部分新的知识与技能，对我来讲也不是坏事。"我宽慰自己，"读万卷书，行万里路，交八方友。"是我经常写在笔记本扉页的。

这样，心情逐渐敞亮开来，反倒隐隐约约有了一种期盼。

2016年3月初，我和区里的其他六七位伙伴一起来到宝应县氾水镇，开展"一桶水工程"也就是盐城市新水源地及饮水工程建设。

在紧张的工作之余，同事们打打牌、逛逛街、聊聊天。而我则把几乎所有的业余时间都用在了学习上。

我们从书店里选购了近50本书，家乡的新华书店又赠送给我们50多本书。

这些书籍有散文集，有"四大名著"等小说，也有随笔杂文等，都是比较著名的。书的作者有沈从文、汪曾祺、季羡林、毕淑敏等，还有台湾地区的三毛、林清玄、张晓风，等等。

后来，不仅阅读，我还尝试着写作，把白天所见的、心里想着的，把驻地氾水及家乡大丰的有关人和事慢慢写出来。

利用休息日回大丰的机会，我将这些文章带给了文学公众号《人民作家》总编也是我高中同学骆圣宏先生。

他看了之后，感觉挺有味道，"有家乡大海、滩涂盐碱的滋味，也有运河小镇清新雅致的水乡气息""文字朴实，文笔流畅，内容积极向上，给人鼓舞与启迪"是他对我文章的评价。

"这样，我们在《人民作家》给你开设'名家专栏'，和冯晓晴、江兴林、吴瑛等作者的文章排在一起。但专栏需要每周推出一篇，你就尽情地写，好比学生时代每周完成一篇作文一样，咱们连续完成20篇。"骆总编比较坚定地说。

"连续20篇？太吓人了，每月4篇的话就是近5个月时间，我能写得出来吗？"我瞪大了眼睛，不敢接受这个任务。

"没问题啊！你手头已经有了一部分。再继续写，有意识地逼自己写。氾水那边的工作生活是全新的，值得写、可以写的东西太多了。难道有什么问题吗？"他说得轻松、笑得灿烂。

"还有，冯晓晴是跟著名作曲家印青合作过的人，吴瑛是中国作协会员，江兴林在广大学生及家长眼里就是'大神'，我的文章跟他们的放在一起，不是自讨没趣吗？'没有比较就没有伤害'呀。人家读者也不买这个账。"我的确诚惶诚恐。

"相信我！你有你的独特优势，尤其在观点和认知上有其他一般作者无可比拟的优势。我是总编嘛，不会忽悠老同学的。文章是你的，平台是我的，我会对自己负责。"他依然一副"吃得准、拿得稳"的表情。

在他的鼓励与督促之下，我就认认真真、有模有样地写了起来。哎，别说，自从留意、留心身边的人和事之后，觉得可写的东西还真多。

功夫不负有心人，我坚持写满了20篇，在《人民作家》"名家专栏"每周推出。

我的文章经《人民作家》传遍四面八方。很多读者从文章中知道了我、认识了我、了解了我；更有一些同学、朋友发信息、打电话给我，仿佛一夜之间我横空出世、一鸣惊人。

不仅如此，《大丰日报》的郭总编也鼓励我给报社投稿。我选了其中六七篇描绘氾水镇水源地建设中的人和事的文章，投给了《大丰日报》编辑部，也相继在报纸上刊出。

就这样，我的写作兴趣越来越浓，写文章频次越来越高，语言越来越流畅，读者也越来越多。

此后，我分别给《扬子晚报》《江苏政协》《盐阜大众报》《盐城晚报》等报刊投了稿。

幸运的是，这些报刊的编辑部在收到我的文章之后，陆续刊载推出。

当年夏天，大丰作协的冯主席带领我到盐城市作协去申报市作协会员。

填表时，要求至少有15篇正式发表的文学作品，我不费劲就填齐了。

不久，顺利领到了会员证。虽然只是地市级作协的会员，但当我手捧会员证的时候，真有一种带着希望和梦想上路的感觉。

学生时代那么喜爱写作文，工作之后几乎告别了写作。因为一个机缘巧合，短短几个月之内成了市作协会员，简直有很强的戏剧性啊。

不久，盐城市作协第五届代表大会召开，选举产生了新一届理事会理事及班子成员。很幸运，我当选为理事会理事。

就这样，天赐良机，我开始追逐我的作家梦。

像个真的

"听说韦国在他的名片上印上了'盐城市作家协会会员'，像个真的似的！"说这话的，是当地一个部门的负责人，而转告给我的则是一位写作人。

"哈哈！怎么'像个真的似的'？就是真的呀，我很认真的。"我在愣了几秒钟之后，笑着回答。

在名片上展示作家协会会员这一身份，我不觉得自己在"作瘩""异怪"，只是出于对写作的热爱、对生活的热爱。

我并不靠这个牌子给自己脸上"贴金"，当时我的"盐城市大丰区人民政府副区长"职务足以"支撑门面"。

其实我还有早年参加全国统一考试取得的"会计师""经济师"等专业技术资格，我没有放到名片上去。就说盐城市作协，改选后的新一届理事会我也是"理事"，但我介绍的是"会员"，应该算低调而不是张扬。

"像个真的"有什么不好吗？热爱文学、热爱阅读与写作益处多多啊。

我们每一个喜爱文学的人都肯定有过阅读文学经典作品的美好感受，那种难以言说的沉醉、愉悦乃至迷狂，无疑是我们热爱文学的最根本原因。

文学作品是一种启迪心灵、教育人类的艺术形式，可以给人带来有意义的思考，让人生更加丰富多彩。

作家、学者王蒙说，世界上有许多东西都是不能永远存在的……但文学却能够永远地保存下去。万物终有轮回，花草皆有枯荣，人亦有生老病死，唯有文学它能跨越时间、空间而经久不衰，越发璀璨。

再说，我的写作起步较晚，但我的进步较快呀。起步的那一年也就是2016年，部分稿件就被一些知名报刊网站刊载。比如《这醉人的秋》在《人民公安报》发表，《稻花香里》在《扬子晚报》发表，《水乡荷塘》在《江苏政协》发表，《遇上你是我们的缘》在《盐阜大众报》发表；《露天电影》在中国农业新闻网推出，《小小理发师》在中国江苏网推出，等等。

这些，都不是假的呀。

为了你好

他是我的同学，也是我的朋友。他父母是知识分子，当年他家住在镇江市区最繁华的地段"大市口"。

在镇江读大专的时候，他陪着我游玩了金山、焦山、北固山以及南山风景区等名胜景区。毕业之后，吃过不少他带给我的"摆不坏"的镇江香醋以及黏稠醇香的丹阳封缸酒。

他爱好文艺，还特别喜欢听外国歌曲。他也爱读书写文章。

毕业之后，我们没有中断联系。他到苏北来出差，会提前联系我，到我这儿走一走；我到镇江，只要他在，都会跟他痛快地喝一杯。

2016年，我开始写文章之后，偶尔会发一篇给他看看。

2017年秋天，我在区人民政府任职，是分管农业农村工作的副区长。我们聊天，工作不是主要内容，聊得较多的还是各自的业余爱好以及家庭、孩子之类。

那段日子，我发给他一篇在《人民公安报》和《江苏政协》刊载过的文章《这醉人的秋》。这篇文章所写的景大部分是宝应氾水的，少数的比如银杏、琉华菊则是大丰银杏湖公园西侧的一片银杏林以及荷兰花海大片的琉华菊。

这位同学给予了较高的评价："文字优美，层次分明，移步换景……画面感、代入感均比较强。"

趁着一时较高的兴致，我将自己另一篇写人物的散文发给了他。

那是我花了较多心思写的、朋友们公认比较成功的作品。内容为追忆我英年早逝的大伯，题目叫《开在脸上的馒头花》。

过了两天，他给我的回复却大大出乎我的意料，不只是惊讶，我愣在那儿很长时间都没有缓过神来。

"这篇文章看起来饱含深情，写的手法也比较到位。但是明显有套路在里边，我看到的是你的急功近利。总而言之，是为了更多吸人眼球、为了尽快发表吧。"

"虽然文章的内容很伤感，但说老实话，我一点儿也没有被感动。"

"我说这些话，你听了肯定不高兴，其实我也可以不说。因为我们是好朋友，我是为了你好，为了你以后在写作的道路上走得更高、更远。"

这，这？究竟哪对哪啊？我实在不知道他这番话从何说起，我一下子愣在那儿。

我不明白他有什么依据这样说。

想起一句流行语："友谊的小船说翻就翻"，而且不是侧翻，是完全倒扣过来的感觉。

《开在脸上的馒头花》的内容都是真实的，在写的过程中，有好几个地方我都流泪了。

我的一位朋友，他是我们当地实验初中的正高级语文教师，相关头衔不少，经常到外省市去评课，还兼任一个校园文学平台的总编。他看了我的这篇文章之后，评价为："这是一篇难得的、不多见的好散文，我很喜欢！"

《人民作家》公众号推出的时候，总编骆圣宏先生专门跟我进行了深入交流与讨论。本来我拟定的题目是《剪一缕黑发送大伯上路》，骆总编觉得这个题目过于沉重，"不如就叫《开在脸上的馒头花》吧，同样是文章一个小节的内容，气氛轻松一点。当年大伯对你那么关爱，你现在成长得挺好，是对大伯的一种告慰。花开花谢，也是一种轮回。"

所以当镇江的朋友作出以上评价，我真不理解究竟是为什么？

读大专时他跟我一样学的是财政专业，而不是汉语言文学。他也许没有体验过亲人过早离别的伤痛，他不懂我的伤悲。

边走边唱

"为什么我的眼里常含泪水？因为我对这片土地爱得深沉。"

行动在哪里，收获就在哪里；心用在哪里，风景就在哪里。

天生我材必有用！虽然未必能成名成家，但我会一如既往地边走边唱，唱出浓浓的故乡滋味，唱出更加充实精彩的人生。

像春天的蓓蕾芬芳多彩

我成了作家

"生活呀生活多么可爱、多么可爱，像春天的蓓蕾芬芳多彩！明天的遍地鲜花、遍地的鲜花哟，要靠着今天的汗水灌溉……"

在我感觉特别舒心、特别快乐的时候，我就喜欢唱起这首歌，这是一部老电影《小字辈》中的插曲。

虽然这两天天气很冷，最高气温也降到了零下3摄氏度，最低则达零下9摄氏度，但我的内心却溢满幸福、温暖如春。因为生活就是这么可爱，像春天的蓓蕾芬芳多彩！

昨天上午临下班时，在一个写作爱好者微信群里看到人们道贺的话语和表情。难道是省作协2023年度发展新会员的通知下发了？我心想并连忙"爬楼"翻看。

不一会儿就看到了链接《江苏省作家协会2023年度发展新会员的决定》（以下简称《决定》），"啊！真的有通知了！"我在心里一声惊呼。

定睛看时间，2023年12月19日，16：41，没错，不是原来的公示，是昨天下午新发的通知。

我得完整查看一遍。于是，没有继续朝下看内容，而是快速找到"江苏作家网"，在"通知公告"栏查这个通知。

很快就查到了。赶紧看内容，"176人"，和公示时一样，说明公示中没任何人有问题。往下翻到"盐城（7人）"，也跟公示完全一样，我排在最后一个，我区的文友葛海燕在第二个。

没有什么恍惚的感觉，也没有"不敢相信这是真的"，更不需要"掐一下自己的脸看看疼不疼"，此刻，我的心中溢满幸福感、满足感、自豪感。

自12月8日开始公示，很多同学、同事、朋友已经看到了、知道了，向我表示过祝贺、祝福。但我还是将《决定》转发给了女儿，也转发至我们姐弟四个人的群，无疑这些人是我感觉最亲最爱的人。

抑制不住内心的激动，下午约了几个朋友，晚上一起喝一杯庆贺庆贺。太值得庆贺一下了，省作协会员，这是我向往已久的一个美梦，是我特别渴望获取的资格。

去年申报加入省作协的失利令我今年获得成功的愿望更加强烈，从年初抓紧，我加快了各方面的节奏。努力捕捉生活中的每一个灵感来写文章，9月份新出版了一本文集，且该文集被北京某重点初中选定为学生课外阅读书籍。申报的时候，将自认为有力、有效的材料全部搜集、罗列了进去，"油多不坏菜"嘛。总之，堪称千方百计、全力以赴。

今天再看《决定》，除了认真阅读并铭记"希望各位新会员能始终坚持以人民为中心的创作导向，深入生活、扎根人民，讲品位、讲格调、讲责任，加强现实题材创作……"这些号召与要求，还看到了原来未曾注意到的一个字眼，它令我倍感兴奋与激动，同时倍感压力千钧、责任重大。

什么字眼？"确定发展陈伟龄等176名作家为江苏省作协会员"，哇，"176名作家"，是"作家"！这个字眼太振奋人心了，我是其中之一啊！

过去别人介绍我、称呼我为"作家"的时候，我的内心是忐忑不安、诚惶诚恐的，嘴上从来未敢承认过，而现在省作协的正式通知上称我们为"作家"，那我们就是作家了。

多么神圣的称呼，多么耀眼的光环！原来只能在读文章时仰视别人，觉得作家是那么高不可攀，现在我自己已经是了，简直太神奇、太美妙了！

今后，我会加油读与写。一定要对得起这个光荣称号，成为一名名副其实的作家。

你有大长腿

零下10摄氏度，在我们亚热带与暖温带的过渡地带属于少有的低温，但严寒天气挡不住我对健身的热爱。

常常有人问："这么多年不间断地晨跑、健身，你是怎么坚持下来的？"

其实并不难。因为热爱，当我们持续做一件事情的时候，就不再需要苦苦"坚持"，而会积极主动投身其中，即使过程中出力流汗甚至筋疲力尽，最后内心感受到的仍是满足与快乐。

简单说就是"唯有热爱，可抵岁月漫长""因为热爱，所以享受"。

晚上，和往常一样，七点出头从家里出发去健身房。我家居住的三水嘉苑小区与圆鼎广场菲比特健身中心只有一路之隔，慢慢踱步也只需十分八分钟。

室外北风呼啸、天寒地冻，健身房内却热气腾腾、温暖如春。奋力跑步的，龇牙咧嘴练各种器械的，放松拉伸的……都在专注地运动着。

也有人在镜子前半练习半表演地摆造型或者上下左右反复自我欣赏与陶醉。爱健身的人不仅热爱生活，多数还比较自恋，哈哈……

一般情况下，我会先将水杯和毛巾放在动感单车教室中的某辆单车上，目的是能够尽早占个有利位置，然后到更衣室换衣服。

"占位子"也是各取所需。态度积极、希望跟教练完全同步且坚持骑到最后的，一般会占前三排，我就是这种对象之一；被动运动、害怕被教练点名批评又可能中途退场的，则会选择靠后的位子。

掏出手机看了一下时间，7：15，比平时早了点儿。直接往单车教室跑，教室内灯光已经亮起来了，有几位学员坐在车上一边慢慢蹬着脚踏、一边玩着手机。

"哎，怎么回事？时间尚早单车已被占了这么多。"见到前几排单车上几乎都放上了水杯、毛巾及运动手套之类物品，我边寻思边快速找位子。

"今天的教练是她吗？"我给这位教练起的外号是"嗨翻全场"，只要轮到她，教室里都一反常态、座无虚席，而平时教室大多只有六七成满。

"嗨翻全场"教练带得的确好，教学认真细致，动作洒脱到位，始终充满激情，搞气氛水平也属一流。

运气不错，第一排最右边的一个位子还空着，我赶紧占了并简单检查了一下单车的两侧脚踏及全部旋钮。嗯，均无明显问题。

先去更衣室换衣服。我还和夏天一样，穿短袖T恤和短裤。

"大冬天的，不怕感冒吗？"可能有人会问。

完全不用担心，骑行动感单车时双脚不停地蹬，臀部完全悬空，上身包括双臂连续做着各种劲爆的动作……50分钟下来，一般来说衣服全湿透了。

更衣室的设备齐全而且比较先进。在这儿可以简单换个衣服，也可以像在浴室一样冲冲洗洗，不另外收费。

点击屏幕，刷脸，机器自动报数，同时听到"咔嚓"一声响。我朝打开的柜子走过去，并把健身包放在中间的沙发上。

抬起头，看见一个背影，1米6左右的身高，他应该还是个孩子。他放衣服的柜子在我的右侧且紧挨着。他应该刚刚冲洗好，由于柜子低，正弯腰从柜子里的运动包里往外拿衣服。他的腿修长、笔直、匀称、协调。

待他手捧衣服转过身来，我看清了，他果然还是个孩子。

我不由仔细打量起他：头发浓密，还湿湿的，显得有些凌乱；脸庞有点"婴儿肥"，特别是两腮鼓鼓的。眉毛较粗，眼睛大而明亮，双眼皮，属于典型的"浓眉大眼"；鼻子不算挺但也不塌，也许长大后随着脸上的肉减少会更好看些；嘴唇略厚，增加了几分憨厚，也更显可爱。他的肚子上有一点点肥肉，但没有堆积成厚厚一团，因此不难看。

"小朋友，你来健身房做什么运动的？"我问他。

"游泳。"他边穿衣服边回答。

"你一个人啊？"我继续问。

"我妈也在健身房。"他正回答时，手机响了起来，是苹果手机的铃声。

"妈，我在穿衣服呢。"说完，他就挂了电话，继续穿着衣服。这孩子，挺乖巧的，没趁机玩会儿手机。

"咚咚咚咚⋯⋯"隔壁单车教室的音乐响了起来，我也换好衣服了。

人家孩子有这么好的条件，令人羡慕。我没有一双小马驹似的大长腿，就全力以赴锻炼身体吧，不让身上有赘肉，并保持一定的肌肉线条。

先天不足后天补，无论什么时候补，补总比不补好。

有句名言叫"岁月不饶人，我亦未曾饶过岁月。"可不是，不能让岁月太快、太明显地在我们身上留下烙印。

你有大长腿，我有腱子肌！你游泳好，我骑车快。28公岁的人，也可以活出28岁的感觉来！

"小朋友你慢慢穿，我运动去了。"再看他时，他脚上鞋子已经穿好，那是一双白色的耐克运动鞋。而柜子里剩下没穿的，是一件白色羽绒服。

他的衣着比较讲究，这样一双大长腿长在他身上真没浪费。

待会儿我要建议"嗨翻全场"教练在拉伸时用我"QQ音乐"中的一首歌《青春多美好》——

"青春啊青春，多么美好、多么美好，我的心啊有时像燃烧的朝霞哟，有时像月光下的大海⋯⋯"

"嗨翻全场"

走进教室，验证了我的判断是正确的。今晚的教练就是"嗨翻全场"，一个总能让教室里沸腾起来的教练。

"嗨翻全场"今天穿了一身黑色紧身衣、白色运动鞋，显得格外清爽干练。

没像其他女教练在头顶挽个发髻，她将头发扎成一条马尾辫。"马尾"比较长，且焗成了棕黄色。黄是那种"过渡黄"，就是由棕色逐渐过渡到黄色，越往发梢颜色越黄也越浅。

她的脸型比较有辨识度，额头和下巴稍稍往后收，面颊显得饱满丰隆，看起来蛮有富贵相的。

从另一个角度来说，她的面相跟她的运动特点高度契合。她骑车时身体上下起伏非常大，完全像匹骏马在奋力奔驰或是充满激情的骑手在跃马扬鞭，仿佛永远不知疲倦。

"嗨翻全场"将骑行动作排列组合得独特新颖、富有美感，"细节决定成败"在她身上得到充分体现。

拉伸，一些最普通的通用动作她就做得与众不同。有的教练就是简单地带着大家做，动作像机器一样在走"流水"，没太多感情色彩；嘴里则单调地喊着"左边""右边""前""后"，等等。

"嗨翻全场"不一样，她总是一边认真仔细地做着示范，一边以优美的、诗一般的语言讲解和教导。比如"将头转向相反方向，微微仰起，目光朝远处眺望""一条手臂向上伸直，手指直直地指向天空；另一条手臂垂直向下，五指自然张开、指向地面"。

复杂的动作经她分解、演示之后，不仅变得简单易学，大家也自然而然地做得优雅起来，令人感觉不像在做拉伸，而是在舞蹈。

她还勇于创新、独树一帜。比如，一般来说下压等动作大多是一拍、两拍及四拍对称重复，她却常常在前三拍做同一个动作，到第四拍才变化，完全打破了常规。

这样编排，大家立马有了新鲜感，"哦，原来这样也挺好甚至更有趣了！"

"接下来我们做一组通常教练作为前奏做的动作，好不好？""嗨翻全场"大声征求意见。

"好！"大家齐声叫好。

"是什么动作？"有人急不可耐、大胆提问。

"我先演示一下，很简单的。下一个曲子我们就做这两三个动作。"教练回答。

音乐响起，"咚咚咚咚……"像鼓点在敲。

"二把位，交替抬手，右左右左；下压，一二，两拍。继续，二把位，交替抬手，右左右左；变化，滑向三把位，一二，两拍……就这样，然后不断重复。"她边示范边讲解。

原来是这个！动作看上去像打架子鼓一样，轻快、洒脱！我最喜欢了。

过去，这些动作往往是教练在做正式动作之前独自表演、耍酷的"前奏"，或称之为辅助动作。现在也无私地教给我们了。

"右左右左，压、压；右左右左，滑、滑。一二三四，一、二；一二三四，一、二……"我在心里默默数着节拍，努力把动作做得干脆利落、轻松潇洒。

太棒了，原来令人眼花缭乱、羡慕不已的"打鼓"动作竟如此简单易学。"大道至简"，用在这里恰当吗？

一个曲子结束了，我和大家一样，很兴奋，很开心，也很满足。

"接下来我们来个慢节奏的，请大家主动加上阻力。不要偷懒，待会儿我下去检查，阻力太轻了我会给加上。我加就不是一点点哦。大家听清了吗？""嗨翻全场"既是告诫大家，又在调动气氛。

"听清了！"回答的声音很大、很整齐。

"篷嚓、篷嚓、篷嚓、篷嚓……"节奏虽然不快，但鼓点很响，听上去特别舒服。

我们跟着教练慢摇起来，并用心体会动作、纠正错误。

"啊！慢摇时教练能将头上'马尾'完整甩上一圈并连续一圈接一圈地甩。"我不由在心里惊叹。

慢摇的时候，每位教练都可以将头发甩得飞扬、潇洒，但"嗨翻全场"能将这么长的头发甩成一个个完整的圆圈，就显得更加厉害了，而且甩得特别有韵律、有味道，像做杂技表演一样。

"抬头挺胸！头不要埋下去，胸不要塌，否则背就不可能平直，明白吗？背既不要拱，也不能塌，要平直。"教练大声提醒大家。

"稳住了骑的时候，臀部尽量向后移、再向后移，哪怕移到极致。别忘记收腰腹，让腰腹有一种卷起来的感觉。体会一下，有吗？"教练一边说着，一边下了车。

我知道，她这是要下来检查并纠正大家错误动作了。

哎哟，教练向我这边走了过来。

我认真感受了一下骑行阻力大小，并悄悄转了转阻力按钮，加大力量。

"注意背不要向上拱。拱背，主要因为胸塌了。"教练拍了拍我的背。

我赶紧把头抬起来，挺胸，将背摆平。

"这样就对了。"她还没离开，"腰腹部要收起来些，卷起来，否则臀部会左右摇晃。腰腹松着，臀部必然摇晃，记着！"她还是不走。

"手上别用死力气握车把，轻轻搭在把位上就够了。"其实以前我已经被纠正过，习惯性的错误动作要改正，真不是件容易的事。

我不怕挨教练批评，我已经改正了很多，动作相对规范了。毕竟我起步晚，还"皮老骨头硬"。

"嗨翻全场"要求特别高。其实其他教练不止一次表扬过我，夸我"进步很大"呢。

这时候，一个六七岁模样的小男孩背着个书包站在了教室玻璃门外。我们知道，那是"嗨翻全场"教练的儿子。

教练有个规矩，她上课的时候，儿子是不允许进教室的。

大家曾经劝说过，孩子这么小，站在门外令人心疼，不如让他进来。

"不可以，我在上课的时候孩子就是不可以进教室。"教练完全没有商量的余地。

"嗨翻全场"喜欢唱歌，遇上音乐是歌曲的时候，她会边领骑边跟着唱。她不是随意、轻声地唱，而是那种非常投入、非常大声也比较完整地跟唱。

和骑车一样，唱歌成了她示范表演的一部分。

她唱得最投入的歌曲应该数《当》，就是电视剧《还珠格格》里的插曲。

"啊啊啊，啊啊啊"，在音乐声还很弱、前面的"啊"几乎是清唱的时候，她就大声跟唱起来。到后面音调提高、声音变得更大时，她的面部表情也愈加丰富。

她的表情是那种"爱恨交加、咬牙切齿"型的，唱到高潮时恨不得五官都挤在一起，哈哈哈哈……

"当山峰没有棱角的时候，当河水不再流；当时间停住日夜不分，当天地万物化为虚有……"抒情的主歌部分她也喝得深情款款，表情放松、柔和，表现出女性温柔的一面。"侠骨柔情"，我脑子里闪过这个词。

"让我们红尘做伴，活得潇潇洒洒；策马奔腾，共享人世繁华；对酒当歌，唱出心中喜悦；轰轰烈烈，把握青春年华！"到了副歌部分，随着跳动的节奏，她骑车骑得恣意、狂放，唱歌唱得纵情、响亮，面部表情丰富，富有感染力……

骑与唱互相烘托、相得益彰。"嗨翻全场"让全场嗨翻！

不知不觉50分钟过去了，骑行结束。

进入最后拉伸阶段。教练接受了我的建议，拉伸的音乐用了歌曲《青春多美好》——

"生活呀生活，多么可爱、多么可爱，像春天的蓓蕾芬芳多彩！明天的遍地鲜花、遍地的鲜花哟，要靠着今天的汗水灌溉……"

第三章
游来游去的鱼

见到人们生龙活虎地骑车的模样，我盼望自己有一天也能够轻松自在地迎着朝阳、骑着车，像条鱼儿一样"游来游去"。

换车

一

几年前，我曾用一部私家车换了一辆山地自行车。可不是参加了什么"以旧换新"活动之类。

不信？哪有这么傻的人？

二

那是一个麦子登场的夏收季节，也是一个星期六的下午。我和区政府办、农业农村局以及应急管理局等部门的负责人一起，到乡镇麦子收割现场调研检查夏收安全工作。

那年的小麦生长情况特别好，到收割时当然可以确定是一个丰收年。而我区的小麦种植面积达到了百万亩，放在全省乃至全国范围哪怕农业大县也应该是一个较大的数量。

当时我区的农作物种植、管理和收割已经全程机械化。比如收麦子，大型联合收割机在田里"走"一遍，到田边就可以将已经脱粒好了的麦子直接装进运粮的车斗里。散落在田里的麦秸秆由"捡拾打捆机"跟进捡拾成堆，并打包成一个个或大或小的圆捆，收起来后按秸秆的质量分别卖给饲料公司、种植养殖企业或者发电厂，等等。

在麦田里，除了机械操作人员，现场看不到其他任何人。

看到这种真正的"农业全程机械化"，我不由想起小时候父老乡亲一镰刀一镰刀地割麦的场景；想起在初中课本上曾读过的《观刈麦》中"妇姑荷箪食，童稚携壶浆，相随饷田去，丁壮在南冈。足蒸暑土气，背灼炎天光……"的描述；想起有一年弟弟读高中休月假结束那天，正值家里麦子脱粒，弟弟想让哥哥或姐姐用自行车送他到汽车站乘车回学校，父亲却以脱粒刚结束谁也没力气再骑车为由，让弟弟步行至10里路之外的新丰镇去乘汽车……

想起往事，再看眼前，内心不由波澜起伏，感慨万千。

几个收割现场检查结束时，已近黄昏。夕阳西下，天空美丽如画，麦田呈现出一片金色，温热的风中飘散着新鲜麦子特有的清香。

走下汽车后，意犹未尽，感觉不能白白浪费了如此美好的时刻。于是，打电话给老婆，约上生活在县城的兄弟姐妹几个家庭小聚一下，共度好时光。

三

很快，饭店订好了，几个家庭全体成员应约而来。

家人聚在一起，气氛热烈而融洽，大家频频举杯，相谈甚欢。

触景生情，我再次回首往事，感受到今昔生活的巨大变化，"翻天覆地""天壤之别"……用这些词形容一点儿不为过。

兴之所至，我当即提出，老婆更换一辆新汽车，原来的车直接赠送给妻弟即孩子的小舅。孩子小舅长期出差在外，他家一辆汽车不够用。

老婆再过三四年就退休了，每天上下班仍开着一辆旧的悦达起亚汽车。虽然这辆车行驶总里程不到3万公里，但已经开了六七年，当初买回来的时候还是以我开为主。

不如赶紧换辆车，老婆在退休之前还能开着新车上下班，"人生得意须尽欢"！

老婆一直推说没必要多花这个钱，老的起亚车开着挺舒服，还说"旧车磕磕碰碰不碍事"。可我总觉得，如今物质条件大大改善了，如果老婆在工作期间都没开过一辆属于自己的新车，也太对不住她了。

孩子的小舅当然赞成我的意见，毕竟他白捡了一辆车。桌上其他兄弟姐妹也纷纷表示赞同。

于是，少数服从多数，结论是下周我们去购置新车。旧车由孩子小舅带到外地去开。

作为回赠，孩子小舅将他家里闲置着的一辆山地自行车赠送给我，让我在休息日当运动工具骑行。这辆山地车原来是他儿子骑的，后来孩子去了外地读大学，车就没人骑了。

现场气氛因此愈加和谐与浓烈，大家纷纷起身敬酒，唱起了《我们是相亲相爱的一家人》……

言必信，行必果。很快，老婆买了一辆大众SUV。山地自行车也被送至我家车库里。

四

前几年我在区政府上班，整天忙得不可开交，几乎没什么骑自行车的机会。因此，那辆山地自行车一直放在车库里，动都没动过。

2022年年初，换届时我从区政府转岗到了区人大。人大的工作虽然也很重要，但工作节奏与强度跟政府真不是一个级别的。

于是，把自行车从车库里取出来，到一家车行去维修保养：换新的轮胎，给链条等部位上润滑油，买把软管锁和袖珍气筒……

过去，见到人们尤其是那些中小学生生龙活虎地骑着单车的模样，我心里、脚板都痒痒的，盼望自己有一天也能够轻松自在地迎着朝阳、吹着风，骑着单车像鱼儿一样"游来游去"。

如今梦想终于成真。较短时间内，我不仅适应了山地车那种平平直直的车把、能熟练操作21（前3后7）种变速，而且在邻居小朋友的示范指导下，能轻松稳健地进行多种坡度与台阶的跨越、俯冲，一下子成了单车骑行爱好者。

我也成了"一条游来游去的鱼！"

一边骑，我一边观察、熟悉车辆的零部件。由于是辆旧车而且在车库里放了三四年没动它，所以有些零件已经损坏或者老化了。比如反光板，稍用力掰了一下，"咯吱"一声，碎了；比如挡泥板，稍微磕碰一下，摇头摆尾，歪了；比如脚撑，最下面的塑料套已磨损掉，车停放时成了"瘸子"，风一吹，倒了……

根据需要，我逐样拆卸或者更换，直到找不出还有什么不妥的地方。

经常用水洗，用油擦。"丑媳妇也怕三打扮"，终于"旧貌换新颜"，简直几近"完美"了。

一天早晨，骑了一会儿之后，我将自行车停在一组户外运动器材旁边，再利用健身器材做些运动。

一位"杠友"（一起吊单杠的朋友）骑上我的车兜了一圈。回来后对我说："这车原来如此轻便、好骑，怪不得你可以骑得飞快。"

"是的，我也觉得好骑，而且刹车之类特别灵，操控自如。"我的确是这个感觉。

五

不久前的一天，同样是早晨，也同样在运动器材旁边，我停放好自行车后，做些运动。

这时，又一位"杠友"也是跟我住在同一个小区的邻居来了。他姓奚，我们的老家是一个村的，我在心里称他"奚老乡"。

"奚老乡"爱运动，也爱骑单车，而且运动前后都要"拉伸"预热，应该属于干啥事都比较讲究程序与规范的一类人。

他见过我骑车，知道停在器材边的车是我的。

"我来骑一圈看看可以吗？""奚老乡"问我。

"当然可以。你随便骑。"旧自行车，人家肯试试，就是看得起我。

"我骑的时候，可以在多级台阶上俯冲，你可以找台阶试几下。"我知道他是骑行老手，接着对他说。

"冲台阶我还真不敢，没练过。我就骑骑。"边说，他边骑着离开了。

过会儿之后，他骑了回来。

"感觉怎么样？蛮好骑的吧。"我颇为得意地说。

"嗯，总体说还可以。"他将车停稳后，目光落在车上，"有两个问题比较明显。一是坐垫高度嫌矮，你的身高比我还高一点，我骑着都嫌矮。二是车的减震已经坏了，可能因为长期不骑，锈蚀，没用了，因此骑起来感觉比较硬、比较呆板。"

他不经意地说着，将目光转向我，"你喜欢尝试、喜欢冒险，特别是喜欢跨越、俯冲台阶之类，车更需要有减震，最好是前后都有减震而且能调节减震度的那种。哦，不少山地车将簧片一拨就能调节减震度。嗯，记着将坐垫高度调整一下，免得骑着吃力还伤膝盖"。他仍是一副不经意的样子，说话声音也不大。

平时跟我交流运动体会时总是十分谦虚的他，说起单车时如数家珍、头头是道。

"深藏不露"，原来真没看出来；"肃然起敬"，是我当时的内心感受。

"坚持骑车，但不随便乱花钱。"是我给自己立的一条小规矩。毕竟只是玩玩而已，既保持运动，也满足了自己的好奇心。

现在，遇上新问题了。哪怕只是玩儿玩儿，一贯喜欢挑战难度、挑战自我的我，骑行时遇上不太高的台阶喜爱直接跨越与俯冲，毋庸置疑是需要减震的。

此刻，菜鸟级别的我是着手买新车，还是凭技艺用旧车骑出好感觉？

换个避震前叉可以吗？这种老款的车恐怕换不着了。

感谢"奚老乡"！不动声色的他原来是个山地车行家。

跟他相比，我可真是"满瓶不动半瓶摇"，惭愧！惭愧！

当"仪式感"让位于"实用主义"

一

若不是一次小小的"事故",我也不会将山地自行车上的"挡泥板"（也叫"沙板"）给拆卸了。

其实,虽是个小小的零件,翘翘的挡泥板还是很具仪式感的,类似于动物的尾巴,使整辆车看上去更加完整与协调。

事情发生在大约10天之前。那天早晨起床后,我感觉头有点发沉,主要因为夜里没怎么睡好。有时晚上休息太迟,整夜睡眠可能就受影响。

虽然身体状态并不太好,但早晨依然出门骑单车。

和小时候学骑自行车以及前些年学开汽车一样,一样东西刚刚学会时兴趣往往特别浓,手总痒痒的,逮着机会就过上一把瘾。

骑单车,做些有难度的动作,我是个新手。

二

骑上车,头有点儿发晕,腿脚力气明显不足。

可我不会善罢甘休,生来就这脾气。

和平时跑步的线路一样,从常新桥到劲力桥往返骑行。有所不同的是故意选一些有台阶的地方,以锻炼爬坡与跨越障碍的能力。

一路上,在几个单层台阶上上下下都还轻松,没有出现问题。

到劲力桥之后,往回骑。没多远,有一处凉亭,这儿有三个相距不远且不算很高的台阶,我喜欢相继跨越这三个台阶的感觉,也曾成功过多次。

今天也不例外，练习一下"三连跨"。

没料到，在上第二个台阶时，双手向上提车把不很到位，脚下速度与力量又没跟上，导致车突然停住并向一侧倒了下来。

赶紧伸出左脚来支撑，人是站住了，车却倒下了，后轮上面的挡泥板边缘刮了一下左大腿后侧。

赶紧把车拎起来，却感觉大腿后侧有点疼，扭头看了看，有寸把长"一条线"被刮掉了表皮，渗血了。还好刮得不太重，血并没有流下来。

公共场合，晨跑的人不少，包括一些熟悉的面孔。常年做运动的人，不应娇气，更不宜顾影自怜。于是，我当没发生什么事一样，不再朝腿上看。

检查了一下车，发现挡泥板歪向了一边，而抿在座管上的一块小铁片被另一个零件卡住了，无法还原。

静下心来仔细看了看，弄清楚它们的结构与原来的位置，抬手用力掰，一、二、三！哎，好了！

三

对于几乎不骑长途、下雨天难得骑行的我来说，这挡泥板就是个多余的东西。其实不仅今天摔倒之后出现了问题，平时车身颠簸严重或者不小心身体触碰了它之后，有时会压在轮胎上，发出"吱吱、吱吱"的噪声。

几乎不起作用的玩意，那就拆除它，即使拆下之后后轮会显得空荡荡的，感觉不如原来好看。

车是用来骑的，不是用来看的，"仪式感"还是让位于"实用主义"吧。

于是，从家里工具柜里取出"开花起子""老虎钳"等工具，几乎没费劲就卸下了挡泥板，顺便将另外一个看上去没有任何作用的小零件拆了下来。

这下清爽了，既不会产生老鼠叫似的噪声，也不会再发生稍有磕碰挡泥板就歪歪斜斜、碍手碍脚的问题。

清理完毕，感觉大不同。

上路骑上一圈吧。轻装上阵，总得体现一些变化与进步。原来已经可以较为轻松地连下三级台阶，今天肯定要达到或超过四级。

劲力桥北侧226省道与河滨公园连接处从上往下有两个层次共九级台阶，其中，上面一层是四级，然后有一个小平台，接着一层有五级。

我就直接冲下这五级台阶吧。上次我"师傅"、邻居家的孩子连下两层九级呢！

推着车，上坡至中间小平台。跨上车，走起，握稳车把，双手抓好刹车，平衡好身体，将双脚踩着的脚踏保持与地面平行，臀部离开鞍座，放慢速度，下，一、二、三、四、五，进入平地……

稳稳当当，波澜不惊，就这样完成了自己的首次连下五级台阶的尝试。

看来，将"仪式感"让位于"实用主义"，很有必要，也有成效。

到户外去

一

昨晚外甥女来看我们，带了一箱水蜜桃来。

早晨起床后我打开包装看了看，哇！齐齐整整，圆圆滚滚，漂漂亮亮……白皙里透着淡淡的粉红，的确与众不同！

这么好看的桃子，应该是用纸袋套着生长的，否则哪会这么完美？

我拿出一只，用水洗净，再用刀削好，切成片放在碟子里，然后一口一口地慢慢吃。一般情况下我是洗一下直接啃，但面对品相这么好的桃子，实在不忍心"暴殄天物"。

唉……吃了几片之后感觉味道远没它的外表那么令人陶醉，淡淡的不怎么甜，质地有点糯，也显得比较干。

"水蜜桃"却没太多水分，也远没有蜜一样甜，名不副实。

这是怎么了？应该是缺少阳光雨露，没怎么汲取日月光华，只能这样了。

想起小时候吃的毛桃，被太阳晒得青里透红，"脸上"还点缀着些褐色或黑色的"雀斑"，吃起来那个甜与酸哦，真带劲儿！

当然，品种问题也是因素之一。

二

早起晨练，骑山地自行车。

前些天轮胎已经缺气了，今天必须打气。气筒虽小，能量却大，三下五除二没几分钟就完成了，不得不惊叹科技力量之强大。

骑山地车不可像骑老式自行车那样"老土"，我先伸出右脚跨过去、踩上踏板，然后踩下去，顺势抬起左脚……

哎哟！左膝盖碰着什么了，好疼！而且很快流了血。停下来细看，原来是装在斜杠上的饮料瓶架碰着了腿。

皮肤怎么这么不经磕碰？是在室内待得太多了，"栉风沐雨"太少了。

如果像乡村老农那样，夏季穿条短裤打着赤膊，在田埂地头穿梭忙碌，浑身晒成古铜色，皮肤会这么一碰就破吗？

三

桃子经受阳光雨露才会香甜可口，人的成长"经历风雨，方见彩虹"。

俗话说："温室里长不出参天大树。"温室中的树木，享受着恒温、湿润、无风的环境，却无法接受风雨的洗礼，它们依赖着温室的庇护，无法适应外界的挑战。参天大树则生长在风雨中，它们需要面对严酷的环境，只有通过自身努力才能适应环境、求得生存。

人也一样，过度的保护和舒适的环境会削弱我们的意志和生存能力，在面对挫折与困难时，往往显得沮丧、无助。没有经历风雨的人生是苍白而空虚的，就像一张白纸，缺少丰富的色彩和内涵。

风雨虽然会给人带来困扰和痛苦，但它们也是成长的催化剂。正是风雨的洗礼，让树木更加健壮，让人们更加坚强。

在人生道路上，我们应该勇敢地迎接风雨的挑战，不断锤炼自己的意志和生存能力。

节奏

一

晨练，照例是骑车。

带件小工具"起子"下楼，先将上次发现的车上多余的东西拆卸掉。车把中间有一个小铁环及一块小铁片，没什么实际功能；脚踏板两侧的反光板都已老化，有一片掉了，另一片显得"孤苦伶仃"。

正巧有一辆别人的单车倚在我车旁，顺便观察一下车把中间的铁环是干什么用的。哦，看清了，是装反光板的，我车上的那块反光板已经不见踪影。

需要动手的也就几个"开花"螺丝。三拧两转，很快拆了下来。

用手捏捏车胎，感觉气不太足。骑行太少，车胎容易折气，如同"刀不用易生锈"一样。今天先不打气了，再骑个三五天应该不成问题。

出发！在没有行人的路段发力、加速，车轮摩擦水泥路面"滋滋"作响，而且车速越快响声越大。这声音，我喜欢听，是一种力量的象征。

偶尔跨越一层台阶，再冲下去……现在做这个动作已不是什么难事。

接近226省道时，遇见一对跑步的夫妻，他们是我远房亲戚，年龄与我相仿，也正常跑步、做运动。

"早上好！我冲几级台阶给你们看看。"我抬起头来，笑着对他们说。我知道自己的表情带点得意又会有点谄媚的感觉，因为需要他们观看与表扬。

"早上好！"他们跟我打声招呼后不再说话，停下脚步，站在那儿看着我。

我从东西方向转过来，车头向南，横向对着靠近二卯酉河的三级台阶，放慢车速，保持平衡……一、二、三，轻松冲了下去。

"厉害，厉害！你真勇敢！"他们善解人意地拍手称赞。

"当医生的，也不叮嘱我不要蛮干！"口是心非地说着的同时，我朝他们笑了笑。男亲戚是城区一家医院的副院长。

当然，冲下三个台阶，这个节奏，尽在把握之中。

二

盐城市作协副主席、网络作协主席《湖海》文学期刊执行主编管国颂先生为我的书《故乡的滋味》写的序《唱出故乡滋味的歌者》，在《江苏作家》2023年第3期发表了。

最先将这一消息告诉我并发了图片给我的，是盐城民进会员应飞女士。她是江苏省作协会员，曾经给我写过书评《浓墨情深话故乡》，并在"中国民主促进会"网站"民进艺苑"栏目刊载。

"祝贺韦主委！也再次感谢赠书给我！期待读到主委更多佳作。"应老师送来喜讯的同时，送上了祝福。

解释一下，我兼任民进盐城市委会的副主委。

"谢谢应姐！向你学习。感谢你的关注关心！"我是发自内心的。她写文章比我早也比我多，尤其长篇通讯比较多。我深知，一篇长篇通讯，往往凝聚着作者很多时间和汗水。

晚上较迟了，《人民作家》总编骆圣宏先生在我们文友集中的"油菜花"群发上一张《江苏作家》刊载《唱出故乡滋味的歌者》的图片。

从他与应飞都是江苏作协会员这个共同点，可以推断《江苏作家》期刊应该每位江苏作协会员都有。也许是赠阅的吧。

本来我想低调一点，因为在当地，写作的先行者、师傅比较多，我没有理由不谦虚一些。既然骆总编扯开了这个话题，我就把近期的进展向大家报告清楚吧。

于是，我在"油菜花"群发上了应飞老师发来的几张包括《江苏作家》期刊封面的图片，同时，将7月中旬"中国散文学会"收取我会费的票据也发了上去。

申请加入中国散文学会纯属偶然。一次，参加接待江苏省散文学会组织的来我区采风活动的领导、作家们，我顺便带了几本自己的散文集《故乡的滋味》给几位老师。

中国散文学会副会长、江苏散文学会会长姜琍敏先生翻看了其中几篇文章之后，亲切地对我说："你直接申报中国散文学会吧。你的文章是有质量的，完全不属官员作秀的那一类。"

"行吗？我还不是省作协会员，也不是省散文学会会员呢。但我的第二本文集今年9月会出版，文稿早已给了出版社。"我如实报告。

"你先填写申报表吧，最终行不行由专家评审决定。但我会客观地推荐一下。"姜会长看似淡淡地表示，我听了却感受到他浓浓的情谊，更倍受鼓舞。

"那好，我试试。评审通不过也没关系。"对于失败，我不觉得有多难堪，继续努力呗。反正我又不是科班出身，也没受过什么专业培训。但我已发表的文章近20万字，出版两本书50余万字。

比较幸运，申报之后较快通过了专家评审，会费也已上交。

回到前面的话题。其实管国颂主席将《唱出故乡滋味的歌者》篇幅压缩后投递给《江苏作家》期刊，也是对我今年申报省作协会员的一种支持。有名人在有影响的文学期刊宣传自己的作品，是申报加分项之一。

我的第二本文集《飞鸟与射手》的序，仍是由管主席所作。同样近万字，文字优美，内涵丰富，对我文章的多角度展示与解析，犹如点石成金，简直妙不可言。

因应飞老师和骆圣宏总编发来的图片中文字都不太清晰，我就直接打电话给管国颂主席。

"管主席您知道吗？《唱出故乡滋味的歌者》在《江苏作家》发表啦。您收到杂志了吗？请拍摄几张清楚的图片给我，我在申报省作协会员时作为附件。"我直接提出请求。

"这个好办，我请省作协的同志寄两本期刊给你。两天之内你应该可以收到，现在快递速度可快了。"管主席热情地回答我。

"这方便吗？我付钱吧。"我诚心诚意。

"你别管了，发个详细地址给我。需要付钱的话，由我来付。我现在正在一个活动的现场，先不聊了，再见！"说完，管主席就挂了电话。

第三天上午，《江苏作家》期刊就到了。现在物流真的相当发达，"地球村"被诠释、体现得淋漓尽致。

没料到，又有惊喜。当天下午接到一个陌生电话："是韦先生吧？你有快递，是书。"

"哦，送到行政大院的门岗吧。"我正在上班，直接送门岗比较方便。

一会儿，快递小哥到了。我拆开包装一看，是《江苏散文》2023卷。里面收录了我的三篇文章，分别是《梨花开，梨花落》《父母是隔在我们和死亡之间的帘子》以及《找准对称轴》。

《江苏散文》，当然代表江苏散文的水准。

以这节奏，江苏省作协会员资格，可能就像年初的"简书优秀创作者"和眼前的中国散文学会会员一样，指日可待。

三

对于健身房，我神往已久，有氧运动、无氧运动，出汗、燃脂，健身、塑形……可以说做梦都想。

男人，相信谁都希望自己身材匀称、肌肉发达，最好能永远年轻，身上充满荷尔蒙的气息。

我对于身体肌肉的要求与愿望大致是这样的：胸肌，能明显看出来，但不奢望有那种特别发达的"块"，也不需要那么夸张；腹肌，隐隐约约看到一块块肌肉，而不是一整块肥肉；肱二头肌和背阔肌之类，保证一眼就能看得出。至于腿部，两块大肌肉即股四头肌和腓肠肌必须线条分明、粗壮有力。

由于长期坚持跑步和吊单杠做引体向上，加上小时候农活干得多，我身上的肌肉基础算是比较好的，只是一直没有好好打造与雕琢。

以前正常打乒乓球的时候，一个夏天下来，六块腹肌就比较明显了。自从打球发生意外导致手掌掌骨断裂了之后，就告别了乒乓球，腹肌也基本一同"告别"了。

过去，去健身房是个梦又只能是个梦。没有太多原因，只因为工作忙，抽不出整块的时间。

举个性质类似的例子说明一下。有一次，女儿放假在家时，我们一家三口去电影院看电影。那时我尚在区政府任职，观看过程中，不停有工作上的电话需要接听，电影院里手机信号又不好，信息发不出去，我只得一次次弯腰低头出去接电话。结果，不仅自己没了观看的情绪，还影响了家人与邻座的观众。

现在，是适当改变一下作息时间和生活状态的时候了。去健身房，健身塑形，燃烧激情，刻不容缓！

还有个问题一直有些犹豫和纠结，就是如何跟老婆保持同步？她愿意去健身房吗？

一切都是最好的安排。那天在小区北侧的"山芋腔苏北菜"餐馆参加一位亲戚组织的家庭聚会，结束后出电梯时恰巧遇上另一位亲戚。

"小姨爸！"听得一声喊，我抬头看，这位身材匀称、肌肉发达的帅哥不是我姨侄欣欣吗！他正满面笑容地看着我。

"小姨好！"欣欣看到了在我后面从电梯里走出来的我老婆。

"我们在上面吃饭的，刚刚结束。"我告诉他。

"欣欣你是？"老婆问。

"我就在楼上菲比特健身房上班啊！前面我向你们报告过的。我们健身房的器材在全区可以说是最好的。上去看看吗？"欣欣笑得更加灿烂了，仿佛健身房就是他家开的。

"你对各种器材的功能及使用方法基本熟悉吧？"我估计作为健身教练，他会熟悉健身房的主要器材。

"这样说吧，小姨爸，所有器材的功能与使用方法包括不同用法的各种效果，我都非常清楚而且可以讲解与演示。可别忘了我是专职教练。对这一点，小姨爸小姨无需怀疑。"说到这儿，欣欣下意识地抬了抬胳膊，肱二头肌立即鼓成了个"球"。

"哇，欣欣的体型越来越健美啦！我当然相信你是专家。我和你小姨办家庭年卡方便吗？来健身时有什么需要了解和学习的就直接问你，你当我们的免费私教。"这个时候不正是说服老婆的最佳时机吗？绝对是"天赐良机"！

"完全没问题，技术问题包在我身上。你们放一百个心！"欣欣满口答应。

立说立行，立马买卡。我和老婆成了菲比特健身房的会员。

有人会担心，健身房常常出现收费后老板"跑跑"的现象，也就是老板、合伙人突然"卷起铺盖跑路"。个人觉得有办法对付，一是尽量多了解老板的实力与背景；二是办短期健身卡比如半年卡、年卡。另外，面对那种优惠得离谱的营销活动与套路，做到三思而后行，别忘记"事出反常必有妖"。

终于，走进了健身房。我"睁大一双好奇的双眼"，如饥似渴地投入运动中；老婆也倍感新鲜，表现出较高的热情。

办了年卡，若不好好锻炼，就是跟自己的钱过不去。

没几天，我们共同爱上了骑动感单车。每两天骑一次，一次45—50分钟。为什么不天天骑？主要是体力跟不上，也防止一上来就弄得膝盖受伤。

动感单车也叫健身车，属于一种有氧与无氧相结合的运动，通过对不同速度及阻力的练习，燃烧全身脂肪，增强腿部力量，提高心肺功能。

也许我们曾在电视和手机短视频上看过，一间较大的单车教室，少则一二十辆、多则三四十辆健身车，有健身教练在前面台上面对学员并做示范引领，台下的学员跟着教练骑行并做出各种动作。

动感单车需要我们全身心地投入其中。在一辆辆单车上，跟着节奏强劲的音乐，大家跟随着教练带有鼓动性的口号，用手、头、肩和腰等部位配合做出各种新奇的、动感的且较为疯狂刺激的动作，腿脚则不停地以和音乐相同的节奏奋力做着蹬车运动。

骑的时候，人并不坐在鞍座上，因此做动作会更灵活也更吃力。整体看过去，大家上身微俯，臀部后移并抬高，就像奥运赛场上的自行车选手，健美的姿势中透着一种炫酷感。

骑动感单车，我们不仅能感受到身体的运动和呼吸的节奏，还能感受到心灵的放松和愉悦，缓解焦虑和抑郁等负面情绪。

经过一段时期的练习，我有了一些体会。最关键的一点是节奏，无论双脚蹬车还是上身做各种动作，都要紧跟音乐的节奏（节拍），力求精准无误。如同舞蹈一样，节奏保持丝毫不差，否则，一旦不在音乐的"点"上，不仅缺乏美感，自己也会觉得不对劲。

另外，动作的方向要与教练保持一致，全体人员动作整齐划一，幅度、力度几近一致，这样，刺激性、美感、震撼力等才体现得出来。

除动感单车之外，老婆基本以在跑步机上跑步为主，另外做一种坐姿的滑行拉力运动；我主要是做一些力量训练，目前在两三种器械上锻炼胸肌、肱三头肌和背阔肌等，还有仰卧起坐锻炼腹肌。

在健身房，我们积极而从容地做运动。那些肌肉特别发达的"运动达人"以及线条非常优美的美女，会吸引我们的目光，但不会令我们吃惊和着迷；看到有些人在跑步机上"专心致志"地玩着手机、动作却异常迟缓，我们也不会大惊小怪。

健身的世界是精彩的，也是多元的。"我要练"和"要我练"表现及效果大不相同；侧重于保健与侧重于塑身，练法有明显差异；注重"练"与注重"秀"或者练、秀并举，各有其妙、各得其所⋯⋯

走进健身房时间虽然不长，但我们已经找到了感觉，也渐渐习惯、喜欢上了这样的节奏。

遇见

经常骑车，骑行的路上就有了各种各样的遇见。

我不想跟你一起骑

早晨在门前二卯酉河风光带骑车，一个胖乎乎的孩子在我前面骑着。

原先我的速度比较快，因此车轮与水泥地面摩擦的"滋滋"声也比较响，这孩子应该能听到后面的声音。

没料到也挺有意思的是，他不仅不往边上让，还更靠近路中央，而且不时用手拨动车铃，"叮，叮……"一副悠闲自得的样子。

我放慢速度，跟在后面骑了会儿。

到一个岔路口时，"叮，叮……"我也拨响车铃并赶上来与他并排骑着。

他笑了，转过头看我。

"我不想跟你一起骑！"我对他说。

他可能感觉意外，脸上的笑容似乎一下子凝固了，"为什么？"

"因为我跟你骑在一起的话，认识我的人都会问我：'这是你孙子吗？'哈哈……"我大声笑了起来。

"啊？！嘻嘻……"孩子也咧嘴笑了。

想要问问你敢不敢

一天早晨，我骑车经过一个小广场时，忽然听得"啪"一声响。

抬头看，原来是前面跑步的男孩一脚踢在一块翘起的石板下水道盖上。

我用力踏上几脚，加速赶到他面前，"你跑步时连路都不看吗？'目中无板。'"我逗他。

他腼腆地笑了，"没注意脚下。"

"石板比你的脚结实很多。"我既是开玩笑也是提醒。

"嗯，以后注意。"这孩子倒也老实忠厚。

我接着往前骑。

在道路尽头的"张謇文化广场"，我利用一些坡度和台阶练习了一会儿技巧，特别反复练习了"3加2"（先是3级，接着又是2级）台阶的俯冲。

正打算回头的时候，看见那个男孩跑了过来，他同时也看见了我。

"喂，小朋友，你会骑单车吗？"我问他。

"会，当然会。"他停下脚步。

"想要问问你敢不敢？"我看着他。这句话是一句歌词，刘若英的《为爱痴狂》中的。

"骑车吗？"他不明白我的意思。

"肯定不止单单骑车。还要从台阶上冲下来，是好几级台阶。"我把语气放平和，没故意制造紧张气氛。

"嗯……应该敢！"这次是他盯着我看了，等待我说明是什么动作。

"我先来一遍吧。"说完，我跨上了车。

"那好。"他脸上露出轻松的表情。

我先转了个小弯，跟台阶拉开点距离，然后慢慢骑过去。

靠近台阶了，双手轻轻刹车，将脚踏调整至与地面平行，抬高臀部，"咚、咚、咚"听到三声响，车已经下来了，经过一两米宽度的平台，又是"咚、咚"两声响……

"3加2"台阶俯冲完成。

"你敢不敢？"我再次确认。

"敢！"他非常干脆。

此刻我倒有点后悔了，万一他摔下来，我得负责任。我是"教唆犯"。

可是看他那初中生的模样，我想，现在初中生骑车，谁不骑得很溜、像"游来游去的鱼"啊！这几级台阶，我骑车还没多久就能轻松完成俯冲动作了。

这样一想，也就随手把车交给了他。

没有先熟悉一下单车的性能，也没有任何多余的动作，他直接跨上车，抬起脚，然后直直地朝着台阶慢慢骑过去，"咚、咚、咚"三声响，没有稍作停留，接着"咚、咚"两声响，完成！

我长舒一口气。

"你冲下去的时候，脚踏没与地面平行，如果搁在台阶上就有点麻烦了。"我提醒他，也为刚才他顺利冲过去感到庆幸。

"哦，我倒没注意这个。"他显得相当放松。

"在上初中吧？"我估计他是个初中生。

"初中毕业了，今年中考的。"他仍然轻声回答。

"考在哪所高中？"我曾在当地教育主管部门工作多年，对学校的情况不是一般的熟悉，就随口再问。

"嗯……学校不好。"他朝我看了一眼。

"是职中吧？"当地三所高中都是四星，不存在不好的问题。

"是的，职中。"他声音更小了。

"职中也挺好啊！人家说考上高中的，将来可能给考上职中的同学打工呢。为什么？因为不少孩子虽然学习成绩一般，但头脑灵活，也能吃苦，将来走上社会常常有所作为。前几天我参加一个聚会，一桌人除了我，几乎都是当年职中的同学。你相信吗？他们现在大多是老板，都风风光光的。"我是认真的，说的也是事实。

"当然，头脑灵活，还得多动脑子；能吃苦，还得使劲、把该吃的苦吃了。否则，成绩好的同学不会给你打工。"我补充了一下。

"嗯，我懂您的意思。谢谢您！"说话的同时，他用力点了点头。

"我继续骑车了。等我练了更难的动作，下次再问你敢不敢！"

"应该敢！"他依然没有犹豫。

活成了一道光

晚上将参加一场家庭聚会。然而需要等一个人，可能得19：30才到。于是，下班后，我决定先骑会儿车。

傍晚时分，夕阳西下，即便季节仍处于末伏，也丝毫不影响天空油画般美丽。

我被美景深深地感染了，特地挑了件橙黄色的无袖圆领T袖和一条蓝色的运动短裤，并配上一双白色运动鞋。

炫酷的装扮，必须有炫酷的行动。最近单车、动感单车同时练习着，无论运动感觉还是骑车技巧，均可以说突飞猛进。

上路。头顶上夕阳醉了，落霞醉了！我的橙黄色衣服又被镀上了一层金色。

一路上不断遇见熟人，他们看到我的装扮，多数会多看一眼。我则努力把骑行、刹车、停留、加速以及跨越等动作做得自然流畅、洒脱自如。

《秀出最美的你我》，是我写过的一篇文章。秀，是展示，是分享……愉悦了自己也愉悦了身边的人。骑车，是运动，也是秀。

哎，对面走来的夫妇俩不是我们小区的吗？我家住在最南面的楼，他家则在最北面，平时见面也不多。夫妻俩我都熟悉，老公是一个园区的负责人，老婆则在一所学校当校长。

"嗨，你们好！"我举起左手朝他们挥了挥。那段路直直宽宽的，我骑得比较快。

"主任好！您这种状态，真好，也很帅！"校长说话就是不一样，总是以肯定和鼓励为主。

"谢谢！你们慢走！"我脚下一使劲，车轮"滋滋"作响，一下子蹿远了。

又骑了一会儿之后，从226省道折返回头。巧了，刚才遇见的夫妻俩迎面走来。

我集中注意力，围绕"张謇文化园"周围的台阶上上下下做了几个跨越、俯冲。

在他们靠近的时候，我恰好从文化园平台往二卯酉河滨骑过去，"咚、咚、咚""咚、咚"，瞬间完成了一个"3加2"台阶的俯冲。

"如何让你遇见我，在我最美丽的时刻……"这是席慕蓉诗中的句子。我跟他们这次遇见，真的就是巧合，而非刻意。

"哇，真是一道风景，一道光！"他们惊呼。

"夕阳无限好，只是近黄昏。"我开玩笑。

"没有近黄昏，'归来仍是少年！'您这种状态，真的活成了一道光！"这次说话的不是校长，是她老公。

"那就是'为霞尚满天'，哈哈……"这话还真应景，晚霞正美得像燃烧的火。"你们俩是出去吃饭吧？"我正经问道。

"是的，同学小聚。就在前面不远，跑过去。"他们也认真地告诉我。

"嗯。我晚上也有个家庭聚会，还需要等人，所以先骑会儿车。你们先走吧，再见！"

"再见！"

每一次

晚上，外面下着绵绵细雨，是那种可以淋湿头发却听不到雨声的小雨。"润物细无声"？正是。

昨晚老婆曾说不想去健身房，很想在外面走上两圈，后来顺了我的意见还是去了健身房。

跑步都跑了几十年了，健身卡才办了几天呀？再说，少去一天就多浪费一天的会员费。

今晚本想跟她一起在门前二卯西河风光带走走，这段路也是我们经常跑步的老线路。"少年夫妻老来伴"，老婆不仅要多陪伴，她的话还需多听。

可外面下着雨，撑伞散步虽然浪漫，毕竟健身效果甚微。于是，两人还是一起去了健身房。

前两个晚上我连续骑了动感单车，而且都是满满的一节课，50分钟。结束后又练了一些力量型的器械，人免不了有点累。近60岁的人了，年岁不饶人啊！

今天未曾出门时就跟老婆说，我计划先在"太空漫步椭圆机"（跑步机的一种）上跑40分钟左右，然后再做些器械练习。

在选好跑步机并将健身包和手机放置好之后，我围着场地开始做些拉伸预热活动。

走到动感单车教室门口时，侧头朝里面看了一眼，大家也正在做拉伸，骑行还未开始。

"都7：40了，还没开始，比正常时间晚了。"我在心里说。

听着动感十足的音乐，看着炫彩摇曳的灯光，想到明后天两个晚上都因有事而不能来，我心里又痒痒了，"还是先骑动感单车比较带劲，也倒逼自己加大运动量"。没办法，音乐和灯光的吸引力太强了。

可能有人会说："是美女教练和美女学员的吸引力强大吧？"请不要以己度人好不好？是动感单车教室的整体氛围令人手脚发痒、心痒痒。爱生活，爱音乐，爱动感单车！

于是拎起健身包跑到另一台跑步机旁，带点歉意地对老婆说："我还是先骑车去，因为明晚和后天晚上都来不了。"

"我也骑车去。"老婆说着慢慢停下脚步，拿起毛巾、矿泉水瓶，和我一起走向单车教室。

走进教室，我看到里面已基本满员，仅剩前面几排还有几个空位。于是我选了第二排正中间的一个位置，因第一排该位置空着，我就成了整个教室里的"C位"。

有了前段日子打下的基础，我已不惧怕在老师眼皮底下，也不担心其他学员笑话我。

今晚带大家上课的，是一位给我们上课比较多的女教练。中等身材，略胖却不显臃肿的体型，圆圆的脸。

她上课总体感觉比较轻松，选曲的节奏会快慢结合、张弛有度，动作幅度一般不会特别大，变化的频率也比较适中。

遇上节奏比较慢的曲子，"慢摇"的时候，她的动作很潇洒，除了全身很有韵律地摇摆，扎在头顶、中等长度的马尾辫会随着头的摇摆而有力地甩起来，直甩出半个圆的美丽弧线。

对于骑行时所做的基础动作，每位教练都会做，而且做得有力而优美，但各个教练的"招牌"动作还是各不相同。

我觉得"慢摇"应该是今晚这位教练的"招牌"动作。她的摇摆，不仅和其他教练一样有节奏和力度，而且从内到外自然而然地透出一股悠闲自在、无拘无束的气息，令大家的心情彻底放松下来，仿佛每一个毛孔都透着舒坦、愉悦，而工作与生活的压力，都被彻底摇碎了、散发掉了。

今晚是我连续第三个晚上骑动感单车。前半场还好，到后半场体力渐渐不支，力量明显不足。

每个曲子的节奏就在这儿，谁想放慢动作是不可能的；要么完全停下来歇着，要么就得跟着节奏。

我是一个酷爱音乐的人，乐感也比较好，不顾节奏自己乱骑一气，那是完全不可能的。

到最后一个长达10分钟的曲子时，教练却没有降低难度，相反将下压、甩头及换把位、脱把挥臂等动作频繁交换……

"嘿哟、嘿哟""嘿、嘿"，我在心里不停给自己喊号子，仍感觉心跳加快、气喘吁吁，汗顺着面颊流下来。

骑着、骑着，腿上的力量几乎耗尽了，双脚再也跟不上节奏……

身体下压，怎么也无法加大幅度将动作做得干脆又洒脱，只能"蜻蜓点水"……

手上二三把位轮换、脱把舞动等一系列动作，疲软无力，明显变形……

汗水模糊了双眼，成串的汗珠滴落在手背、滴落到车把和地上……

心狂蹦乱跳，似乎要从胸口迸出来……

"撑住！别趴下，撑住！别趴下。"我一遍又一遍对自己呐喊、鼓劲。

抬头看看前面一排的几位年轻人，他们虽然也不停地拿毛巾擦汗，但动作还比较有力，身体下压的幅度还比较大，头发甩起来依然飘逸。

"到底年轻啊，年轻就是本钱。"我无法不从内心发出感慨。

老婆在我后面，她的感觉如何我也不知道。但她前两晚均没有骑，体力应该比我好一些。

······

"停！"随着教练潇洒有力的一个收手动作，哎呀，终于结束了！

动听的音乐响起，灯光柔和而稳定。教练带着大家开始做最后的拉伸。

"我坚持到了最后！可今天实在太吃力了，最后简直分分秒秒都难熬。"我边拉伸边回顾，今天这么吃力的感觉，进健身房以来是头一次。

"茫茫人海，终生寻找，一息尚存就别说找不到；希望还在，明天会好，历尽悲欢也别说经过了……"

哎，刚刚教练说拉伸的曲子叫《如愿》，我怎么听到了我最喜欢的《每一次》？

这个旋律太激动人心了。刚刚擦完汗，我的眼里怎么汗水还在流个不停？

"谢谢前面三排的伙伴们，你们是好样的！整个教室就剩你们几个，后面的都跑光了。"教练大声说道。

我回头看了一下，真的，就剩前面六七个人。

近50人中，我和老婆是坚持到最后的前几名，而我的年纪，应该是所有人当中最大的。

场灯亮起，音乐停住了。可我的耳朵里这旋律还在响着——

"每一个发现，都出乎意料；每一个足迹，都令人骄傲。每一次微笑，都是新感觉；每一次流泪，都是头一遭……"

九月第一骑

一

闹铃设定在早晨5：55，符合我的习惯。

我是一个比较讲究仪式感的人，用一句当地人常说的、带点儿贬义的词自黑一下就是：格色。

比如闹钟的设定，要么是整数，要么是叠数或者吉祥数。

这几天天气有点凉了。前些天骑车，我都穿超短运动短裤和无袖运动T恤，力求简约与凉爽。而这两天，气温明显下降，还穿那么少，刚出门时就有点凉飕飕的感觉。于是，挑选一些带袖的、厚实一些的T恤和裤管长一点的短裤。

比如今天，我穿的是灰色短袖运动衫，配一条灰色牛仔中裤。

今天是9月1日，晨练骑车，就是我的9月第一骑。

二

我正常骑行的路段，是二卯西河风光带常新桥至劲力桥一小段。

这个路段，最常见的景观树是红榉。此时，树叶已微微泛黄，看上去也有点儿发干。到深秋，几乎整棵树就变成了橙红色、红色。

鹅掌楸（马褂木）的片片"马褂"（叶子）大部分还是碧绿碧绿的，但已经有了少部分"黄马褂"点缀其间，金黄金黄的，很是耀眼，仿佛在急着向人们报告秋的消息。

栾树开始开花，嫩黄色的。过些天，花的颜色开始变深，深得像碎金。阵阵风儿吹过，花儿纷纷落下来，仿佛下了一场黄金雨。

到这个季节，有好多树都结了果子。多数果子不能吃，叫作"种子"或许更合适。

果子可以吃的，好像只有红叶李（紫叶李），它的果子就叫"李子"，吃起来酸酸甜甜的。但李子成熟不在这个季节。

不过，我真不希望景观树结下能吃的果子。为什么？因为能吃就会有人摘，而摘的人往往将树枝拼命地往下拉和拽，常常将枝条弄断了，甚至有较粗大的枝丫被折断。

"馋疯了！这什么素质！摘果子也得好好摘呀。"每次见到树枝受了伤、耷拉着脑袋，我都忍不住在心里骂上几句。

也曾向绿化管理人员反映过，他们表示无可奈何。为这点事专门安装监控设备，然后花时间和精力追查，似乎还犯不着。

有三种树的果子比较相像，分别是香樟、高杆女贞和乌桕。它们的果子都是小小的、圆溜溜的，也都是绿色的。

香樟和乌桕果子的颜色跟叶子几乎相同，而且都分散地"藏"在叶子之间。若不走近了细看，常常看不分明。

高杆女贞则不同，它们的果子和栾树的花以及后来的"红灯笼"一样，几乎都长在"头顶"也就是树冠上。一簇一簇、密密麻麻的，几乎将整个树冠布满、将叶子覆盖了。颜色比叶子要浅，是那种发白的绿。

到了深秋，这三种果子都会成熟，外表（壳）颜色变黑。那时候，有一种全身乌黑的鸟儿喜欢来吃香樟和高杆女贞的果子，并毫不害羞地拉下粪便给停在树下的汽车"涂鸦"，弄得人天天洗车都来不及。

乌桕种子的外壳很快会开裂并掉落，露出里面点点"白梅花"。到了晚上，在路灯照射下，"白梅花"成了"夜空中最亮的星"，煞是好看。

黄玉兰的果子是长条状的，几乎每一根都不相同。"我就是我，是颜色不一样的烟火"，它们的颜色是红色的，不是常见的橙黄与火红，是深秋经霜的红苹果那种红，可不可以称作"深玫红"？

与好看的颜色相比，黄玉兰果子的形状挺有个性，却不怎么美观。一根根昂首挺胸，大大小小、长长短短、歪歪扭扭……形状类似于香蕉，表面却凹凸不平，像长着一个个瘤子，总让人想到"歪瓜裂枣"这个词。

春天的黄玉兰花相当好看，但花期特别短，花瓣落地后枯萎得也非常快，易令人心生怜惜与感慨。

银杏也有了变化。圆圆的果子由先前的绿色转为白色，是那种浅浅粉粉的白。表皮仍然光滑、圆润，没什么皱纹。深秋，银杏水分丧失，渐渐干瘪，就像成品蜜饯了。

也许因为大风吹，也许果子本身生了病，无患子树下常常见到碧绿滚圆的冬枣似的无患子果。无患子是菩提子的一种，成熟后清理掉皮肉，种子可以做成手串，传说中可以驱邪避凶。

茶条槭（茶条枫）叶子尚未变色，但原本粉红色的"双翅果"色彩更鲜艳了，密密匝匝的"小翅膀"迎风飞舞、美丽动人。

三

九月第一骑，不能只顾仰头看风景，否则就有"喧宾夺主"之嫌。

好嘞，接下来专心骑车。

前些天在健身房骑动感单车时教练指出，骑行的时候双腿膝盖不要向外偏，倒是可以内扣一点，这样不会伤着膝盖。

于是，我注意将双腿尽量与车身平行，这样不仅不伤膝盖而且比较美观。正如人走路，无论"外八字"还是"内八字"，太明显了都不好看。外八字像鸭子，内八字像瘸子，对吧？

在人少的路段发力，快速猛烈地发力，将每一脚都蹬得实实在在。同时，俯下身子，加速，再加速，"滋滋……"车轮与地面摩擦发出响亮的声音。速度越快，声音越响。

晨风将衣服吹得抖动起来，轻轻摩挲着我的身体，宛如波浪不停拍打着河岸，弄得我感觉有点痒又比较爽。

转眼就到了226省道东侧的"张謇文化园"。这儿有若干单级和部分2级、3级以及一组"4加5"的台阶。

以我现在的水平，上、下不太高的单级台阶，完全是"毛毛雨"。一般来说，在身体没有完全活动开之前先来几遍这个动作，作为预热或者"暖场"。

折返。骑到家门口常新桥西侧有一组户外运动器材的地方，下车做器械练习。

9月1日，开学了，这儿几乎不见小朋友。大多是中老年人在做运动。

先做身体拉伸活动。自从去健身房之后，就不直接上器材"蛮干"了。从上肢，到腰部，然后下肢，一组较为完整的拉伸动作做完，身体就基本活动开了。

原来看见别人做拉伸，我总心生羡慕，因为自己除了会做几十年之前的老式"广播体操"，就剩同样尚在读书时体育课上老师教的几个老掉牙的"预备活动"。

拉伸结束之后，做引体向上。这永远是我的"王牌"，可以轻松做上三四组，但"脸不变色心正常跳"。

引体向上做完，继续骑车。

身体活动开了之后，胆子就大了，做动作的幅度也相应增大。

再骑到了"张謇文化广场"时，我就直接完成"3加2"俯冲。一连做了三遍，过程中没有出现任何险情或闪失。

"九月第一骑"，我不能这么"草草收场"，应该再来些新鲜有趣、难度系数较高的动作。

想起来了，路段中间偏西的一个地方有4级台阶，而且台阶的高度和宽度都不错，冲下去够刺激而带劲。

其实7月份刚刚开始骑车时，作为"初生牛犊"，我成功在这儿俯冲过一次。后来在别的地方摔过一个小跟头之后，就没再把这个地方当练习场和"舞台"。

这儿的景色很美，四周美得无盲区。

东侧是个精致的人工湖，碧波荡漾，风光旖旎。去年在栾树上"红灯笼"花枝招展、迎风摇曳的时候，我在这儿拍过一张照片，"红灯笼"和马路对面的高大楼房以及蓝天白云倒映在湖中，令人直呼"我言秋日胜春朝"！

南侧的巨型亲水平台一直延伸到二卯酉河中央，仿佛一艘巨轮在劈波斩浪、扬帆远航。"巨轮"的尾部也就是平台与道路连接处，V形夹角中间高高耸立着六棵孪生兄弟般的栾树。眼下树冠上开满了黄色的小花，树下铺着一层"碎金"。

台阶的西侧，是一棵乌桕树。从春天的嫩黄，到夏日的碧绿，再到秋日的火红，一年四季它的全身都是景。

4级台阶，就这样被图画一般的美景所包围。我在这儿骑单车并完成跳跃、俯冲等动作，宛如在美景中作画，而我也成了画的一部分。

或许因为与上次俯冲相隔久了，今天人骑在车上、脚撑着地面停在台阶边上的时候，望着台阶，心里竟然有点发怵。

4级，哪怕只比3级多了一级，但感觉还是有着明显差别。腿有点发软，抓着刹车的手则有点发僵……

我明白这是心理上有些畏惧。于是，往后退了退，做了几个深呼吸，叮嘱自己注意几个要点，然后将目光放远一些、不死死盯着台阶，注意车从中间过，防止不稳定、歪歪斜斜时碰撞到边上的栏杆。

一二三，走起！只听得"咚、咚、咚、咚"四声响，顺利冲了下去。无惊亦无险。

我得趁热打铁！绕了一个小圈之后，回头再来一遍，再一遍，又一遍……

总共五遍！真不少了。最后做动作时人已经完全放松下来，彻底克服了畏惧心理，简直"如履平地"。

回头再骑到有运动器材的地方，停车，做引体向上。心情特别愉悦，做引体向上时也感觉动作轻盈。

"你很全面啊！"身边一位戴着墨镜的大哥对我说。

"什么全面？"我有点不解。

"引体向上这么厉害，刚刚冲台阶轻松自如，骑车像一阵风……你的身体素质好，运动项目全面。"大哥解释道。

"啊？您看见我沿着台阶冲下去啦？我把注意力集中在完成动作上，没有东张西望。"刚才我真的没有分神。

"您戴着墨镜，身板硬朗，看上去很酷！"我说得认真。大哥看上去的确挺精神。

"我今年73岁啦。你过奖了，谈不上酷，但我喜欢戴墨镜。我是2007年住到这边来的，正常在二卯西河风光带跑步，算起来也17年啦。这儿环境好，适合锻炼身体。"他边介绍边吊着杠子。

"是的，现在条件多好啊！很早以前我住康宁小区，早晨到人民公园去晨练，整个公园仅一副单杠，做引体向上的人得排队等候。有时等急了，大家就通过比赛立定跳远来消耗时间。"虽然过去很多年了，但我记忆犹新。

"现在，几乎到处是户外运动器材，太方便了。"我多年来一直没有中断运动，见证了时代的前进、条件的变化，感触很深。

做完器械运动，向东骑到常新桥也就是本路段尽头，打算回家。

噫？平时绿茵覆盖的"小山坡"怎么黄土裸露？我仔细看了看，原来草坪刚刚被贴着地面剪去，大地呈现出本色。

这是一处堆坡造型的景观，绿化除了一些较大的朴树和榉树，还有黄玉兰、桂花树等，"山坡"绵延起伏，有的地方坡度还较大。

"这不正是'山地'吗？平时青草长得好好的我不能在上面骑行，现在完全是'黄土高坡'，骑车对绿化可没有任何影响。"我心想。

的确如此，树我不可能去撞，也撞不过它们；草刚刚修剪掉，还没长出来。

于是，我开始了"山地"的骑行练习。

坡度由缓而陡，爬坡、俯冲，横穿"半山腰"、连续"冲顶"；动作由简单到复杂，拐大弯、过障碍，绕树行、穿树"门"……

其间也有冲不上去的时候，爬坡到某个点脚下力量不足，被迫停了下来。好在鞍座不高，用腿一撑就能站住。

边设计线路边骑行，自"导"自"演"，忙得不亦乐乎。直骑得大汗淋漓，浑身湿透。

原来家门口就有"山地"，我可以在这里左冲右突，一次次"越野"，尽情发挥，十分过瘾。

四

九月第一骑，项目繁多，内容丰富。不仅流了汗，锻炼了身体，也增加了自己的胆识，增强了自信。

九月第一骑，令人难忘，快哉！快哉！

冬天里的一把火

把"三真"记在笔记本的首页

那年夏天，我还在区政府任职，分管农业农村工作。当时是防御台风"烟花"，在区防汛抗旱指挥部值班。

"韦区长，你刚刚分管我们工作时讲的'三真'我一直记在笔记本的首页，每换一本笔记本都如此。"区水利局分管防汛工作的负责人陈志兵对我说。

"什么山珍？还海味呢。"我故意开玩笑。

"认真、顶真、较真，您肯定记得的。"陈局长一脸认真。

"我当然记得。这是我一直以来对自己的要求，也已经形成习惯了。"我收敛起笑容。

也许因为大学读的专业是财政，工作后连续干了20多年财政财务管理，认真、顶真、较真已深入我的骨髓。

可是凡事一分为二，个人的一些特性与习惯也是双刃剑，包括"三真"。

大哥的钱存放在我们家

近日因为一件家庭琐事，其实也不是自己小家庭的事情而是孩子大舅家的事，徒生烦恼。

简单介绍一下事情原委。

听老婆说，近年来大哥（孩子大舅）总担心自己挣的钱被大嫂拿给儿子用，因为他们儿子近几年工作、生活都不太顺，用钱常常捉襟见肘。

一天，老婆又跟我谈及此事。

"那就各自保管自己的收入呗。"我说出了自己看法。

"大哥的钱存在我这儿。"老婆说。

"啊？他把钱存在你这儿？有多少？"完全出乎我的意料。

"6万多。起初没这么多。"老婆继续说道。

"用谁的名字存的？"我的眼睛可能已经吃惊地瞪圆了，因为6万多对于他们家来说不是个小数目。

"我的名字。我去存，只能用我的身份证和我的名字。"老婆似乎很平静。

"你这不是干预他们家的生活吗？大嫂没意见吗？"我有点急了。

其实我对老婆娘家的事一直挺关心的，里里外外张罗得并不比老婆少。但我始终觉得要做正确的事或者说正确地做事，反之有些事情插了手也吃了苦，但走向和效果常常事与愿违，就叫"好心做坏事"。

"是大哥让我存的，大嫂也知道。主要因为大哥一向粗心大意，担心把现金弄丢了。他常常将较多的现金随手乱藏。你这话说得！好像我是'搅屎棍'似的。"老婆声音大了起来。

"你可以带着大哥一起到银行存，用他的名字，这样也方便得很哪。你们现在这种做法，对大嫂就是不公平。我们自己的事情你常常不上心，倒挺爱管别人的事。"一起生活近30年了，我是深有体会的。当然，有些体会可能属于自己的成见或偏见。

就这样，针尖对麦芒，两人争吵起来，互不相让。

也怪我一时犯了傻气，而老婆动了真气，搞得彼此都比较烦躁，短时间内难以理解与体谅对方。

几天下来，我感觉自己有点疲态甚至灰头土脸。

你看起来真年轻

星期天下午去盐城参加民进盐城市委会青年工作委员会成立大会。活动结束回到家时才4点多，于是到门前二卯酉河畔的游步道去骑单车。

骑到一处户外健身点时，看到健身器材上有人在做运动。其中一位男士是我过去的同事，他和一位女士一起在太空漫步机上迈步。

那位女士看上去并不熟悉。大约40多岁，留着齐耳短发，大大的眼睛，白白的皮肤，穿着一件红色短款毛绒大衣，正迈开大步踩着太空漫步机。

"孟局长好！"我主动跟同事打了招呼。

"主任好，骑单车啊。"孟局长跟我寒暄道。

"是的，有几天没骑了。"我一边跟他说话，一边停下车，用一只脚撑着地。

"啊！你看上去好年轻啊。"短发女士看着我，大声地说。

我再次在头脑中快速搜索，"她究竟是谁？"如果完全不熟悉，她应该不会这样跟我说话。可是搜索来搜索去，一时还真找不到答案。

"我不年轻了，28公岁。今天天气比较冷，人缩手缩脚的，更显得没什么精神。"我笑着回答，说的也是实话。

这几天天气的确比较寒冷，而我又有点心浮气躁。

"真的很年轻啊！我没必要奉承你，你这个样子完全像个小伙子。难道你自己觉得不是吗？"她再次很认真地强调。

也许是一身运动服加上蓝黑色搭配的新山地车，掩饰了我的年龄和疲态。

我不由朝自己身上看了看：白底黑面的运动鞋，整体宽松却是窄裤脚的运动裤，横条纹薄款羽绒服。衣服除了品牌logo是亮金色，其余都是纯黑色。

山地车黑底车身上点缀着些蓝色的条条杠杠和商标的英文字母，看着很酷。

"谢谢你的夸奖！我听了真的很开心！你们慢慢练，我继续骑车去了。"我朝他们挥了挥手，抬脚蹬着车离开了。

刚刚手还感觉有点冷，再骑的时候好像一点也不冷了。难怪有句老话叫："良言一句三冬暖！"

获得民进江苏省委会表彰

近20：30的时候，从市、区两级民进会员群里看到一则消息，全市有三人获得民进江苏省委会的表彰，其中一人是我。

"韦国同志在2022—2023年度信息报送工作中表现优秀，成绩突出，其中报送的信息《强化种业管理，保障粮食安全》被民进中央采用。特此表彰！中国民主促进会江苏省委员会。"

"你看，你看，我受到民进省委会的表彰了！"我将手机捧到老婆面前，分享这一激动人心的消息。

"哦。挺好！"老婆看了一眼后，继续在客厅小步奔跑转圈。在客厅里小跑，是她的一种锻炼方式。

晚上刚刚参加了"大殷家族"聚会，喝了点酒。老婆姓殷，他们家族部分堂兄妹建了个群，兴致高时搞个聚会。

乘着酒兴，我将这一消息发至朋友圈及几个成员关系比较密切的小群。

点赞的、评论的纷至沓来，让我荣誉感、幸福感爆棚。

有外地朋友发来"贺电"："请接受来自×××的祝贺！"加上一串鞭炮及烟花的表情。

"就喜欢你这样的秀！"说这话的是一位文友。

"实至名归！"有民进盐城市委会同事这样的评价。

我加入民进时间并不算长，我们大丰支部成立时间更晚，会员数也是各支部最少的。但近几年的年终考核我们支部都是第一，并连续获得"特等奖"

殊荣。

第二天早晨起床后，昨晚的记忆并未因喝了酒而模糊。我回看了一下一个只有我家三口加上外甥夫妻二人的小群，女儿及外甥夫妇的点赞与评论立马见到。由于三人都在上海工作而且都从事证券行业，他们还聊了不少最近工作上的话题。

略感遗憾的是老婆的反应比较平淡。可能因为前些天为小孩大舅家存钱的事争吵过后，老婆的抵触情绪还没消除。

也怪我自己不好，将"三真"用错了地方。

新会员公示啦

临下班时，将茶杯等收拾好，放进脸盆，端到卫生间清洗。

突然想起今天是星期五，"会不会省作家协会发布今年新会员公示的消息？今年评审已经比去年迟了。"我一边想一边打开手机，点击"江苏作家网"的"公告栏"。

"江苏省作家协会2023年度新会员名单公示（2023-12-8）"

"啊，真有消息了！"内心一阵激动与紧张，心怦怦跳得快了起来。

点击打开，迅速直接往下翻，一直翻到"盐城"，"韦国"一眼就看到了，这两个字太容易看到了，"啊，有我！成功了，太棒了！"

再赶紧看，因为我区的葛海燕老师是我鼓励她申报的。"葛海燕"，也看到了！在我的名字前面。

立刻分享这一喜讯与快乐。"喂，葛校长，赶紧抱着老铁转三圈吧！"我打通电话之后对她说。"老铁"是她老公，画家。

"老铁还没回来。什么事啊？"她问我。你就装平静吧！这时候我这样说，还不是有大喜事。

"你的省作协会员公示啦！"我不想耽误这十分美妙的时光。

"啊！真的吗？"她难抑激动。

"当然是真的！庆贺吧。"我大声说。

"谢谢谢谢！在初审被驳回的时候，要不是你鼓励和指导，我已失去信心了。"她不由回顾起当时的情形。

"初审我也被驳回的呀，因为所填表格中有些发表我文章的报刊没有刊号。"我印象深刻。

这时候无论说什么都是快乐的，过去的一些曲折已然成了追梦路上的风景。

挂了电话，我赶紧将链接及截屏发给女儿。

"乖乖！有了！"女儿秒回，接着发了个欢笑的表情，"哈哈哈哈哈"，这表情笑声怎么是五声"哈"？生活中人们笑起来的声音一般不是双数吗？哈哈！

"我要发奖金！"孩子说，接着红包就出现在我眼前，1000元。

不客气了。我迅速点击，收款，回复"谢谢！"再发一个"开心"的表情。

"成果有了。"孩子真善解人意，这话，特别暖心。

"是的。"我心里就是这样想的。多么渴望的结果啊！几年来的努力，终于有了丰硕成果。

"1000块钱买点啥？"孩子问，感觉是大人或朋友的问法。

"要思考一下，买什么最有意义。反正不放着。"我真得认真想想。

"是的，奖励金。"孩子表示赞同。

"是的是的，我太开心了！"我不想也无法假装淡定。

"是的。"孩子又发了个小熊快乐跳舞的表情。

晚上在家吃晚饭时，破例喝了二两小酒。再辣的酒，此刻喝起来也是香醇无比。

再往山顶冲一冲

"啊！是'温柔杀手'。"当我背着健身包走进动感单车教室的时候，看到了今晚的教练是"温柔杀手"。曾介绍过，我根据每位教练的特点，私下分别给他们起了个名字。

今天"温柔杀手"穿着件白衣蓝袖的长袖套头紧身衣，灰色高腰紧身裤和灰色袜子。裤子和袜子颜色接近，质地有点棉的感觉，看上去都比较厚，既性感又透着点粗犷。脚着一双白色耐克平板鞋，薄薄的鞋底丝毫没有影响到腿的修长感觉。头发拢在一起向后挽了个髻，两侧和前额留下了一部分，应该是为了在骑行过程中做甩头动作时能产生飘逸而洒脱的感觉。

项链与吊坠是每位女教练不可或缺的装饰。下压、侧压以及甩头时吊坠均有节奏地飞舞起来，金光闪闪，酷劲十足。

"温柔杀手"带着我们做些简单拉伸动作预热后，就开始了正式的骑行。

今天"温柔杀手"温柔依旧——

说话温柔。一曲终了，"我们休息几十秒哈，喝口水。""休息好了吗？我们继续吧。"声音柔柔的、甜甜的，与骑车时的英姿飒爽形成强烈的反差。

目光温柔。从台上朝台下扫视的时候，笑意盈盈，目光柔和，不像教练像姐妹。

表情动作温柔。小巧却又厚实的嘴唇不时用力抿一抿，性感、俏皮……

不仅温柔，她还有一些个性化的动作：音乐响起、开始骑行之前，她习惯用双手在三把位做出令人眼花缭乱的交叉动作，就像打架子鼓一样。骑行过程中，她喜欢单手脱把并伸出这只手，有力地张开五指，手指朝上、掌心朝外，在眼前的位置左右方向非常有节奏地摇摆。

不知不觉中，已经骑了几个曲子。

当又一个较快的曲子终了时，"温柔杀手"伸出双手快速而有力地将套头紧身衣从下而上翻了过去、脱了下来，并随手扔在手边的音响台上。整个动作一气呵成，干脆而洒脱。

哇！黑色的运动背心，几乎和内衣一样的紧身运动背心，将丰满的胸部、扁平的腹部完全显露出来，健康而美丽！

舞台上的灯光停止了摇摆、闪烁，定定地笼罩着教练，她的身上散发出薄雾一样的热气，慢慢向四周散发开来……

"接下来的曲子节奏会更快，我们再往山顶冲一冲。"教练一边说着，一边又俏皮地抿了抿嘴唇。然后向前高高地挺直身子，昂起头，做好预备动作。

"咚咚咚咚……"鼓点一样的音乐响了起来。向左下压，两拍，甩头至右侧，下压，两拍；甩头至左侧，下压，两拍……

节奏强劲，动感十足，动作幅度大、力量足，无论重复还是转换，整齐、美观。

整个教室里仿佛热浪翻滚，一浪高过一浪……

撞上狗屎运了

"今天撞上狗屎运了！"当稚嫩的童声说出这句话的时候，显得十分有趣。

我循声望去，一个七八岁模样的小男孩用双手捧着一捧细碎的花朵，慢慢走向一张长方形的石凳。

小男孩后面跟着一个更小一点的小女孩以及一位年纪比我略长的女士。估计年长者是两个孩子的奶奶或者外婆。

这是一处户外运动器材集中点，正常有中老年人在这儿锻炼身体，因此总显得比较热闹。老人们常常带着孩子一起来，特别是周末孩子们不用上学的时候。

"撞上狗屎运啦。"小男孩又重复了一遍并露出一脸的兴奋劲，眼睛放着光。

"为什么说撞上狗屎运了？"我靠近他，轻声问道。

"看，这么冷的天，我采了这么多的花，难道运气还不够好吗？"他边说边把花朵轻轻摊放在石凳上。

我看清了，这些花朵像桂花，但又似乎比桂花大一些，颜色是浅黄色的。应该是刚刚摘下来，看上去鲜嫩无比。如果不是因为人比较多，我一定会俯下身子闻一闻花香。

"奶奶，狗屎运是好运吧？"小男孩仰脸看着他奶奶，期待获得更多的肯定与鼓励。

"当然、当然，狗是'来富'，狗屎运就是好运。"奶奶回答并解释了一下。

"哦，那太好了！奶奶，帮我把外面的衣服脱了吧，我身上有点儿热了。"小男孩说完，低下头去，将目光集中在那些花上。

我忍不住笑了。虽然孩子奶奶的解释跟我了解的有所不同，但她的回答也挺不错，我不用再跟他们解释"狗屎运"的来由了。

那些新鲜的花儿，可能是桂花的一种"四季桂"。

无处可逃

一

今天是个休息日，利用空闲时间去街上车行给自行车换个脚撑。10多天前已经预订了，车行老板说两周后可以到货。

看看外面太阳还蛮火的，我从衣柜里找了顶太阳帽戴上，并将帽檐压得低低的。感觉这样不仅遮阳效果好，人还显得比较酷，同时可以少让别人认出来。不是我见不得人，哈哈！是便于一心一意骑车。

刚刚出门不久，拐了个弯后在健康路上就遇上了红灯。

静静等待着的时候，看到身边一个小男孩紧紧抱着个长长的乐器包，坐在看上去是他父亲的电瓶车后座上。

"小朋友，你这包里是二胡还是笛子？应该是笛子吧？"我问他。

我小时候就会吹笛子和口琴，只是没跟音乐老师正儿八经学过，路子比较野。过去农村孩子学乐器，基本是直接跟着师傅一起操练，几乎就是无师自通。

"是笛子。"孩子告诉我。

"学了几年啦？"我看着他。

"3年了。"他也朝我看了看。

"《姑苏行》《扬鞭催马运粮忙》会不会？"这些曲子我很熟悉，都是笛子名曲。

"会的，会的。"孩子笑着说。

这时候，绿灯亮了。

"小朋友再见！"我跟他挥了挥手。

"叔叔再见！"他抱着乐器包，无法挥手。

孩子的父亲回头看了一眼，我不认识他，"啊！韦主席，韦主席！"他惊讶地说。

他没认错人，我曾经是"韦主席"，我们当地政协的副主席。

我戴上太阳帽，压低帽檐，依然无处可逃。

二

"你好！"在健身房更衣室更衣时，我跟一位将衣服放在我使用的柜子上面柜子里的年轻人打招呼。

他在愣了一下之后，笑着对我说："您好！您不认识我吧？可我知道您是谁，我在电视上多次看见过您。"

"现在我们不就认识了吗？哈哈！一起健身的就叫'健友'吧。"我笑着回应他。

我来健身房不久，见到谁都感觉是我师傅，该打招呼时也都会主动打声招呼。

"我是一名公安干警。我知道您是韦主任，曾经当过副区长的。您也到这样的大众健身房来健身啊？"他的直率与坦诚让我有种一见如故的感觉。

"我家就住在一路之隔的三水嘉苑，来这儿特别方便。在健身房我是'小学生'，请你多多指教！"我是认真的。公安干警，擒拿格斗都是好手，何况简单的健身。

三

一次，在跑步的路上遇见一位瘦瘦高高的男士，他在迎面跑过来时，笑着对我说："你的身材真好！"

"你的身材比我好啊！单是大长腿就够人羡慕的。"我说的是真话。

"我天天到舞厅去跳舞，是交谊舞，所以人不胖。那个舞厅名叫'红玫瑰'，基本是中老年人去跳。"看来他也是个内心阳光、襟怀坦白的人。

"我也会跳交谊舞，只是很多年没跳了。学生时代我会跳快三、快四。"正常跳舞的人会明白跳舞不是件需要遮遮掩掩的事，所以我也晒出自己的老底。

"你姓韦吧？当过政协副主席。"他接着说。

"可我一时真的想不起来你是谁了，抱歉啊！"我倒也没感觉太难为情，因为对他真的没什么印象。

"当年你代表区政府负责建设南阳中学，我是恒生公司的副总经理，作为乙方跟你打过交道。我姓张。"他看着我，认真地说。

"哦，张总。那几年我负责的工程比较多，接触的人也多，所以不全记得。不好意思！"人家记得我，我却忘了人家，总是件令人发窘的事。

"韦主席，社会上对你的评价比较高，你是个清官。"他似乎并不经意地说着，脸上也没露出什么特别的表情。

听了这话，有些出乎意料，但我并不感觉惊讶。

"谢谢张总的认可与鼓励！那时候我们海洋科教城的团队负责建设了南阳中学、职教中心和海洋产业研究院，还有洋辉西路等几条路，工程造价加起来应该近10个亿。我们团队一个人都没出事，所谓'一幢楼立起来，一个人倒下去''一群楼立起来，一群人倒下去'，其实未必如此。当时倒是有学校负责人出了事，但那是后勤上的问题，跟我们基建无关。"我颇为自豪地说。

四

通过以上这些事，我更加感受到每个人都应该慎独，无论身处何时何地，无论干什么，都要注意规范自己的一言一行。

如果独处时有任性、胡作非为的想法，莫忘一些老话："要想人不知，除非己莫为""没有个强盗贺八十"（强盗不可能平安到老的意思）。

公众人物，更"无处可逃"，也更是社会的风向标，其言行举止不仅代表了自己，更代表了社会的价值观和道德标准，对社会的影响力是巨大的。如果公众人物形象不佳，不仅会影响自己的声誉，更会让人们对社会失去信心。

因此，作为公众人物，必须处处以身作则，时刻保持良好的形象，引领社会道德风尚，促进社会进步和发展。

别问我是谁

一

一天清晨，我骑单车回来时，正遇上住同一小区的一位小朋友。

我仔细打量了一下，是那个上学时总坐在他妈妈电瓶车后座的那个"小胖"吗？个子略微长高了些，可比过去更胖了。

二

三四年前，二卯酉河风光带常新桥西侧还没有安装户外健身器材，我总在小区内的器材上做运动。家住旁边的一个身体胖胖的小朋友早晨上学总由他妈妈送，看来看去我就记住了这个"小胖"。

正常情况下，都是孩子先出门走到小区门口，然后他妈妈骑电瓶车赶上来，他抬腿跨上电瓶车之后出发。由于长得比较胖，他上车时动作显得有点笨拙，前后左右挪来挪去的样子倒也可爱。

当他走过我身边时，我常常微笑着对"小胖"说："小胖子，真有趣！但不能再胖啦，赶紧少吃多运动，将体重降下来。你看我，这么大年纪，做引体向上还挺轻松。"接着，我就做了几个动作比较标准的引体向上。

后来，也许因为不喜欢听到我的唠叨，"小胖"出门时，就不再从我身边经过，宁可绕远点。

"这孩子，有点懒。"我看在眼里，一笑了之。

自从门前二卯酉河边装上了一组组健身器材后，我就不再在小区里锻炼，也就遇不上"小胖"了。

三

三四年之后再次遇见，我颇感吃惊，"小胖"没怎么长高，却又胖了不少。

"怎么回事？几年过去了，这孩子应该长高了、也显瘦了，事实却是他比过去更胖了。"我在心里颇感遗憾。

我想起在二卯酉河风光带玩耍的那些孩子，凡是骑单车、玩滑板等像鱼儿一样灵活穿梭的，或者在"肋木架""天梯"上轻松攀爬的孩子，都是瘦瘦的。

反观一些小胖子，几乎都不行，对比十分鲜明。

我在小红书上关注的一些小朋友都"身怀绝技"，都是杠杠的、棒棒哒。

表演特技的"璇紫杨"，在某活动现场得到成龙大佬的赞扬，魅力四射；跳街舞的"王昀臻"，跳起舞来完全是明星的感觉，在抖音和小红书上拥有千万粉丝；"三胞胎天之文"，长得几乎一模一样的三个孩子均训练有素，舞姿轻盈。

还有练跆拳道的"刘吉严"、国标舞"小银宝"等，也都特别厉害，颇有明星范儿……

这些孩子有一个共同点：都不胖，没有一个是胖子。

小孩肥胖的危害，真不是小问题，容易患上多种疾病。

此外还易导致患儿受到歧视、孤立等，产生一系列心理问题。

四

"小朋友，还记得我吗？你比过去更胖啦，不能再胖了，要减肥啊！"我依然骑在单车上，单脚撑地，笑着对"小胖"说。

"你谁啊？你谁啊？""小胖"一脸厌恶的表情。

"你记不得我是谁了吗？就是以前经常在你家旁边做运动的那个人啊，就是经常吊单杠的呢。你真的应该减肥了，肥胖的害处可不是一点半点儿。"

我依然微笑着。

"你谁啊！你谁啊！凭什么我要听你的！""小胖"依然沉着脸，完全不耐烦。

"你真不记得我了？既然你这么讨厌我，那就算了吧。"我一脚用力踩下去，抬起另一只脚，继续骑车去了。

五

"孩子，别问我是谁，我是谁实在不重要。对于我的话，你真的不该这么抗拒，因为肥胖可能毁了你的人生。而且，对于他人意见，就这么听不进去吗？"我在心里为孩子感到可惜。

当然，孩子肥胖，大半的责任在家长，仅仅怪孩子是不公平的。

迷彩服

一

晨练，骑完车后到户外健身器材旁做些运动。

天气比较凉了，除了穿一套棉质面料的运动服，上身加了一件迷彩外套。

一群打羽毛球的运动爱好者已经打完球，和其他几位晨练的人一起聚集在体育器材"天梯"下，做着引体向上、跳着"钢管舞"之类。

"主任，听说你出新书了，我们从哪里可以买到？在网上读过你不少文章，文字朴实，语言生动，特别是关于乡村、关于小时候生活题材的，我很喜欢。"说话的是我邻居，一位从法院退下来的老法官。

"哪里需要买！我一本也不卖的，真喜欢的话我赠送。"我出书不为营利，纯粹"为了我梦中的橄榄树"，实现自己的一个文学梦想。

"那太好了，我等着。别忘记签名啊！"邻居那张看上去本就比较扁的脸笑起来显得更扁了，很有福相。

二

一位骑着白底红字山地车的女士，靠近比较热闹的运动区域后，将车停在了我的车旁边。

"这谁的车？新的呀！"她身材微胖，头上扎着条"马尾巴"，由于额头上的头发也都拢后面去了，脸看上去圆圆的。她的身上斜背着个羽毛球包。她用脚尖撑地，屁股却没离开车的鞍座，酷酷的样子。

"我的车，是新的。"我边吊单杠，边笑着回答。

"黑底蓝字，'低调的奢华'，一点不显沉闷。什么价格？3000块以上吧？""马尾巴"接着问。

"哈哈！你们肯定想不到什么价格，900块，包括车锁、挡泥板、贮物袋、反光板以及炫彩气针等全部附件，这是国产品牌。"我实话实说。24变速的山地车才900元，真便宜。

"是别人半卖半送的吧？"开口的是一位健身者，担任过单位负责人，比我年长一些。他长期坚持锻炼，身材匀称，肌肉发达。称他"肌肉男"比较贴切。

"怎么会！我这还是铝材的，如果是钢材的，750元搞定。你觉得便宜的话，相同价格我替你买去，要多少有多少。"我在车行买的时候，人家根本不知道我是谁。如果批量购买，应该还可以优惠。

"你这件迷彩服看上去不错？怎么得来的？你是预备役人员吗？还是参加民兵训练时发的？"一位长得比较瘦的"钢管舞哥"笑着问我。

"是当年参加国防动员大会时发的。按照通知要求，参加国防动员大会时从上到下包括地方干部也须穿统一服装。"前些年在政府工作，联系人武部，国防动员会议我都参加了。

"那你这件迷彩服早该上交，或者由人武部收回，这是公共财产或者说国有资产。""肌肉男"再次开了口，并用一种戏谑的眼神看着我。

"放心！当时我按规定交了钱的。认真执行制度规定，不贪公家便宜，我有这个自觉。"我平静地看着他，依然微笑着。

三

迷彩服，是用来迷惑对方的，自己可不能犯迷糊。

共奏和谐交响

一

和谐，如同晨曦中的露珠，在阳光下熠熠生辉，那是自然的和谐；和谐，又如琴弦上的音符，在指尖下跳跃流转，那是音乐的和谐。

在人类社会中，和谐更是一种深沉而又耀眼的美，它既体现在个体的修养中，也呈现在整体的秩序里。

二

人们常说，"人靠衣裳，马靠鞍"，衣着打扮是我们生活中一道亮丽的风景线。

然而，如何穿着得体，如何打扮适宜，却是一门艺术，在追求个性的今天，我们不能忽视和谐之美。

一个人的衣着，既要符合特定场合要求，也要符合自己的身份和气质，这种适度的和谐之美，不仅让自己舒适，也让他人感到愉悦。

然而，在现实生活中我们总会发现一些不注意场合、不注重与整体环境相协调的穿着打扮。

夏日的一天下午，一个行政机关召开月度工作会议，有个年轻人却穿着一件胸前印着醒目图案的圆领套头宽松 T 恤，搭配了一条薄款的牛仔裤，完全没有机关公职人员的样子。

在某健身房动感单车教室，一位年龄较大的男子穿了件黑色长袖 T 恤和一条黑色西裤。他的衣着，沉稳倒是沉稳，但在几乎清一色短袖短裤装扮、充满活力的人群中显得格外突兀，也显得老气横秋。

不是说在运动场所中老年人必须得"装嫩""扮酷"，而是你既然来到动感单车教室，个人形象就要与整体氛围相融洽与协调。你穿条西裤怎么能骑出"动感"呢？

果然，还没运动多久，他就坐在车上玩起了手机，而且不是玩会儿就放下。

教练看不下去了，"那位先生是摄影师吗？为什么这么快就不骑了？歇会儿之后坚持下去啊，咱们来这儿就是骑车的。"

在一个团队，我们应该有与整体保持协调的情商与自觉。即使不能为团队增光添彩，也别人为地拖了后腿。

三

团队合作，效果不是简单地叠加，往往是1+1大于2。团队精神，不仅有助于任务的完成，更能够培养个体间的信任与默契，使团队成为一个不可分割的整体。

阅兵仪式，作为国家庆典的重要组成部分，不仅展现了一个国家的军事实力，更彰显了国家的凝聚力和民族自豪感。而在阅兵仪式中，动作的整齐划一显得尤为重要，它不仅体现了军队的纪律严明，更象征着国家的团结一致。

在万众瞩目的舞台上，舞蹈节目中每一位舞者都全情投入，他们的步伐整齐有力，每一个动作都精准到位。

这些，并非单凭努力和技巧就能达到，而是需要团队的默契与协作。整齐的动作背后，是无数次的磨合与调整，是每一位成员对整体利益的考量。

但在现实生活中，总有不和谐的身影出现。在某健身房的动感单车教室里，有一个并不是教练的女孩，经常在舞台上和教练并排骑着单车，可她从不跟随教练的节奏和动作，完全是自个儿天马行空、随性发挥，有时身体作大幅度摇摆、扭动，像条蛇一样，十分夸张。

教练和不少学员私下聊天都曾表示，这位会员的"独舞"在很大程度上影响了别人的发挥，也影响了整体的美观。

在这位女孩的心目中，她个人的表演、吸人眼球是第一位的，至于团队呈现什么形象、其他成员有什么感觉，她却完全不予考虑、不去理会。

四

整体氛围的和谐更是重要的。一个国家、一个社会、一个社区的氛围如何，直接影响到其中每一个人的生活质量和幸福感。

会议室是一个特定的场所，用于召开各种会议、举办讲座等活动。在这些活动中，与会者需要集中注意力，听取讲话者的观点和意见，参与讨论和交流。如果有人在会议厅内接听手机、大声喧哗，不仅会打扰到其他与会者，还会分散讲话者的注意力，影响整个会议的氛围和效果。

虽然道理谁都明白、纪律再三强调，但是在会议室内我们还是会突然听到刺耳的手机铃声和不合时宜的接听电话声。

看戏观影是大众休闲娱乐的方式。然而，在剧场或影院中，个别观众的不自律行为如频繁走动、交头接耳等，会打破这种安静，影响他人观影。

健身房，看见的应该是汗水，感受到的应该是力量。可总有一些人，他们身材肥胖，却对手机情有独钟，仿佛手机才是他们的健身伙伴，而不是那些沉重的哑铃。

有个胖人，他的肚子特别大，赘肉都快挂下来了。他在跑步机上慢悠悠地走着，眼睛却始终没有离开过手机。有时被手机上的内容吸引住，他就停下脚步，将双脚横跨在跑步机两侧的框架上，身体所呈现的静止的"大"字，与别人的挥汗如雨形成强烈的对比。

五

　　和谐之美不仅仅是一种外在的表现，更是一种内在的品质。

　　我们要学会欣赏生活中的和谐之美，同时也要努力去创造更多的和谐。这样，生活才会更加美好，社会才会更快进步。

　　让我们共同演奏和谐交响，让和谐之美成为生活中最靓丽、最耀眼、最迷人的风景。

第四章
生活无非就是见招拆招

　　永远不要提前焦虑，生活无非就是见招拆招。生活充满了不确定性，这正是生活的魅力所在。

选择

"哥啊，你还有两年退休。现在，当教育督导没什么工作任务的时候，就在合唱团用心唱歌，在舞蹈队尽情跳舞，同时继续跟着舞蹈老师把'拉丁'学下去。"一边吃着饭，我一边对哥哥说。

"是啊，我正是这样做的。"哥哥抬头朝我笑了笑。我注意到，他刚理了发，两鬓直直地推上去，头顶较短的直发打了定型发胶，那种刻意的"乱"看上去酷酷的，很精神。哥哥现在的发型差不多是我年轻时候的，坦率地说，我现在都不敢留这个发型了。

"等退休之后，你再到民办学校去应聘，分管或协助管理教学，一年增加30万元收入应该没问题。两年之后，你的歌舞技艺也会提高了很多，自身综合素质更加全面和优秀，这些，与教育教学会相得益彰。到那时，你是原来的你，又不是原来的你了。"我把自己的想法说了出来。

哥哥是中学高级教师，主要教物理科目，曾担任几所初级中学校长，现已退居二线。虽然仍在区教师发展中心担任教育督导工作，偶尔有些工作任务，但大部分时间"唱歌跳舞做游戏"，活得充实又快乐。

"我不仅有房子，而且新旧大小不止一处；车子也还不错，跟得上同类人群平均水准。总体来讲，现在的生活状态是比较好的。如果两年后我去民办学校打工，一年可以多挣个二三十万元。可是长则十年八年，短则三年五年，之后不再干，我的生活仍将是以'唱歌跳舞做游戏'为主。然而，这期间我的白发和皱纹会增加很多，人会老了很多。一年二三十万薪酬，必须有相应的付出才能换来，代价并不小，民营学校更是如此。"哥哥看着我，神情既平静又严肃。

"而且，儿子看到我每年增加了收入，可能会产生些想法，因为他会觉得我和他妈用不了这么多钱。上次他想换车，就曾跟他妈妈开口，'方便的话先借点现金给我用一下。'结果被我回了句'滚你的！'年轻人不自己奋斗，打父母的主意，真没出息！所以退休后我再到民营学校去打工，值不值得呢？"哥哥接着说。

哥哥年轻时十分勤奋，爱学习，能吃苦，也善于思考，三十出头便当上了乡镇联中的校长，然后是乡镇中学、完全中学、区直中学，直到退居二线。现在虽已年近六十，但他爱运动、爱唱歌、爱跳舞，特别是报了培训班常年学习"拉丁"，每天早晨7点"雷打不动"准时出现在舞蹈房，时间已超过两年。

现在的他，看上去活力四射。不仅在区老年合唱团担任低声部合唱队员，还很快当上了业务副团长，更令人意外的是"理科男"竟然领衔创作"快板"节目的剧本（台词），每句收尾的字押韵押得挺好。在舞蹈队，那种大型主题舞蹈，跳起来"摸爬滚打"难度非常大，很多队员知难而退、半途而废，可他硬是咬牙坚持了下来。一天中午，在父母那儿团聚，我们看到他胳膊肘有两块红斑，以为是摔跤跌破了皮，再问才知道，他是上午参加舞蹈排练了。实在太拼了！

有现在这样一种生活方式与生活状态，哥哥为多挣点钱再回到已经完成自己使命的教育岗位上，值不值得呢？

他作出了自己的选择。

生活无非就是见招拆招

一

老婆光荣退休了。说内心话，她退休，我是高兴的，虽然她不止一次说过退休金比工资少了很多。

我不是幸灾乐祸。老婆比我小1岁，到目前为止工龄还比我多两年。55岁退休的女同志，有着36年工龄真不算少了。

退休了，再无工作压力，也无上下班时间限制，多轻松，多好啊！是"光荣退休"，而不是自己"迟到早退"之类。偷换概念？哈哈……

4年之后我也将退休了，到时候工龄比老婆多了2年。

二

要说钱，我自认为真的能够正确对待、一直看得不重。在专门管钱的财政部门工作了20年，在大丰港区的一个二级园区"海洋科教城"7年时间直接负责建设的工程投资额近10个亿，后来又到扬州宝应的氾水镇去负责盐城新水源地与引水工程建设工作，不久转岗到区政府担任分管农业农村工作的副区长，5年之后换届时再转岗至人大……人生始终稳稳当当，在社会上口碑也不错。

俗话说："有钱不是万能，没钱万万不能。"对于钱，我的原则是：该自己的无需客气，不该自己的切勿伸手。具体一点讲，在日常工作中全力以赴，努力把能拿的、该拿的工资和奖金统统拿到手；而对于那些"灰色收入""不义之财"千万别生杂念，"烫手山芋""火中之栗"碰都别碰。

"见善如不及，见不善如探汤""多行不义必自毙""手莫伸，伸手必被捉"等千年古训，不能只当口号喊在嘴上。

三

老婆说不愿意闲在家里，还想找点事做，也再拿点工资。也许因为孩子在外地买了房，还贷的压力较大，老婆希望多承担一部分。

对此，我不太赞同，但也不会直接表示不同意甚至阻止。我了解老婆的犟脾气。

记得小时候，在农村经常听大人讲一句听上去比较粗俗的俗话"屎难闻，钱难寻（'寻'是挣的意思）。"的确，挣钱不容易。

我的看法与想法是，如果找份属于"简单劳动"的活做，那一定得做好吃苦耐劳、遵守工作纪律的准备；如果打算从事"复杂劳动"包括做点生意，那必须珍惜分分秒秒的时间，埋头学习与钻研。毕竟隔行如隔山。

有一点必须明确，不管简单劳动还是复杂劳动，老婆无论干什么都不能依赖和利用我手上的公权，这是原则。在单位工作了一辈子，始终清清白白的，别在退休之后弄出什么麻烦来。

不过，这事拿出来讨论，两个人一定会有争论、争议甚至争吵，因为为时过早，老婆和我都还没有沉下心来认真思考与谋划。

就在我想强调自己观点和意见的时候，在小红书上读到了一条笔记，是一位喜欢画画的朋友发布的："永远不要提前焦虑，生活无非就是见招拆招。"

这简直就是说给我听、为我量身定制的啊！可不是？老婆自己还没多想，更没尝试，我已开始焦虑、着急，这不就是"提前焦虑""庸人自扰"吗？

这句话真的暖到我了，也给了我提醒与启发。

四

生活充满了不确定性，这正是生活的魅力所在，它让未来充满希望、充满可能。每一次的跌宕起伏，每一次的柳暗花明，都是生活给予我们的礼物。它像一个调皮的孩子，不断地给我们带来挑战，也带来了惊喜。

如果一切都可预知，或许我们便失去了对未来的憧憬与期待，可能会陷入无尽的厌倦与空虚之中。

生活不可能永远一帆风顺，生活无非就是见招拆招。无需害怕未知，只要拥有足够的智慧和勇气，就能够应对生活中的任何未知与挑战。

见招拆招，是一种应对策略，更是一种生活态度。它让我们明白，生活不仅是一场战斗，更是一场旅行。在这场旅行中，我们能够欣赏到最美的风景，能够体验到最深刻的人生。

因此，我们需要学会适应变化，接受不确定性。提前焦虑并不能解决问题，而只会让我们在面对问题时更加紧张和不安。相反，我们应该保持冷静，理性地分析问题，然后勇敢地去探索、去尝试，在一次次失败与成功中突破自我、变得更加坚强和自信。

五

"永远不要提前焦虑，生活无非就是见招拆招。"感谢这位会画画的朋友，选中这句话并发布了笔记。

晚上健身回来后，先坐下来歇会儿，然后起身烧水、泡茶。

轻轻松松、快快乐乐地喝点茶、读点书，然后洗澡、睡觉，有个好梦就更好了。

难得糊涂

一

到邻近的一个县考察，接待我们的当地负责人是一位女士（以下简称主人）。她那修长的身材、优雅的气质以及自信的谈吐，很快给我们留下较为深刻的印象。

从交流中得知，她是无党派人士，曾是一名法律工作者，在政法部门任职多年，后来升任地方政府副区长，干了两届10年，去年年初换届时到人大任职。

有这样的经历，工作能力与水平肯定没得说，工作方式方法也一定颇为得法。

二

时至中午，在一家定点接待饭店吃工作餐。

到达餐厅后，见她的随行人员拿出一个小塑料袋，取出一只碗及两双不同颜色的筷子，并整齐地摆放在主人的位子上。

这个……在颇感意外的同时，我有点不解，如果主人身体有传染病并在发作期，那应该不会参加公务接待；如果她担心饭店的碗筷不卫生，那么我们都会用这些碗筷。

即便主人有洁癖，在公务接待中，众目睽睽之下出现这样的行为，难免令人觉得有点儿怪怪的。

喝茶水或者饮料时她会用自己的杯子吗？尚未开始用餐，我心里就怀着这样的疑问。

一会儿之后，谜底揭开，果然，她用自己的茶杯喝饮料。而我们大家，都是用的饭店的高脚杯。

尊重各人的习惯，何况人家是主人。即使心中纳闷，我们也不会冒昧地开口询问原因。

三

边吃边聊，大家相谈甚欢。

做家长的，聊天总离不开孩子的话题，而孩子的婚恋更是重点内容。

主人很为自己孩子的恋爱问题着急，也很直率地表达出来。

她的孩子比较优秀，大学毕业之后出国读研，学的是"经济会计与金融"专业，目前在上海工作，就职于北京一家国资管理单位的驻沪分部。孩子工作能力较强，而且他们家已经在上海购了房。用普通工薪阶层眼光来看，这样的条件，可以说非常好了。

有主人这样的家长，孩子的长相、形象一定不错。

我们加了微信，主人上传照片。没错，孩子有着1米72的身高，看上去和母亲一样颀长的身材，有着小巧精致的脸型、端正秀气的五官，披肩长发柔顺自然、油黑发亮，而较为时尚的着装尤其是帽子、腰带及随意系在腰间的"多余"衣服等，无不体现出较高的物质保障与生活审美。

1993年出生，现在30周岁，在上海这样的国际大都市，这个年龄并不算大。由于我家也是女孩，同样在上海，有着差不多的求学经历，也有房（位置没他们的好），只是年龄相差两岁，因此主人的不少体会与想法我都能理解。

正巧，我们考察组一位成员（以下简称同事）亲戚的孩子也在上海工作，而且他亲戚是苏南人，家庭条件很好，拥有私营企业，年收入不是一般工薪阶层可比。

于是，主人和同事加了微信，我们则热心地祝愿孩子们能有缘分，"早日喝上喜酒"是最好不过。

"男孩身高多少？"主人问。

"1米76。"同事回答。

"哦，差了1厘米。我家孩子对男友身高要求原来是1米80，29岁时降到1米78，现在则降到1米77。"主人认真地说。

"才差1厘米！要说身材、形象，身高是一方面，还有胖瘦、比例、身板是否挺拔等问题。"我笑着插话。

"这个我得征求孩子意见。原来有个1米75的男孩，各方面条件很好，人也谈得来，就因为身高问题没有谈下去。"主人回答。

这次我没有接话。

四

主人哪，我想奉劝你一句：难得糊涂。

在纷繁复杂的社会中，我们时常被各种琐事所困扰，追求着所谓的完美与清晰。然而，难得糊涂，却是一种生活的智慧与哲学，适度的糊涂能为我们带来内心的宁静与和谐。

难得糊涂，并非真正的愚蠢或无知，而是一种选择性的忽视，是一种宽容与包容。在人际交往中，我们难免会遇到一些不如意的事情或令人不悦的人，如果我们过于斤斤计较，过于追求真相与清晰，很可能会让自己陷入无休止的纷争与矛盾之中。难得糊涂，就是要在面对这些不如意的事情时，学会保持一颗大度、宽容的心，用理解和包容去化解矛盾。

难得糊涂，更是一种生活的艺术。在忙碌的生活中，如果我们过于清醒，过于理智，可能会让自己失去了对生活的热爱和感激，往往容易忽略那些美好的瞬间和细节。难得糊涂，就是要在生活的琐碎中学会发现美、感受美，让自己的心灵得到滋养和升华。

"水至清则无鱼，人至察则无徒。"过于苛求的人际关系，会失去其应有的色彩和活力；给予别人足够的空间和自由，这样人际关系才能更加和谐、更加美好。

主人哪，接待客人用餐其实用不着自带碗筷和杯子，叮嘱饭店搞好卫生即可。

在爱情婚姻问题上，外貌确实是一个重要的因素，但它并不是唯一重要的因素，一个人的内在品质才是决定恋爱和婚姻成功的关键。过分注重外貌可能会导致我们忽略了其他重要的方面，如性格、价值观、共同兴趣爱好等，可能会错过真正适合自己的人。

至于身高，可以给出一个浮动"区间"，别连差一两厘米都不行。

感谢有你

一

在漫漫人生道路上，我们会遇到形形色色的人，他们或许会成为我们的朋友、伙伴，抑或宿敌、对手，也或者只是擦肩而过的路人。

二

有些人是我们人生中的贵人，他们给予我们关心、支持和帮助，使我们的生命变得更加丰富和有意义。我要对这些人表达最真挚的感谢！

感谢那些信任我的人。他们给予我信任，让我有机会去尝试、去探索、去成长。他们的信任让我更加自信，也让我明白只有不断地努力和拼搏，才能不辜负这份信任。

感谢那些重视我的人。他们的重视让我感受到自己的价值，也让我更加明确自己的目标和追求。他们的重视激励我不断前进，为了更好地实现自我而努力奋斗。

感谢那些培养我的人。他们不仅传授给我知识，还教会我如何做人、如何处世。他们的培养让我在人生的道路上更加从容和坚定，也让我在面对挑战时更加勇敢和无畏。

感谢那些帮助我的人。他们在我遇到困难时伸出援手，给予我无私的帮助和支持。他们的帮助让我感受到温暖和关爱，也让我明白，在人生的旅途中，互帮互助才是最重要的。

在未来的日子里，我会更加努力地工作和生活，用实际行动回报他们的关爱和帮助。同时，我也希望自己能够成为别人人生中的贵人，给予他们同样的支持和帮助。

三

"阳光总在风雨后"，人生旅途中，那些打击过我们的人，也是不可或缺的存在。

俗话说："良药苦口利于病，忠言逆耳利于行。"那些给予我们批评、打击的人，往往是最了解我们的人，他们的直言不讳，让我们能够正视自己的不足，"觉今是而昨非"，从而更加谨慎地前行。同时，每一次打击都是一种助力，正是这些助力，我们才变得更加成熟、坚强，在风雨中更加坚定地前行。在此，我要对他们说一声：感谢有你！

压力，对于每个人来说，都是一个无法避免的存在。有一段话为大家所喜爱："喷泉之所以漂亮是因为它有了压力，瀑布之所以壮观是因为它没有了退路，水之所以能穿石是因为永远在坚持。"无论处于人生什么阶段，总会有比我们优秀的人给我们施加有形或无形的压力，正是这些压力让我们如弹簧和喷泉一样，在一次次反弹中变得更强大、更优秀。

有人曾说过，嫉妒是一种扭曲的赞赏。那些嫉妒过我们的人，正是因为我们的某些优点或成就而心生不满。他们的嫉妒情绪，促使我们更加努力地提升自己，追求更高的目标。这种竞争与比较，激发了我们的潜能，让我们更加出色。

那些在我们遭受挫折、跌入人生低谷时嘲笑、讽刺我们的人，让我们更加深刻地认识到自己的不足与缺陷。他们如同磨刀石一般，磨砺着我们的意志，让我们变得更加坚韧不拔。

设限与设坑，是生活中可能遇见的阻碍。那些曾给我们设限与设坑的人，让我们在困境中学会了思考、判断与抉择。他们让我们明白，只有勇敢地突破限制，才能拓宽自己的视野与能力。正是这些挑战与考验，塑造了我们的独立与自主。

四

我们一起来唱一首歌吧："我来自偶然，像一颗尘土，有谁看出我的脆弱；我来自何方，我情归何处，谁在下一刻呼唤我……感恩的心，感谢有你！伴我一生，让我有勇气做我自己；感恩的心，感谢命运，花开花落我一样会珍惜！"

"花开花落我一样会珍惜"，在未来的日子里，愿我们都能勇敢地面对生活中的挑战与困难，让我们带着这颗感恩的心，不断努力、不断成长，去迎接更加美好的明天！

在无法爱的时候懂得放弃

一

电视剧《夫妻》（陈数、黄磊主演）中有这么一个故事：年轻漂亮的苏珊爱着她的上司唐鹏，且一爱就爱了8年，可唐鹏与妻子林君是感情牢靠的恩爱夫妻。苏珊表示，明知不可能有结果，却愿意一个人坚守这份感情。

徐志摩说过："一生至少该有一次，为了某个人而忘了自己，不求有结果，不求同行，不求曾经拥有，甚至不求你爱我，只求在我最美的年华里，遇到你。"

是啊！总有些人，会不经意地住进你的心里；总有些爱，会让你不由自主地变得勇敢；总有些事情，会让你情不自禁地被感动。

爱情的开始往往是美好的，它能让两颗炽热的心，在一瞬间里，猛然有被碰撞的心动。

然而，苏珊真是独自坚守着一份感天动地的爱情吗？在盛大宴会上，她故意与林君撞衫，以自己的年轻与活力让对方尴尬；唐鹏一个人去山庄度假，她尾随而至；唐鹏与林君在特定情境下无奈离婚后，苏珊借机以许愿相逼；一有机会，她就成为唐鹏的不速之客……

二

也许世间万物都可分享，唯独爱情不可。爱情是自私的，不管你爱的那个人是谁或是怎样的一个人，你都希望他（她）只属于你一人。

明知无法从对方获得一份爱，完全无望，还有多少人愿意独自坚守呢？

才子徐志摩，先是张幼仪，后有林徽因，再有陆小曼。最后不幸飞机失事，他的爱情故事无奈画上了句号。

依我个人的理解，陆小曼就是徐志摩的魔咒。她无度挥霍他的钱财、蹂躏他的情感……徐志摩似乎心甘情愿承受这一切。当然，起初若不是徐志摩苦苦追求与万般鼓动，陆小曼可能不会跟王庚离婚。

"阿尔芒，当您读到这封信的时候，我已经是另一个男人的情人了。因此，我们之间也就不存在什么关系了。"世界名著《茶花女》中阿尔芒和玛格丽特的爱情故事曲折凄美，可惜结局让人感到遗憾。

当玛格丽特答应了阿尔芒爸爸的要求，要离开他的儿子时，其实也是她对这段感情的一种解脱。因为这份爱，彼此都爱得太深沉，所以总要有一个人选择抽身离开。

三

光阴不候，昨日渐远，等走过一段路再回望，当初的坚持，以前的执着，都是我们情感深处的一厢情愿。在面对无法爱的人时，我们常常会陷入情感的困境中，我们可能会痛苦、挣扎、无助，甚至会产生一种无法自拔的感觉。

然而，我们要明白，不属于你的东西，要学会尽早地放弃，这是一种生活谋略，更是一种人生智慧。

放弃并不意味着我们软弱或者是失败者，相反，这是一种勇敢和智慧的表现。放弃虽然痛苦，但它可以让我们从情感的困境中解脱出来。在放弃的过程中，我们要学会释放自己，勇于接受现实，承认自己的情感无法得到回应或者我们无法和心爱的人在一起。然后，慢慢放下这段感情，让自己的心灵得到解脱。

放弃某一段感情并不意味着我们放弃了爱情。相反，它只是让我们有机会去重新开始。放下了过去的情感包袱，我们会更加轻松地迎接未来的爱情，会有更多机会去遇见那个让我们心动的人，去追求属于自己的幸福。

懂得放弃也意味着对自己的价值有所认识。明白自己应该被爱和被珍惜，不能一直在不可能、没有结局的关系中等待与挣扎。我们必须学会改变，谋求更好的未来。

四

在能爱的时候懂得珍惜，在无法爱的时候及时放手，岂不更好？

适合自己的，就是最好的

一

读过张嘉佳的一篇散文，其中有这么一段话令人印象深刻："这个世界上的东西，你可以嫌它色调不对、做工不精、材料不行，就是不能说它贵。只要你觉得贵，就说明它本来就不是卖给你的。爱情也是啊，你付不出代价，就说明本来就不是给你爱的。"

这段话听起来比较呛人、刺耳，给人一种高高在上的感觉，估计生活中的普通人，不会喜欢甚至不能接受这种说法。

冷静想想，其实也有它的道理。

我们一起来回顾一下著名的马斯洛需求层次理论：人类需求像阶梯一样从低到高按层次分为五种，分别是生理需求、安全需求、社交需求、尊重需求和自我实现需求。只有当人从生理需要的控制下解放出来时，才可能出现更高级的、社会化程度更高的需要。

马斯洛还认为，在人自我实现的创造性过程中，产生出一种所谓"高峰体验"的情感，这个时候是人处于最激荡人心的时刻，是人的存在最高、最完美、最和谐的状态，是一种趋于顶峰、超越时空、超越自我的满足与完美体验。

这就不难理解，人在不同层次、不同阶段，需求与消费的层次与水平必然是不同的。

回头再看开头的那段话，似乎也没那么令人生厌了。

二

那么作为普通人、普通消费者，我们该怎么生活、怎么消费呢？

有几句老话，叫作"量体裁衣""看菜吃饭"，放在消费和理财上就是量入为出、有多少钱办多少事。

具体来说，在消费之前我们必须分清楚，哪些消费是必要性支出，也就是有刚性需要的；哪些消费是非必要性支出，是我们自己想要的。

人们平时所说的"支出控制""消费控制"，就是只买需要的，不买想要的。当然，在经济条件许可的前提下，偶尔也可以买一些想要的东西满足一下自己。

三

"只要你觉得贵，就说明它本来就不是卖给你的。"作为普通消费者，就"矮人一截""低人一等"吗？就该仰视有钱人？

我们一起来看这样一个案例——

生活中，有人喜欢穿T恤，有人喜欢穿西装；有人喜欢穿牛仔裤，有人喜欢穿长裙。穿T恤的对穿西装的端庄稳重心驰神往，穿西装的对穿T恤的自由随意渴望已久；穿牛仔裤的对穿长裙的柔美气质艳羡不已，穿长裙的对穿牛仔裤的休闲风格欣赏有加。

有一天，他们达成协议，换穿衣服，感受心仪已久的风格。岂料，原来所有的风格不复存在，有的只是不伦不类的难堪。

我国台湾著名漫画家几米说过："一个人总是仰望和羡慕着别人的幸福，一回头，却发现自己正被仰望和羡慕着，其实每个人都是幸福的。只是，你的幸福，常常在别人的眼里。"

就像这世间没有任何两片树叶的纹理是一样的，幸福与幸福也不尽相同，没有一个人的生活会和别人重复；我们在仰望别人幸福的同时，别人也是以同样的姿态回望我们。

四

在明清之间有一本闲书《解人颐》，其中一首白话诗很有哲学意味："终日奔波只为饥，方才一饱便思衣。衣食两般皆具足，又想娇容美貌妻。娶得美妻生下子，恨无田地少根基。买到田园多广阔，出入无船少马骑……若要世人心里足，除是南柯一梦西。"

这首诗告诉我们，人要学会控制自己的欲望，别让欲望成为无底深渊。

清楚记得高中英语课本中有这样一篇文章，是法国著名作家莫泊桑的一篇短篇小说《项链》，讲述了这样一个故事：玛蒂尔德是一位漂亮的女子，她的丈夫是一个普通的小职员，她虽然地位低下，却迷恋豪华的贵族生活。一天，为了出席一次盛大的晚会，她从好友那里借来一串美丽的项链。在部长家的晚会上，玛蒂尔德以她超群的风姿出尽了风头，可她竟然把借来的项链丢失了。为此，夫妇俩度过了10年节衣缩食的生活。后来，她得知丢失的那条项链不过是一条价格低廉的人造钻石项链。

妈呀！一个晚上的虚荣，换来10年的辛劳。这是多么痛的领悟！

五

很久以前看过一部电影《汪洋中的一条船》，讲述的是曾经跟随耍猴人街头卖艺、后来又成为放鸭人的残疾青年郑丰喜的爱情，故事唯美、浪漫，令人心生感动。

但有些时候，爱情虽很迷人，却可望而不可即。为什么？正如文章开头的文字："你付不出代价，就说明本来就不是给你爱的。"

有一部当年比较红火的琼瑶剧《却上心头》，故事情节是这样的：传说中远达公司的女秘书都会成为公司董事长萧家的媳妇。优秀的新任秘书夏迎蓝，坚信自己不会延续这种传统。但当她对看上去比较贫穷的阿奇（萧人奇）动心时，却发现他就是萧家最小的儿子。几番周折之后，夏迎蓝接受了萧人奇的爱情，成了董事长的儿媳。而故事中的另一角色，曾是夏迎蓝的男友、真正贫穷的黎之伟，几经挣扎之后终于醒悟过来，后来也找到了属于自己的爱情。

因此，不属于自己的，就不必强求，否则可能身心俱疲、遍体鳞伤。记住，可别"心太软""不是你的就别再勉强"。

六

我们每个人犹如宇宙空间里的小行星，都有自己的预定轨道和生活方式，你的生活别人无法复制，别人的生活也不一定适合你。

适合自己的，就是最好的。

百艺通，不如一艺精

一

"哎呀，这副对联写得真好啊！""我最喜欢这个'福'字！倒过来的寓意更好。""我要拿回去贴家里，真是祝福满满！"

春节前夕的一天下午，在江苏省盐城市某县一家酒店内，书法爱好者们以毛笔为工具、以汉字为承载、以墨水蘸喜悦，一幅幅寓意吉祥的大红春联、一个个饱满圆润的喜庆"福"字、一张张色彩鲜艳的水彩国画跃然纸上，每一笔每一划都透露出深厚的书法功底和对美好生活的祝愿。

嘉宾、客人以及工作人员一边欣赏书法，一边品读春联，脸上洋溢着满满的新春喜悦，纷纷将属于自己的那份祝福小心折叠摆放，收进包里。

有的人还拿着对联拍下照片，将这美好温馨的瞬间定格。火红的春联纸和会场内气氛相融相彰。

……

该县一个知名社会团体的新春茶话会在这家酒店举行，不仅有众多会员欢聚一堂共话佳节新气象，还有不少闻听活动消息的广大市民前来观看和分享。

书法家们挥毫泼墨写春联，向会员、市民送新年祝福，让喜庆和温暖伴随大家过年，是本次活动特意安排的一个环节。

二

伴随着热情洋溢的开场舞《红灯笼》，新春茶话会正式拉开帷幕。

童话故事朗诵《美丽的森林公园》如梦似幻，太极扇表演张弛有度，藏舞《我的九寨》豪迈舒展……

活泼欢快的萨克斯演奏，端庄优雅的时装模特秀，铿锵有力的男声四重唱《花海仙境》……

"我站在草原望北京，一望无际国泰安宁，唱出草原的豪情和美丽……"动人的旋律、热情的颂歌，瞬间点燃现场群众朴素而深厚的家国情怀，大家纷纷挥舞手中红旗，用歌声为新时代点赞。

三

大型活动的成功举办，离不开周密的计划与严格的执行。

作为受邀参加的嘉宾，我深切感受到本次活动主办方和承办方的重视与热情，也被现场氛围深深地感染了，有的环节和节目还让我有眼眶一热的感觉。

不过，综观本次活动的组织与安排，还是存在一些问题与漏洞。比如：播放视频特别是该社团过去一年的"十大新闻"时，舞台上巨大的主屏幕竟然没有图像，只有两个侧屏在播放；文艺演出中，部分节目的演员早已摆好了造型，可伴奏音乐迟迟放不出来；在有奖问答环节，多次出现主持人提出问题后冷场的现象；台下群众（观众）回答问题时，没人递送麦克风，主持人听不清所回答的内容；现场没有安排工作人员发放奖品，两位老干部只得临时充当这一角色……

开展大型活动，需要制定周密细致的计划与方案。古人云："凡事预则立、不预则废。"充分说明了活动计划的重要性。周密的计划能使活动筹备有条不紊地向前推进，提高工作效率，也能够预见可能出现的问题，从而提前制定应对策略与办法。

用心、认真执行计划是活动成功的关键。一个完美的计划，如果执行不当、不到位也难以取得预期的效果。因此，在活动筹备过程中必须注重细节，做到细而又细、精益求精。"细节决定成败"，严谨细致不仅是一种智慧，是对活动本身质量的追求，更是一种态度，对上上下下参与者负责的态度。

四

说自己是文艺爱好者，熟悉我的人应该会表示赞同。

本次活动的两位主持人均是业余的，可能还是第一次担任这种较大、较正式活动的主持人。女主持人曾经是一名公安干警，已退休多年；男主持人是一位人民教师，不满60岁，但已退居二线。两人都是当地老年合唱团的骨干，在地方党委政府组织的活动中以及公益演出的舞台上经常看到他们的身影。

他们的主持台风稳健，舞台形象较好，整个活动过程中始终充满激情与活力，没有疲态更没有老态。

但是恕我直言，以两位主持人目前的能力、水平，还不足以支撑这样一个较大规模的活动，用时尚一点的话说就是"hold不住"。

本次活动规模有多大？参加人数有几百个，参加对象有当地四套班子领导、相关部门负责人、企业负责人以及众多该社团的成员等。

具体来说，男主持人存在声音单薄、普通话咬字不够准确等问题。同时，两位主持人现场即兴发挥也不够机动灵活，比如在两处音乐迟迟出不来的地方，没能立即想出办法来救场，而是和观众一样束手无策，每一分、每一秒钟都显得十分尴尬。

其实男主持人近年来在舞蹈、舞台剧表演以及唱歌时肢体语言表现力上进步很大，但大型活动的主持人，至少目前尚不胜任这一角色。

上次我看过他为一台节目撰写的串场词以及一个说快板节目的"剧本"

（台词）。当时我就坦言，不是文化场馆的专职工作人员，他能写出这些东西已经很不容易、很不简单，但内容还是太平淡、太普通了，表达不够精准、不够深入，也无法打动我。

俗话说："百艺通，不如一艺精。"曾国藩解释道："凡人为一事，以专而精，以纷而散。荀子称耳不两听而聪，目不两视而明，庄子称用志不纷，乃凝于神，皆至言也。"蔡元培先生也曾说过："无不专一能成之业。"可见，无论学习还是生活，专一都是一种极其宝贵的品质。只有专一而持久地投入，才能精于一艺，出类拔萃。反之，一个人兴趣爱好再广泛，如果不能深入其中，一味地泛泛而学，终究只能掌握皮毛。

泛而不专的现象在我们身边随处可见。许多人喜欢旅游，每到一个地方都只是走马观花、拍照留念，却不能深入了解当地的历史文化；有些人热衷于社交网络，每天花费大量时间在手机上刷屏、跟帖、点赞，却不能静下心来读一本好书……这些人是"样样通，样样松"，他们总是贪多求全，希望面面俱到，却往往什么都没有精通。

在人生的大舞台上，每个人都有自己独特的天赋和才华，如同一块块长短不一的木板，唯有将长板拉伸至极致，才能绽放出属于自己的光芒。如同孔子所言："知之者不如好之者，好之者不如乐之者。"我们要找到自己的兴趣所在，然后全身心地投入其中，不断磨砺自己的技能，让我们的人生因为长板的拉伸而变得更加精彩。

五

舞台，是演员展示才华、绽放魅力的地方，对于演员来说保持良好的形象是必不可少的。

在舞台上，演员的形象直接影响到观众对角色的认知和情感认同。一个身材臃肿、形象邋遢的演员很难让观众相信他能诠释出优雅、俊朗的角色；

而一个身材匀称、形象上佳的演员则更容易获得观众的信任和好感，进而提升自己的舞台形象。

舞蹈演员的工作强度大，需要有良好的身体素质和耐力。有效地控制体重，增强身体素质，提高耐力和灵活性，不仅有助于演员更好地完成高难度动作和长时间表演，也利于预防因肥胖或不良体态引发的各种健康问题。

为跳舞而减肥瘦身、塑身美体，是演员特别是舞蹈演员保持良好形象的关键之一。这是对观众的尊重，更是对自身的基本要求。舞蹈家们通过多种途径合理饮食、燃烧脂肪、塑造身材，也是日复一日地在磨炼意志、提升自我。

然而，这次活动中，至少在两个舞蹈节目中出现了"大胖子"的身影，特别是有位男演员，堪称"肚大腰圆""大腹便便"，不仅较高难度的动作做不到位，体型也比较难看。更令人难以接受的是，可能因为他的舞蹈服裤腰是用松紧带系的，跳的过程中常常需要用手往上提一提。

上次在一个比较重要的演出活动中，我也曾看到当地正规演出团体县歌舞团一位年轻的男舞蹈演员身材胖得完全变了形。虽然他还勉强能做一些较高难度的动作，但美感全无，作为观众，我几乎不忍直视。

自律精神，是演员不可或缺的品质之一。只有严格要求自己，通过有规律的运动和健康的饮食习惯，更好地管理自己的身体和形象，才能在舞台上绽放耀眼的光芒，赢得更多观众的喜爱和支持。

刘岩，是舞蹈精灵，9岁进京求学，勤学苦练后陆续摘得全国舞蹈大赛金奖、荷花奖、文华奖等一众桂冠，成为备受瞩目的青年舞蹈家。遗憾的是，作为2008年奥运会开幕式唯一的独舞演员，却在最后一次彩排时意外坠落。她没有因此消沉、消失，即便在轮椅上也继续起舞、编舞。生而舞，舞而伤；伤而思，思而定；定而再舞，再舞即重生。

著名舞蹈家陈爱莲81岁时还每天练功2小时，下腰、托举、劈腿……老了也是女神，让无数人感受到"生命不息，舞动不止"的震撼。

再看其他领域：在医药研究攻坚中，屠呦呦找到了她的热爱；在贫困山区孩子教育上，张桂梅找到了她的热爱；在写作事业上，路遥找到了他的热爱；在歌唱征途中，李玉刚找到了他的热爱……他们用自己的经历告诉我们：因为热爱，所以坚持；因为坚持，所以享受。

愿我们都能找到那份属于自己的热爱，干一行、专一行、精一行，让坚持不再是坚持，而成为一种享受。只有这样，才能在人生的舞台上尽情绽放，活出真我。

双向奔赴

"我能想到最浪漫的事，就是和你一起慢慢变老……"一曲浪漫的老歌，唤起人们对互相守护、不离不弃的向往。而真正的浪漫，往往在于双向奔赴的过程。

无论是旅游者与目的地的相遇，还是生命与生活的交融，抑或个人与家庭的相守、作者与读者的交流，都离不开这种心照不宣的默契，双向奔赴，共同构筑了美好的情感与现实世界。

旅行者与目的地

当我们提及旅行，想到的或许是某处风景如画的景色，或许是某个历史文化古城。但真正的旅行，不应只是单向的追求，而是旅行者和目的地的双向奔赴，是彼此的吸引与欣赏。正如一位旅行者所说："我喜欢的地方，不一定是大山大水，而是那些能让我内心平静、能让我感到自由的地方。"

旅行者与目的地的双向奔赴，意味着对未知的探索与接纳。旅行者怀着对未知的好奇踏上旅程，而目的地则以其独特的魅力迎接着旅行者的到来。旅行者与目的地彼此成就，共同度过一段美好的时光、书写了一个个动人的故事。

要让旅行成为有品质、有价值、有温度的生活方式，更需要旅行者与目的地之间的惺惺相惜。这种惺惺相惜，是彼此之间的尊重与理解，旅行者用心感受目的地的历史与文化，目的地则以最丰盈、最美的姿态回馈给旅行者。

"双向奔赴"也意味着一种责任和承诺。当我们选择前往某个目的地时，要自觉遵守规章制度，维护良好的秩序，还要保护好当地的生态环境。这样，我们更能深深融入其中、彼此成就。

当旅行结束时，我们会发现，"双向奔赴"不仅是一次情感的交流，更是一种生命的体验。在这场旅行中，我们收获了很多回忆和感动，也结交了许多志同道合的朋友。

生命与生活

在大街小巷，我们看到的常常是匆忙的脚步和疲惫的身影。在这个快节奏的社会中，人们总是为了追求某些目标而不停地奔波，总是被时间追赶、被生活压迫。我们常常在焦虑和压力中度过了一天又一天。

"生活不是为了赶路，而是为了感受路。"生命是一场旅行，我们不应当只为到达目的地而匆匆赶路；生活的意义不仅在于我们走得有多快，还在于我们如何去感受路途中的每一个瞬间。无论是阳光明媚的日子，还是阴雨绵绵的时刻；无论是成功，还是失败；无论是快乐，还是痛苦，都是我们人生旅途中的一部分。

在这个世界上，没有什么比生命更宝贵的了。其实生活并不需要太多的奢华和繁杂，金钱、权力、地位等都是身外之物，只有当我们真正地去感受和体验生活时，我们才能真正拥有生活，生命才精彩而有意义。

生活是生命的载体，而生命则是生活的本质。没有生命，就没有生活；没有生活，生命也就失去了意义。

让我们把心中的焦虑和压力放下，让心灵得到放松和自由；让我们把脚步放慢，去体验生活的酸甜苦辣。让生命成为一场真正的旅行。

个人与家庭

在浩瀚的宇宙中，我们每个人都是一颗独立的星，闪烁着属于自己的光芒。然而，光芒再耀眼，也需要家庭的天空作为归宿。

个人是家庭的灵魂，家庭是个人成长的空间与土壤。没有个人的家庭是一潭死水，没有家庭的个体则如无源之水、无本之木。

个人的成长离不开家庭的支持与关爱。在家庭中，我们学会了爱与被爱、学会了责任与担当，家庭的温暖是我们面对人生风风雨雨的勇气来源。

同时，个人也是家庭的塑造者，家庭的和谐离不开每个成员的共同努力。一个积极向上的人，能带动家庭充满活力；一个消极悲观的人，会使家庭陷入阴霾。我们每个人都应该珍惜家庭、关爱家人，让家庭充满阳光与温暖。

然而，在现代社会中，个人与家庭的关系常常面临挑战。快节奏的生活、工作压力、社交网络的兴起等因素，使得人们越来越忽视家庭的重要性，家庭关系紧张、亲情疏离、更多大龄青年不想成家等问题愈发严重。

为了维护个人与家庭的和谐，我们需要付出努力。多花时间陪伴家人，沟通交流，增进感情；尊重家庭成员的个性和意愿，营造民主平等的家庭氛围。

在个人与家庭的双向奔赴中，我们共同成长、互相成就。个人的自由快乐与家庭的温馨安全相互辉映，构成了一幅美好的生活画卷。

作者与读者

在文学的天地中，作者与读者间的互动与影响，就如同两颗行星的交汇，彼此照亮，共同演绎一出出精彩的故事。作者通过文字将自己的人生经历、情感、思想呈现给读者，而读者则通过阅读来理解、感受作者的内心世界，这种心灵的交流与沟通，正是作者与读者之间的双向奔赴。

有位作家说得好："我的作品是我的孩子，而每一个读者都是我的朋友。"

如果把文学比作宇宙，作者如同星辰，燃烧自己，照亮黑暗。他们用文字编织梦想，用故事讲述人生，每一部作品都是他们灵魂的烙印，是他们情感的寄托；而读者，则是那些在星辰之间游走的旅人，他们用心灵去感受作者的喜怒哀乐，用思想去解析故事的深意。

　　随着科技的进步，在互联网高度发达、智能手机功能日益强大的时代，快餐文化盛行，人们越来越少有时间去品味一部作品的深意，许多作者因为无法获得回报而放弃了创作，许多优秀的作品因此被埋没。

　　因此，需要更多的读者去尊重作者的创作成果，用心去阅读每一部作品；也需要更多的作者去坚守文学的底线，用真挚的情感和独特的视角去创作出更多的精神食粮。

　　在未来的日子里，期待每一位作者都能在创作中找到属于自己的星辰大海，期待每一位读者都能在阅读中收获成长与启迪。

过去的作用是把你带到现在

"一见钟情"

"没关系，你不必喜欢自己的全部过去，也不必释怀。你只需要知道，过去的作用是把你带到现在，这就够了——《重返世界尽头的咖啡馆》"

一看见这段话，我就很喜欢。既让人产生共鸣，又有较强的疗愈作用。

查了一下，《重返世界尽头的咖啡馆》"是《世界尽头的咖啡馆》的姊妹篇""心理自助经典，通透生活指南，美国57所高校指定研讨读物……"作者约翰·史崔勒基，是美国著名演说家，500强企业咨询顾问，畅销书作家。

毫不犹豫，到淘宝直接下单买了这本书。同时，将这句话制作成图片，在小红书上发了篇笔记。

书中怎样呈现与解读上面这段话的，等拿到书以后认真阅读。现在先谈谈自己的肤浅理解与初步感想。

过去的作用是把你带到了现在

时光荏苒，岁月如梭。不知不觉中我们走过了漫长的风雨历程，经历了无数次悲欢离合。

回顾那些难忘的岁月，或许我们曾经年少轻狂，犯下了许多错误，让自己和身边的人都受到了伤害；或许我们曾经错失了一些重要的机会，让梦想变得遥不可及；或许我们曾经失去了一些亲爱的人，让自己心痛不已。

然而，正是这些经历，让我们成长、成熟。那些遗憾和不足促使我们不断前进、不断追求完美；那些曾经错过的机会和梦想，让我们更加明白努力奋斗的意义和价值；那些痛苦的回忆，让我们更加懂得幸福的来之不易，更加珍惜现在所拥有的一切……

生活就像一条河，流淌着过去、现在和未来。过去的经历如同河中的朵朵浪花，汇聚成我们现在的生活。

"过去的作用是把你带到了现在"，这是对过去最好的诠释和感恩。

不要沉湎于过去

生活中，我们会遇到各种各样的人和事，有些会深深烙印在我们的记忆中，而有些则会随风飘散。

然而，对于那些深深烙印在记忆中的人和事，我们是否应该沉湎其中，背负着过去的包袱前行呢？答案显然是否定的。

沉湎于过去会阻碍我们的成长。每个人都有自己的过去，那些过去的成功与失败、快乐与痛苦塑造了今天的我们。然而，如果我们一直沉湎于过去的经历，那么我们就会失去前进的动力与能力，无法面对今天的挑战和机遇。只有放下过去的包袱，我们才能以更轻松的心态迎接未来的挑战。

沉湎于过去会影响我们的心理健康。过去的人和事往往伴随着情感上的纠葛和痛苦，如果我们一直沉浸在这些情感中，那么我们的心理健康就会受到影响。长期处于负面情绪中，不仅会影响我们的心情和生活质量，还会对我们的身体造成伤害。因此，我们需要学会释放过去的痛苦，以积极的心态面对现在和未来。

沉湎于过去会影响我们的人际关系。过去的人和事往往会对我们的情感产生影响，使我们无法以客观、公正的态度对待现在的人和事。这不仅会影响我们的判断力，还会使我们的人际关系变得紧张和复杂。而当我们放下包袱时，我们就能更好地理解自己和他人，以更加宽容和理解的态度面对现在和未来的人和事。

如何才能放下过去的包袱，轻装前行呢？

坦然面对过去的经历。过去的经历是塑造现在的我们的重要因素，但我们需要以客观、理性的态度看待这些经历。我们可以从中吸取经验教训，但不要让它成为我们前进的阻碍。

学会解脱情感上的纠葛。对于过去的痛苦和纠葛，我们需要学会释放和解脱，否则那段纠葛会像一根刺深深地扎在心中，导致我们的心被痛苦与失落占据，而未来新的情感与生活却没有了生长的空间。如果自己难以放下，可以通过与朋友、家人或专业心理咨询师交流来寻求支持和帮助，也可以通过运动、冥想等方式来放松身心。

保持积极的心态。积极的心态是轻装前行的关键。我们需要关注自己的内心世界，时刻提醒自己保持乐观向上的心态。同时，也需要关注身边的美好事物，让自己的心情更加愉悦和放松。

珍惜当下和展望未来。过去的经历虽然重要，但未来的路还需要我们一步一步走下去。我们需要珍惜当下、展望未来，以更加开放、包容的心态迎接未来的挑战和机遇，让自己的人生更加精彩、更加有意义。

怨恨会让心灵负重

人生路上，有些人给我们带来了欢笑，有些人则让我们心痛、流泪。那些曾经的陪伴，或许不是永恒的，但却在我们心中留下了痕迹。

我们不能选择遇见谁，但我们可以选择如何面对他们。怨恨只会积累负面情绪，让我们无法释怀；而理解和宽容则能让我们心灵得到解脱。

同样，人生路上我们会遇上各种事情，有顺境也有逆境，有成功也有失败。对于那些不愉快的事情，我们同样不能怨恨，因为怨恨只会让我们的心灵负重，无法轻松地迈向未来；反之，我们应该把它们当作是成长的磨砺，从中汲取力量，让自己变得更加强大。

怨恨如同一条无形的锁链，束缚着我们的心灵，它让我们无法放下过去，无法全心投入当前的生活中。当我们用宽容的心态选择宽恕和遗忘，那把锁链便会被打破，我们的心灵得到释放，才能感受到生命的美好，才能真正地拥抱现在和未来。

当然，我们应当从一些人和事中汲取教训，让自己更好地成长。

怀着一颗感恩的心

在我们的成长过程中，有不少人曾给予我们无私的关爱和支持。

他们可能是我们的父母，始终默默付出，为我们提供温暖的庇护；也可能是我们的老师，耐心教导，引领我们走向知识的海洋……他们用行动教会我们什么是爱，什么是责任，什么是坚持。

对于这些曾经陪伴我们走过人生重要阶段的人，我们心怀感激，感激他们给予我们的关心和帮助，感激他们让我们成为更好的自己。

我们还要感谢那些曾经挑战我们、刺激我们成长的人。他们可能是我们的竞争对手，促使我们更加努力拼搏；也可能是那些在我们困难时期选择离开的人，让我们学会坚强和独立。

正是这些人，让我们学会面对困境、勇敢前行，使我们的人生更加丰富多彩。

因此，我们应该怀着感恩之心，珍惜每一个瞬间，书写属于自己人生的精彩篇章。

抓住每一个当下

生命是一条单行道，我们无法回到过去，也无法预知未来，唯一能做的就是抓住每一个实实在在的当下，让每一刻都充满价值和意义。

人生就像一部电影，我们既是观众，也是演员。然而，与电影不同的是，我们无法预览人生的剧情，也无法重复播放某个片段。

曾有人说过："如果命运是世界上最烂的编剧，你一定要做你自己人生最好的演员。"因此，我们必须珍惜每一个当下，努力让每一个瞬间都成为人生中的亮点。

然而，我们常常会沉湎于过去的痛苦和遗憾，或者焦虑于未来的不确定性和变化。这样不仅会让我们错失当下的美好，也会让我们的生活变得疲惫和无意义。

因此，我们应该学会放下过去和未来，百般珍惜每一个现在，认真对待每一次机会，全力迎接每一个挑战。

关注自己的内在世界。意识到自己内心的需求和愿望，并且勇敢地去追求，不要被外界的眼光和评价左右自己的选择和决策。

要有明确的目标和计划。有了明确的目标，才知道自己要做什么；有了计划，才能更好地安排时间，让每一分每一秒都变得有意义。

珍惜身边的人和事。人生中有太多美好的东西，但很多时候我们却没有好好珍惜。珍惜身边的人和事，用心感受生活中的每一份感动，让生命变得更加丰盈。

养成学习的习惯。人生是一个不断学习和成长的过程，我们应该保持好奇心和求知欲。通过不断学习新知识、新技能和新经验，不断提升自己的能力和素质，更好地应对当下的人生挑战和机遇。

要迅速行动起来。抓住每一个实实在在的当下，需要我们付诸实践。无论有多么美好的想法和计划，不及时行动，就永远无法实现。

在未来的道路上更加坚定从容

正如一句古诗所言："是非成败转头空"，面对生活中的得与失，我们不妨保持一颗平常心。

过去的作用是把我们带到了现在。我们不必喜欢全部的过去，也不必强求自己释怀。我们需要做的是从中汲取经验教训、总结得失成败，让自己在未来的道路上更加坚定从容。

越相信，越接近

在生活的海洋中，我们都是航行者，有时我们会遇到风浪，有时我们会迷失方向。然而，有一种力量它能使我们在风浪中坚持，在迷茫中找到方向，那就是"相信"。

我们要相信世界的美好，相信他人的善意，相信自己的能力，相信努力的意义……

你越相信，就越接近；你越接近，就越强大；你越强大，就越自由。

相信世界的美好

"世界上并不缺少美，而是缺少发现美的眼睛"，当我们用心去感受周围的一切，去体验生活的点滴，我们就会发现世界的美好。

山川河流的秀丽风光，四季更迭的多彩景象，都是大自然赠予我们的礼物。春天，万物复苏，花儿绽放；夏天，阳光明媚，绿树成荫；秋天，硕果累累，秋高气爽；冬天，白雪皑皑，银装素裹。

"世界那么大，我想去看看"，这些美景让我们心驰神往、心旷神怡，让我们感受到大千世界的无限生机与活力。

时代的进步和发展是世界美好的重要体现。曾经以为"楼上楼下，电灯电话"就是现代化，随着科技的不断发展，我们生活的方方面面都发生了翻天覆地的变化，几乎人人可以分享高科技带来的便利，互联网、智能手机、人工智能等，让我们的生活更加便捷、高效。

医学的进步也为世界的美好作出了贡献。随着医学技术水平的不断提升，人们的健康得到了更好的保障，许多曾经无法治愈的疾病现在有了有效的治疗方法。人们的生活质量得到了极大的提高，寿命也在不断延长。2023年我们盐城市大丰区的人均期望寿命已达到了82.19岁。

前些天参加一个小聚会，看到一位曾经的胃癌患者，几年前他的胃被切除了四分之三，现在已经完全康复了。他一时兴起，现场演唱了刘欢的《情怨》以及20世纪70年代现代京剧《海港》的选段《满怀豪情回海港》。那可是精神抖擞、中气十足啊！一招一式，神形皆备，他的表演点燃了现场每位客人的激情。

世界是美好的，我们应该懂得珍惜并努力贡献自己的力量。我们可以关注弱势群体、积极参与公益事业、关爱大自然、保护生态环境等等，这些小小的行动都可以为维护和创造美好添砖加瓦。

相信他人的善意

"人之初，性本善"，相信他人的善意，可以说是构建和谐社会的基石，不仅关乎个体的福祉，也影响着社会的整体氛围。

相信他人的善意，源自对他人的尊重。每个人都有其独特的成长背景和价值观念，这些因素决定了他们看待世界的方式方法。当我们愿意相信他人怀有善意时，实际上是承认了他们的个体性和差异性，这不仅避免了以己度人的狭隘，也开启了双方真诚交流的大门。

一个充满怀疑和不信任的社会，就像一座失序的孤岛，在这里，人们因为害怕受伤而自我封闭，社会关系变得紧张而脆弱。相反，一个相信他人的社会则像一个大家庭，能激发更多的友爱与互助，每个人都在为共同的目标努力，这样的社会和谐而美好。

当然，我们需要的是有智慧的信任，而非无条件的轻信。这就需要我们在相信他人的同时，一旦遇见复杂情况与局面能保持必要的警惕性，这样既能保证在关键时刻做出正确的选择，也能避免无谓的伤害。

我们还要明白，相信他人的善意并非一件容易的事，它需要我们克服内心的恐惧和偏见，需要有宽广的胸怀。生活中处处怀着戒备心理甚至"怀疑一切、打倒一切"的人并不在少数，这就需要我们不断自我反省和学习。

构建和谐社会，我们都是责任人。让我们一起努力，用善良和信任去温暖这个世界。

相信自己的能力

在漫长的人生旅途中，只有相信自己，才能迈开坚实的步伐，跨越千山万水，到达理想彼岸。

历史上的杰出人物都深信自己的能力，敢于迎接挑战，敢于在时代的洪流中破浪前行，他们"自信人生二百年，会当水击三千里"。

有人可能会质疑，"人不能比人，碗不能比盆"，有些人天赋异禀，有些人则资质平平；有些人天性豪放，有些人则性格内向，怎能同等看待自信呢？然而，即便是天赋异禀之人，也需依靠自信的羽翼才能飞翔。

"天将降大任于是人也，必先苦其心志，劳其筋骨……""是人"有了自信，才能不断挖掘自身潜力，才能拥有大无畏的英雄气概，即使经历无数次的挑战、摔打与磨炼也不气馁、不言败，在他们眼里"万水千山只等闲""数风流人物，还看今朝"。

回望现实生活，有些人因缺乏自信而碌碌无为，有些人因畏首畏尾而错失良机。有句话说得一针见血：如果你害怕失败，那你就已经失败了。

自信，也是身心健康的保障。充满自信的人，大多拥有积极向上的心态，能在挫折面前挺直腰板，笑对人生风雨，"千磨万击还坚劲，任尔东西南北风"。相反，因为缺乏自信，在较大工作与生活压力面前无所适从、身心疲惫，有不少人患上了抑郁症，有更多人处于亚健康的状态。

总之，我们要相信自己，不因一时的困难而放弃对未来的追求，不因一时的挫折而失去对生活的热爱。只要心中充满自信，仰望星空、脚踏实地，以梦为马、不负韶华，就能驱散前方的阴霾，找到那片属于自己的晴朗天空。

相信努力的意义

有一种力量，它无声无息，却又无比强大，它就是努力。

努力，是一种态度。它意味着我们要勇敢地面对生活中的困难和挑战，不逃避，不退缩。每当我们面临困境，心中的那份努力就会提醒我们，要勇往直前，要奋发向上。

努力，是一种智慧。"书山有路勤为径，学海无涯苦作舟。"只有通过不断地学习和实践，我们才能掌握更多的知识和技能，才能更好地应对生活中的挑战和机遇。

努力，是一种力量。它赋予我们改变命运，实现梦想的能量。无论遇到多大的困难，只要我们不放弃努力，梦想就会一点点靠近我们。

努力的意义，不仅仅在于结果，也在于过程。在这个过程中，我们学会了吃苦耐劳，学会了坚韧不拔。这些都是人生的宝贵财富，它们将伴随我们一生，指引我们前行。

用感恩的心对待亲密的人

一

有一首老歌这样唱道："风雨之后，无所谓拥有，萍水相逢，你却给我那么多。你挡住寒冬，温暖只保留给我，风霜寂寞凋落在你的怀中。"

个人认为，歌中表达的这种情感与境界不仅仅局限在恋人、爱人之间，在街头巷尾，在芸芸众生，在你我身边，真挚的情感和无私的奉献并不鲜见，一个个动人故事谱写了一曲曲爱的赞歌。

二

在我们的生活中，总有一些人，他们默默地为我们付出，却不求回报，他们就是我们的亲人。

然而，我们有时会忽略他们的付出，甚至把他们的爱视为理所当然。我们是否应该用感恩的心对待他们呢？

当我们心怀感激地对待亲人时，我们会更加珍惜他们为我们所做的一切。我们会发现，亲人的付出并不是理所当然的，而是出于他们无私的爱和关怀。

我们应该感恩亲人的陪伴。在我们成长的道路上，亲人一直陪伴在我们身边，为我们提供支持和鼓励。无论我们遇到什么困难和挫折，他们总是第一时间出现在我们身边，给予我们力量和勇气。他们的陪伴是我们成长的动力，也是我们心灵的慰藉。

我们应该感恩亲人的关爱。无论我们身处何地，亲人总是时刻关心着我们的生活和健康。他们为我们洗衣做饭、打扫卫生，在我们生病时守在床前，无微不至地照顾我们。他们的关爱给予我们生活的温暖，也是我们心灵的依靠。

我们应该感恩亲人的教诲。在工作与生活中，亲人总是不断地教导我们如何做人、如何处事。他们告诉我们什么是正确的、什么是重要的，帮助我们树立正确的人生观和价值观。他们的教诲是我们成长的指引，也是我们心灵的财富。

三

生活中，有些人却不懂得感恩，他们对亲人的付出熟视无睹，甚至把最差的脾气和最糟糕的一面给了最亲密的人。他们不懂礼貌、不会温柔，对亲人的关爱和教诲视而不见，更忘记了感恩和回报。

之所以这样，是因为这些人觉得，亲密的人永远不会离开我们，即使我们犯了错，惹他们生气，甚至伤害他们，他们也不会怪罪我们。

事实上，亲情、友情、爱情，都是易碎品，一旦出现过较大裂缝，就很难恢复原貌。即使非常亲密的人，也会因为我们的缺乏耐心和不尊重而受到伤害，进而产生距离与隔阂。

我们应该明白，亲人对我们的付出并不是他们的义务，而是他们对我们的爱和关心。这份爱和关心是无私的、纯粹的，值得我们用心去珍惜和感激。

我们要学会感恩，感谢他们陪伴我们成长，感谢他们在我们困难时给予的支持和鼓励。

无论是在家庭中还是在社会中，我们都应该遵守基本的礼仪规范，维护亲人们的权利和尊严。我们要学会谦让，学会宽容，学会理解，让亲密的人感受到我们的尊重和敬意。

我们要关心他们的生活和健康，倾听他们的声音和需求，让他们也能感受到我们的爱和关怀。

同时，我们要虚心接受他们的批评与指导，不断改正自己的错误和不足，让自己变得更加优秀、成熟。

四

用感恩的心对待亲密的人是一种美德，是一种品质。它不仅能让我们的生活更加美好，也能让我们的心灵更加充实和满足。

珍惜生命中的相识、相知、相伴、相守，当彼此为对方付出真情、一起共担风雨的时候，握紧相互搀扶的手，在每一个平常的日子里，让平凡的幸福变得伟大。

世界很大，只有自己知道想要什么

一

"在薄情的世界里深情地活着，在多情的时代里真情地活着，世界很大，只有自己知道想要什么。FM882音乐私享家，一听如故，心有独钟！"

这是"盐城广播882音乐私享家"节目的导语。我不仅喜欢这段话，也喜欢节目主持人赵彬的声音。

"世界很大，只有自己知道想要什么。"那段日子，每当收听"盐城广播882"的节目，我总想，如果自己的文章能通过赵彬的声音来诵读、演绎，该有多好！

后来，通过朋友介绍，专门请他诵读了我的一篇散文《聚了散了，都留下祝福吧》，音频和文章一起在《盐阜大众报》客户端"听见"栏目推出，反响很好。我还跟赵彬加了微信，随时可以私聊、互动。

下午下班时，经常收听盐城广播882"下班乐翻天"节目。有一次，被节目内容所感动，写了篇文章《感觉很来电》表达了自己的一些感想。没料到，文章被朋友转给了节目主持人君君和星宇，他们竟然在文章后面留言表示感谢。

节目的粉丝和主持人互相感动与温暖，"在多情的时代里真情地活着"，真好。

我还有一个愿望，就是早日见到盐城广播882几位主持人，比如"音乐私享家"的主持人赵彬，"晓露清晨"的主持人晓露，"下班乐翻天"的主持人星宇和君君等。

我想跟他们一起坐下来聊聊天。除了告诉他们我是他们节目的忠实听众，我还想赠送自己的书给他们，把书中有关他们的文章《摘下满天星》《报天气的晓露直播带货去了》《角色的转换》以及《感觉很来电》等读给他们听。

二

2023年7月11日晚，我和老婆一起到健身房健身了。对于56岁的我来说，这是第一次。

我们办了年卡。

在快成老年人的时候，才见到健身房"长得"怎么样，也许显得落后甚至寒酸了点儿。但过去工作与生活节奏都较快，几乎腾不出整块的时间。现在，正是时候。

一代人有一代人的使命，一个人一个时期有一个时期的人生目标。

世界很大，只有自己知道想要什么。

三

一辆山地自行车，放在车库里有几年了。

似乎一直没有骑的机会，直到2023年的夏天，在门前二卯西河风光带看见了一群"游来游去的鱼"的撒欢与表演。

那是一个星期天的上午。跑步结束后，我到一个有较多户外健身器材的小型休闲广场来做运动。

广场东边不远处是堆坡造型的小"山丘"，西面则是树林和游步漫道。

有一群孩子，在这儿骑山地自行车。

这群孩子，骑着五彩斑斓的自行车，一会儿在平地上欢快地追逐，他们的笑容灿烂如花，他们的笑声爽朗如风；一会儿在树林间自由地穿梭，阳光透过树叶的缝隙洒在他们身上，形成一道道斑驳的光影；一会儿在小山丘激情四溢地冲上冲下，如同追逐梦想的勇士，挥洒着汗水，释放着自己的热情和力量。

我深受感染，中午立刻去车行给山地自行车换了轮胎，又买了气筒和链条锁等配套工具。

就这样，人生头一次骑上了山地自行车。

既然是山地车，就不能当普通自行车来骑。于是，邀请了楼上邻居家读初中的孩子跟我一起骑，顺便教给我一些技术技巧。

这孩子可厉害了，不仅可以像鱼儿一样穿梭来、穿梭去，还可以轻松做出跨越障碍、"漂移"等惊险动作。他得意地告诉我，车的轮胎经常得换，因为"漂移"特别损耗轮胎。

我喊他"师傅"，并耐心向他学习。

只一次，我就学会了跨越简单的障碍和俯冲较低的台阶。

一天，我们还在一个人工湖的浅水区骑了一会儿。鹅卵石的斜坡实在太滑了，我几乎无法保持平衡，"师傅"倒骑得比较轻松自如。

"师傅领进门，学艺在自身。"经过一个时期的埋头苦练，现在在平地上我可以骑得飞快，跨越障碍的高度明显提升，俯冲台阶也从一级提升至三四级。

我也成了"一条游来游去的鱼"！

四

为有效提升写作水平，我陆续报了一些线上写作培训班，同时网购了部分线上课程。

学习过程中，对于老师布置的作业，我都不折不扣完成。有时甚至自加压力，比如老师要求"二选一"或"三选一"完成的作业，我往往二者、三者同时完成。

总体来说，收获还是不小的。如果没有这些培训，我的第二本书《飞鸟与射手》不可能这么快就出版并上架。

在训练营和写作平台待久了，我也逐渐弄明白了一些情况与事实。其实无论机构还是个人，大多会按照自己营利目的来实施教学与组织活动，应了那句"天下熙熙皆为利来，天下攘攘皆为利往"。

少数老师自称从事新媒体写作若干年，然而他们的文章无论立意、认知还是文字，与真正的好文章相差甚远；有的机构虚假宣传学员获取的成绩与收益，把几个月的累计收益说成"每周可获得"；有的为了吸引学员，成天"洗脑"，似乎人人都可以成为作家、可以赚大钱……

世界之大，无奇不有；线上线下，鱼龙混杂。在某些机构面前，学员就是"韭菜"；在个别平台面前，个人就是"提线木偶"。

因此，面对铺天盖地的宣传与广告，我们要弄明白自己想要什么，然后有针对性地选择。

加入一些片面渲染写出"爆文"、快速实现"变现"的培训机构，学员并无法真正提升自己的写作水平，那里没有"诗与远方"，有的只是套路与"江湖"。

五

"小红书"是什么？

一个偶然的机会，看到某一个"训练营"的广告。

"这个课程对写作有利吗？"我随口问了一下客服。

"当然，小红书有'读书与写作'赛道，培训会涉及这方面内容。"客服的回答，并没有特别夸张，接下来他也没有对我紧追不舍。

看看35天的培训时间比较短，1500元左右的培训费也不算贵，我就果断报了名。

没有开班之前，网上课件已经可以学习，随即书本也快递而至。

主讲老师是网络培训大咖，我在网上买过他的书，读了之后感觉内容比较新颖、态度比较诚恳。因此，更加信任这个训练营。

开营那天，主讲老师发来致辞与问候。他那卷舌音较重、辨识度较高的标志性声音，相信会让不少学员激动万分。

说真心话，这个培训机构非常有责任心，老师教学十分认真，授课通俗易懂且不厌其烦。

有一堂课给我留下特别深刻的印象。五张不同的图片，需用五种递进难度的制作方法，老师不厌其烦地一张张讲过去，凡是下一张中与前面相同的部分，全部耐心细致地从头讲起，真正做到了一丝不苟。其实方法相同的部分他完全可以不讲，甚至可以跳过中间几张，用一句"我选最难的一张讲一下，中间的大家参照着做"一带而过。

对于布置的作业，班班（班长、班主任）连续滚动公布学员的完成情况，一次、两次、三次……"抓紧完成作业""快过时间啦""没有完成的同学依然可以完成并上交"等鼓励的话不绝于耳。

作业完成得好、"笔记"获得一定数量点赞的，均有不同程度的奖励。奖励额度最大的，几乎可以拿回一半学费。

点评作业的老师从不敷衍与含糊，认真严厉的同时注重说话的方式方法，非常人性化。有一次作业，我的"笔记"用了主讲老师的广告图片，同时创作了一段文字。没料到点评老师在肯定优点的同时毫不客气地指出："图片尺寸不符要求。与其为机构做广告，不如按要求高质量完成作业。"

结营之后，电子结业证书、纸质结业证书、特大鼠标垫、好吃的"不二酱"等纷至沓来，我们的获得感爆棚。

自结业开始，我在小红书每天发"笔记"。虽然目前我还不具备变现挣钱的能力，但我在读读写写、制作图片的过程中学到了不少东西。

谁给你撑腰

一

人生在世，总会遇到各种困难和挑战，甚至有人对我们说"你不能""你不行""你不配"之类的话，这个时候，特别需要有人为我们撑腰。

然而，谁才是那个给我们人生撑腰的人呢？

二

有一种力量，它无声无息，却能驱使我们跨越重重困难，它就是知识。

无论在哪个时代，无论在哪个角落，知识的重要性从未被忽视。古人云，"书中自有黄金屋"；培根说过，"知识就是力量"。

知识是人生的罗盘，指引我们前行。无论是科学知识、人文知识还是生活常识，都是我们人生的指南针，帮助我们在工作与生活中找到方向。

知识是力量的源泉，赋予我们改变命运的能力。掌握了知识，就有了解决问题的工具，我们就能够更好地谋职和发展，实现人生价值。

知识也给人气质以滋养，让我们"腹有诗书气自华"。一个拥有渊博知识的人，言谈举止充满了自信和魅力，会让他人感到舒适和愉悦。

如今这个时代，知识更新换代速度越来越快，我们必须不断学习，不断丰富自己的知识储备。

北宋诗人、书法家黄庭坚说，士大夫三日不读书，便觉言语无味，面目可憎。十分直白地道出了读书学习的极端重要性。

坚持学习、终身学习的例子不胜枚举，这里再举两个我们身边的例子：

从我们大丰走出去的全国政协副主席朱永新，每天早晨5点起床读书一个小时以上，几十年来从未间断过。"苏教名家"、正高级教师、曾经获得过若干荣誉与表彰的我区实验小学校长陈慧君，同样每天坚持早起读书并完成1000字以上的读书笔记与心得。

三

果敢的性格则是人生利器，在面对机会时，它让我们毫不犹豫地抓住它；在面对挑战时，它让我们勇往直前；在面对选择时，它让我们果断决策。

那么如何才能养成果敢的性格呢？

需要我们有坚定的信念。"信念是鸟，它在黎明仍然黑暗之际，感觉到了光明，唱出了歌。"在面对困难时，信念是我们内心的支柱，让我们保持冷静，不屈不挠。

需要我们有明确的目标。"无目标的努力，犹如在黑暗中远征。"有了目标，我们才能更好地规划人生，才能在果敢前行中成就一番事业。

玉石只有经过精心打磨，才能展现出璀璨的光华。果敢的性格并非与生俱来，也非可以一蹴而就，它需要我们在生活中不断磨炼。

哲学家亚里士多德有过一段精彩论述："播种一种行为，收获一种习惯；播种一种习惯，收获一种品格；播种一种品格，收获一种命运。"

换言之，思想决定行为，行为决定习惯，习惯决定性格，性格决定命运。

由此可见，培养果敢的性格没有捷径可走，只有坚定信念，明确目标，并日复一日、持之以恒地坚持下去，在磨砺中不断成长。

四

在漫长的人生航程中，有一种信念，它如同一座灯塔，指引前进的方向、照亮前行的道路，它就是永不言败的精神。

永不言败，是一种人生态度。要坚信，任何时候办法总比困难多，没有过不去的坎，没有翻不过的山；即使一万次跌倒，也要一万零一次爬起来。

永不言败，是对自己的信任。遭遇挫折时，是选择相信命运的无常、听天由命？还是相信自己有能力战胜困难？当然选择相信自己，并用坚定的步伐走向光明。只要我们始终迎着太阳奔跑，身上也会阳光灿烂。

永不言败，是对生活的热爱。生活总会有起起落落，但热爱生活、用积极的态度面对生活中的挑战，就能在波澜起伏中找到乐趣。相反，安安稳稳、死水一潭，早晚会让人产生审美疲劳，继而厌倦。

永不言败，是对未来的执着。"山腰比较挤，不妨到山顶看看。"人生如同一座高山，每一步都充满了艰辛，只有怀揣梦想、执着追求、风雨兼程，才能一步一步地接近顶峰。

"阳光总在风雨后"，无论遇到什么挫折和失败，我们都要保持积极的心态，坚定信念，永不言败。只有这样的自己，才是我们人生最坚实的底牌。

五

说到这儿，答案出来了。"世上从没有什么救世主，也不靠神仙皇帝，要创造人类幸福，全靠我们自己。"当我们感到迷茫、面对困难甚至被人指责"不能""不行""不配"的时候，有谁能给我们撑腰呢？是知识的储备、果敢的性格以及永不言败的自己。也许有人会说，没有物质、金钱，腰杆直得起来吗？说得没错，有了前面三者作保证，物质基础也就有了。

可能还有人要说，你只是强调了自身的作用，社会环境、家庭条件、教育状况、社交平台等不都十分重要吗？是的，这些也很重要，但这些都属于外因，"内因是变化的根据，外因是变化的条件"。外部条件常常是我们无法选择的，而自身，则是我们能够决定的。

轮回

一

离开某小区好几年了。

前两天去看一个朋友，回到那儿，顺便到原来住的那幢楼看了看。

那个单元楼梯旁边由车库改装成的一间房屋内住着的老夫妻俩不见了。

问了旁边人家，他们告诉我，大约三年前老夫妻俩的儿子在北方某城市跟一个乡村医生好上了，而且怀上了孩子，就回来跟老婆离了婚。这儿的房子和车库按照协议归了女方。于是，老夫妻俩被原儿媳赶回乡下老家了。

不由想起过去住这儿时发生的一些事。

二

那是一个春天，万物复苏，树儿吐绿。

晨起，我下楼跑步。不好！楼下大柳树的枝条被砍得一根不剩，只留下光秃秃的树干。

前一天，我还看见长发一样的柳枝上刚刚冒出新芽儿，"万条垂下绿丝绦"。一阵风儿吹来，柳枝随风飞舞，飘逸动人。我赶紧掏出手机拍了几张图片。

竟有人这么狠心，说砍就砍，而且砍个精光！虽说是植物，可它也有生命，柳树遭到这样的摧残，一定流血又流泪。

砍树的应该是车库里住着的这位爹爹。他平时没少铲掉草坪用于种菜。

"爹爹，你为什么要砍柳树？这可是小区公共绿化啊！"我忍住心中的火气，尽量语气平和地说。

"柳树，夏天会有洋辣子（绿刺蛾）。"他轻描淡写地说，完全没当回事。

"我住这儿好些年了，也没见过树上掉洋辣子。爹爹你才搬过来不久，就说有洋辣子，没道理吧？再说，这树长在绿化带里，有洋辣子也不会害着你啊。"我实在心疼这棵大柳树。

"风会把洋辣子刮到我家门口。哎，年轻人，这树不是你家的吧？"对方毫不示弱。

"好环境靠大家一起维护，个个都随便挖啊砍的，那小区会成什么样子？爹爹，这里不是农村自家墩子地和自留地，我们都是业主，都有责任和权利的。"我边说边寻思，马上到门岗找物业管理人员反映。

"你住楼上，就不要管楼下的事了！就一棵树，关你什么事呢！"。他讲话的语气更重了。

"爹爹，你这行为是在自降房价，是在坑你儿子。街上的房子，钢筋水泥都差不多，值不值钱，一看位置，二看环境。你把小区环境搞差了，楼上你儿子的房子就不值钱了，你这是在作践你儿子的钱啊。"大道理讲不通，我再讲小道理，老人一般都心疼钱的。

可无论怎么说，都似对牛弹琴。

此后多次向物业管理人员反映过问题，也曾说出"你们再不管，我就不交物业费了"这类话，然而没有产生什么效果。

当然，物业费我还是交得快快的。我可不愿因别人的过错而毁损自身形象。

三

一个星期天的上午，买菜回家时，发现楼下那位爹爹又在用竹竿绑着锯子正在锯一棵高大茂密的高杆女贞，有不少枝条被锯下后堆积在地上。

"爹爹，你千万不能再锯树了！上次那么大一棵柳树被你砍死了，你就不心疼吗？这女贞树又不生洋辣子的！"我急忙制止。

"我家新买了汽车。车停这儿时树上雀子不停拉屎，老把汽车弄脏。"他并没有停下手上的动作。

"爹爹，你看啊，这棵树正对着你跟奶奶住的车库的门。我听别人说过，门口的树长得好，这户人家会兴旺；门口树给弄死掉的话，对这户人家不好呢。"我也是无计可施了，搬出风水学上的东西。

"我不相信迷信的。我家现在有两三辆汽车，地方不够停。你是个干部，要想办法让我家的车在小区里都有车位可停。"对方振振有词。

四

俗话说，父母是孩子最好的老师。

"种瓜得瓜，种豆得豆"，这世上的人和事往往就这样轮回。但愿那对老夫妻俩回到乡下后能明白这个道理。

陷阱

一

卞杰患了重病。

按年龄，他喊我"哥哥"。

去当地人民医院检查前，卞杰只是胃部略感不适。检查报告出来之后，医生建议做进一步检查，他却不予理睬，"我这牛一般的身体，长这么大连盐水都没怎么挂过，要进一步检查什么？不去！我就不去。"

两个月之前卞杰在另外一家医院做过常规体检，体检报告直到现在这种时候才去取。报告显示同一指标就是有问题，只是程度没现在严重。

于是卞杰找到一位医生朋友。"这个指标不断下降，很可能发生了比较严重的问题，你不能轻视与含糊。我马上开单子给你做个胃镜。"医生朋友很认真地告诉卞杰，"当然，具体情况得以检查结果为准。"

没出医生所料，一向健壮得像头牛、走路像摔跤手的卞杰患了胃癌，而且比较严重。

赶紧去上海中山医院就诊。医生安排先进行三个月的化疗，然后去做手术，手术后根据情况再做进一步的治疗。

手术前，我到卞杰家看他时，他的心态与状态都比较好，而且看得出不是强装的。即使在谈到他母亲60多岁患肠癌去世、父亲70多岁患肺癌去世时，他也没有唉声叹气，更没有像许多人那样陷入绝望。

相反，他选择了勇敢地接受事实，并有信心和决心与病魔抗争到底。

根据自己的了解，我举了一些曾患同样的疾病甚至比他更严重，但手术后恢复得很好乃至完全康复的例子。其中有的患者也是卞杰所熟悉的。

对于长辈的寿命以及遗传等问题，我则直接拿自己的爷爷奶奶、外公外婆以及父亲母亲的事实，来证明遗传不是绝对的。我的爷爷奶奶分别在49岁和54岁去世，那时我还没出生；外公外婆我同样一个都没见到，去他们墓地上坟时总想了解他们的年龄，可就是找不到答案。我父亲今年88岁，母亲86岁，都健在。

举这些例子是在劝慰与说服卞杰，也是在说服我自己。时代不同了，医学设备和各方面条件远非过去所能比。

二

转眼间，三四个月过去了。

卞杰去上海中山医院做了手术，手术很成功。不长时间后，回到家里继续治疗和休养。

我再来看他的时候，他呈现出比较健康乐观的精神状态，也对身体康复更加有信心了。

卞杰先跟我介绍了一些化疗的情况。

"化疗其实还是比较难受的，特别是输液的时候，慢慢慢慢手臂就失去了知觉，或许这就是医生所说的'神经末梢不再有反应'。这种状态持续一个星期左右，此后才慢慢恢复。"说这些话的时候，他的表情很平静，脸上还带着微笑。

"你真勇敢，也很坚强，我从内心佩服。这样下去，一定会好起来！"我坚信他会好起来。精神的力量是巨大的。

对于饮食，他告诉我，刚回来时完全吃流质，一周以后开始吃半流质，目前已基本正常。老婆天天给他做鸡汤、鱼汤之类，牛奶、蛋白粉等也坚持天天吃，水果就更不用说了。

"把鸡汤、鱼汤以及营养品当作药一样强迫自己吃下去，这种感觉既奢侈又不太好受。"说着，他大声笑了起来。

至于运动，卞杰说经常在家里转来转去，偶尔也下楼跑一趟，但不多。出门开车倒是有过几回了，偶尔到不太远的地方办事，就直接开车出去了。

总之，根据医生介绍手术很成功，卞杰目前的感觉也很好。虽然化疗多达9个疗程，前后将近9个月时间，但他相信自己能坚持，不久之后自己一定会恢复健康。

"车暂时就不要开了，毕竟要集中注意力，还得处理突发情况。我赞同多走动走动，特别是等到天气暖和些之后下楼去，在小区内转转。"我认真对他说，同时朝他老婆看了看，意思是她得监督他别再开车。

三

卞杰接下来的介绍却让我吃惊，更倍感遗憾与气愤。

"哥哥，你知道吗？我患这个病也是有其他原因的。"他停顿了一下，"说起来叫人气愤，一个跟我特别熟悉的人，我们相处了10多年，也经常一起打打牌、吃吃饭，称为朋友并无不合适。前几年他向我介绍一种高息存款，其实利息也不算特别高。听他说得那么真诚、那么笃定，我就凑了40万给他。谁知道没过太久，利息不谈，他竟然连本金也没法归还了！这对我来说实在太意外、太不可思议了。我们夫妻俩都是拿固定工资，40万可不是一个小数目。"毕竟事情已经过去较长时间，卞杰说话的语气比较重，但人还算平静，没有出现气得无法自持的现象。

"我最不能接受的，他是我朋友啊！我这么信任他，他竟然对我如此不负责任。我对他是仁的，他却对我不义。我一直坚持一个信条：我对人仁，人就应该对我义！如果我不仁，对方不义我能接受。作为朋友，40万元交给他，说没就没了！我心里特别气愤，基本不再参加娱乐活动，包括打了多年的牌也不打了。因此，生这个病，跟这个事是有关系的。"他的这番话，让我看到了他性格中的短板或者说是缺陷。

怎能拿别人的过错惩罚自己呢？钱拿不回来已经产生损失，再因此窝在家里生闷气，连娱乐活动都不参加了，不生病才怪。

"好在后来向法院起诉，追回了20万元。你就想开点，你仁别人就必定义，这只能是一种良好愿望而已。"他老婆接过话茬。

"是得想开点，钱已经追回一半，剩下的以后继续讨，现在养好身体最要紧。你仁，他必须义，道理是这样，但在现实中不可能都如此。我现在就可以举几个身边人、身边事的例子。"我开导卞杰说。

"几年以前，我在球馆打乒乓球。当时有个同样是球馆会员的企业老板，跟球馆老板兼教练以及其他几位教练不仅相当熟悉，而且经常一起打比赛、搞聚餐等。一天，这位企业老板声称可以为教练、球友们高息储蓄，于是，球馆老板交给他20余万元，另一位教练将老婆被单位'买断工龄'的10多万元交给了他。结果，第二天老板会员就不见了踪影。"我可不是讲故事，事情千真万确。出乎意料、不可想象！是当时我们共同的感觉。

"再举一个例子。我的一个远房亲戚，多年来一直听信'海外上市'项目的迷惑，不仅把自己的工资悉数投了进去，而且拉上亲戚朋友不断往里面投，少则十几万元，多则几十万元，搞得亲戚朋友渐渐反目成仇。可悲的是至今仍然执迷不悟，做着等待'海外上市成功'之后会有巨额回报的美梦。任凭家人千方百计、百计千方说服、劝阻，到目前为止均无任何效果。"这事，我也是不久之前才知道，听这位亲戚的家人告诉我时，我都不敢相信。

"我怎么提醒都没有效果，为避开我的视线，索性关上房门偷偷操作。喝了'迷魂汤'了！"家人如是说。

四

自古以来，仁义被视为中华传统美德的基石。人们常常挂在嘴边的是"仁者爱人""义者行正"。

然而，问题来了，我们对自己仁、对朋友义，朋友是否就会对我们仁、对我们义呢？你仁，朋友就一定义吗？

历史与现实为我们提供了答案，有时我们全心全意对待朋友，却可能遭受朋友的背叛。这是为什么？因为每个人的价值观、生活经历和情感体验都有所不同，导致对仁义的理解和实践也不尽相同。

有些人就是德行不好、素质差，为一己私利不仁不义、背叛朋友；有些人则可能因为自身的局限或短视，无法回馈我们相同的仁义。

所以我们不能简单地认为，我对朋友仁，朋友就一定对我义，这样迟早会失望与吃苦头的。

我们可以做的是，在持续地以仁义之心对待他人的同时，保持清醒的头脑和独立的判断力。当我们发现朋友并非以同样的方式对待我们时，我们可以选择沟通或者调整自己的期望值，再不然就调整自己行事的方式方法。